AF184950

Gunnarsson | Schwarze Vögel

GUNNAR GUNNARSSON (1889–1975) zählt zu den wichtigsten isländischen Autoren des 20. Jahrhunderts und gilt als Erzähler von europäischem Rang. Seine Werke, die er zunächst auf Dänisch verfasste, wurden vielfach internationale Bestseller. Sein im deutschen Sprachraum bekanntestes Werk ist die Erzählung *Advent im Hochgebirge.*

Gunnar Gunnarsson

Schwarze Vögel

Roman

Übersetzt nach der dänischen Erstausgabe unter
Berücksichtigung der vom Autor später hergestellten
isländischen Fassung und mit einem Nachwort versehen
von Karl-Ludwig Wetzig

Reclam

Die Übersetzung wurde gefördert durch ein Übersetzungsstipendium des isländischen Literaturfonds *Bókmenntasjóður* und ein Aufenthaltsstipendium des isländischen Gunnar-Gunnarsson-Instituts *Gunnarsstofnun* im Haus Gunnar Gunnarssons in Skriðuklaustur, Ostisland.

This book has been published with the financial support of

Bókmenntasjóður
The Icelandic Literature Fund

Originaltitel:
Svartfugl (1929 Gyldendal, dänisch; 1971 Almenna bókafélagið, erste Ausgabe von Gunnar Gunnarssons eigener isländischer Übersetzung)

RECLAM TASCHENBUCH Nr. 20549
2009, 2019 Philipp Reclam jun. GmbH & Co. KG,
Siemensstraße 32, 71254 Ditzingen

Für die Erben Gunnarsson: © Gunnarsstofnun, Egilsstadir

Reihengestaltung: Cornelia Feyll, Friedrich Forssman
Umschlagabbildung: Die Kirche in Vík í Mýrdal, Südisland / Alamy Stock Photo
Druck und Bindung: GGP Media GmbH,
Karl-Marx-Straße 24, 07381 Pößneck
Printed in Germany 2019
RECLAM ist eine eingetragene Marke
der Philipp Reclam jun. GmbH & Co. KG, Stuttgart
ISBN 978-3-15-020549-5
www.reclam.de

I

Allen guten Menschen, die diese Blätter zu Gesicht bekommen mögen, entbiete ich, Eiúlfur Kolbeinsson, unwerter Kaplan der Kirche von Saurbær im Kirchspiel Rauðasandur in der Barðastrandarsýsla, Gottes Gruß und den meinen.

Der Herr hat heute, zu Allerheiligen am Sonnabend, dem 1. November Anno Domini 1817, zum großen Schmerz und zur großen Trauer für uns erbarmungswürdige Eltern unseren Sohn Hilarius im fünfzehnten Jahr seines Lebens heimgerufen und zu unserem weiteren Unglück mit ihm fünf unserer treuen Diener, indem das Boot, mit dem sie zum Fischen hinausgerudert waren, leer an Land trieb.

Schone, Herr, die Toten und beschütze die Lebenden, die nun tief erschüttert trauern, jeder nach seines Herzens Art. Blicke auch gnädig auf mich, deinen geringen Diener, damit ich morgen, am Allerseelentag, dem zwanzigsten Sonntag nach Trinitatis, in Vertretung meines erkrankten ehrwürdigen Propstes mit leichtem Herzen und frommem Sinn, wie es meine mir auferlegte Pflicht ist, zu meinen betrübten Mittrauernden und den übrigen Gemeindekindern predigen kann über den heiligen Text aus der Bergpredigt, Matth. 5, Jesu Seligpreisungen.

Mein geliebtes Eheweib Ólöf sagte, als uns ihr guter Mutterbruder Amor Jónsson, wohlangesehener Bauer auf Hænuvík, mit sichtlicher Trauer und aufrichtiger Anteilnahme die Nachricht vom Auffinden des Bootes überbrachte, da sagte sie:

Sturm und Meer kann ich es nicht heimzahlen, und doch wird es bitter, Hilarius am Strand auflesen zu müssen wie einen ertrunkenen jungen Hund und ihn ungesühnt zu wissen.

An wem wolltest du ihn rächen, Nichte?, fragte der ehrenwerte Amor Jónsson.

Doch ich, der ich das maßlose Herz meines Eheweibs im Guten wie im Bösen kenne und wusste, dass sie so nur aus der überwältigenden Bitterkeit ihres mütterlichen Schmerzes sprach, ich sagte:

Hier möge man besser schweigen.

Und so schwiegen wir.

Tränen waren in den Augen meiner Frau keine zu sehen. In ihrem Blick erkannte ich den nackten Tod, und ich schämte mich. Ihr guter Onkel – zum ersten Mal sah ich, dass er ein gewöhnlicher Mensch war und kein Zauberer – ich sah, dass sein schwarzer Bart nun grau durchsetzt war und seine gelben, seherischen Augen schwach und unstet. Nachdem wir eine Weile still in unserem Jammer gesessen hatten, flüsterte er seiner Nichte zu:

Versuche, zu weinen, Kind.

Da stand Ólöf auf, Jung-Ólöf wie sie zu Hause in Keflavík zur Unterscheidung von ihrer Mutter, Madame Ólöf, genannt wurde, und gab zurück:

Meine Tränen hebe ich für Gott auf. Er soll jede einzelne von ihnen bekommen!

Und damit ging sie. Nicht von ungefähr ist sie Monsieur Jón Pálssons Tochter.

Doch für meine Frau Ólöf fürchte ich nichts, denn nicht einmal im hintersten Winkel ihrer Seele wird der Gott, der die Herzen der Menschen prüft, etwas Böses oder Niedriges finden, und so wird er wohl mit ihrem hochfahrenden Sinn Nachsicht üben.

Schlimmer steht es um mich, den armen und verwirrten »Zöllner« – so nannte man mich hier früher, und meine mit Salzwasser getauften Meerbauern tun es wohl noch heute.

Séra Jón Ormsson von Sauðlauksdalur, unseren Propst, nennen sie den »Sünder«, und man könnte also glauben, dass sie ihn für noch schlimmer halten als mich. Aber es geschieht nur zum Spaß. Kein Mensch kann – außer vielleicht aus der Güte seines Herzens – weniger zum Sündigen aufgelegt sein als Séra Jón, der schon sein Heim verlässt und ruhelos unter seinen Gemeindekindern umherwandert, wenn auf dem Pfarrhof bloß eine alte Kuh geschlachtet werden soll.

Bei mir meinen sie es gut genug, oder schlecht genug, wenn sie mich den Zolleintreiber nennen. Jedenfalls sagen sie es im Ernst. Der Grund hierfür ist folgender: Die Hälfte des in der Gemeinde erhobenen Zehnts und Kirchenzinses fällt mir zu in meiner Eigenschaft als Eigentümer des Landes und Hofs von Saurbær und der Kirche (was natürlich heißt, dass sie damit meiner Kirche zugutekommt), denn die Einkünfte sind zwischen dem Pastor, also Séra Jón, und der Kirche zu teilen. Und so viel darf ich behaupten: Nicht eine Elle von den für meinen Gott bestimmten Abgaben und noch weniger etwas vom Anteil Séra Jóns habe ich jemals auf irgendeine Weise mir selbst angeeignet. Doch meine gute alte Kirche, die einmal die Hauptkirche in dieser Gegend war, soll unter keinen Umständen leiden oder gering geachtet werden oder minderwertige oder nicht kontante Münze erhalten, nur weil sie jetzt eine Eigenkirche ist, so wahr mir Gott helfe! Noch soll Séra Jón Ormsson, dieser allzu gutherzige Mensch, an seinem Teil des Zehnten Schaden nehmen, für den ich die Verantwortung trage.

Sollte ich denn etwa die Kirche, die Gott mir Unwürdigem anvertraut hat, nicht in Ehren halten? Täte ich es nicht, müsste ich mich selbst für den größten Lumpen halten, der auf zwei Beinen herumläuft. Schon lange bevor ich überhaupt zum ersten Mal hierherkam, habe ich diese meine Kirche im Traum vor mir gesehen, habe ich mich unter vielen anderen und allein in ihr aufgehalten, ja, in ihr gepredigt, und jedes Mal bin ich weinend aus diesem Traum erwacht. Und seitdem ich sie übernommen habe ... ach, du mein Haus der Sorge! Du Heim den Kindern, du Zuflucht dem Schwachen und dem Sünder! Tod und Verbrechen hast du gesehen. Täter und Opfer! Die Sünde und den Lohn der Sünde. Bewahren konnte ich meine Kirche nicht, als die Stürme der Seelen sie umtosten; aber ich habe ihr mit meinen schwachen Kräften gedient. Mit meinen eigenen Händen habe ich sie gestrichen, auf dass Kerzen und Sonne doppelt darin leuchten sollten, und auch damit das schöne Altarbild, die Apostel an der Kanzel und die alten Silberkelche besser zu ihrem Recht kämen. Das tat ich in jenem Sommer, nachdem uns an unserem Jubeltag, dem 13. Januar, Hilarius von Gott geschenkt worden war. Aber es geschah nicht allein aus diesem Anlass. Vielmehr habe ich mich allein deshalb zum Geistlichen ausbilden lassen und die Weihe empfangen, weil ich den Wunsch verspürte, diesem alten Gotteshaus zu dienen, das mir durch den Tod entfernter und unbekannter Verwandter als unerwartetes Erbe zugefallen war; mit der Zunge und auch mit der Hand wollte ich ihm dienen. Der Herr hat meine guten Absichten gesehen ... Ebenso, wie er meine Schwäche sah.

Nicht, dass ich auch nur in einem einzigen Fall nachlässig gewesen wäre, wenn es um die Mittel für meine Kirche ging. Was ich nicht eintreiben konnte, weil ich Gnade vor Recht ergehen ließ oder weil aus einem falliten Nachlass nichts zu holen war, habe ich stets aus eigener Tasche zugeschossen, und zwar in gutem Geld.

Allerdings bin ich der Kirche von Bær ein strenger Zöllner gewesen! Das, was die Menschen davon halten und sagen mögen, müssen sie dereinst selbst verantworten. Auf diesem Gebiet habe ich jedenfalls nie Schwäche empfunden oder auch nur Grund dazu gehabt.

Meine Ohnmacht, die der Herr gesehen hat, war weitaus schicksalsschwerer als Derartiges. Sie zeigte sich dort, wo man nicht mit Wollstoff und Fisch bezahlt, sondern mit Blut. Nicht mit Gold oder Silber, sondern mit dem Seelenheil. Du hast sie gesehen, Herr! Aber bis auf den heutigen Tag niemand außer Dir.

Rufst Du mich nun zur Rechenschaft, indem Du mein einziges Kind, meinen Sohn Hilarius, blinden Mächten zur Beute hinwirfst?

So stehe ich denn hier. Stärke meine Hand, auf dass es mir gelinge, einen Funken Wahrheit aus dem dunklen Stein zu schlagen, den ich in meiner Brust trage.

II

Mein Sohn Hilarius hätte auch böseren Mächten als Sturm und Meer zum Opfer fallen können, die zwar kalt und salzig, aber wenigstens offen und auf fast brüderliche Weise schroff sind. Sicher hast Du das Beste für ihn gewollt, Herr. Wusste ich denn, was in seinem Herzen vorging, auch wenn es mir vorkam wie die Sonne des jungen Morgens? Kein Erwachsener aber findet jemals in den Wildwuchs der Jugend zurück. Und so nachdrücklich, dass ich mich daran erinnern sollte, hast Du mir damals vor Augen geführt, wie verderblich es ist, in den dunklen Wogen des eigenen Bluts zu versinken.

Kein Mensch konnte weniger vorbereitet sein, auf einmal inmitten schrecklicher und grausamer Geschehnisse zu stehen, als ich vor fünfzehn Jahren, damals grün und unerfahren, ein junger Mann in seinen Zwanzigern, seit zwei Jahren erst Kaplan und gerade frisch verheiratet, nachdem meine Ehe doch noch zustande gekommen war.

Doch wo soll ich anfangen? Bei Bjarni auf Sjöundá? Oder bei meinem Bruder Páll? Oder bei mir selbst? Nein, ich beginne mit Amor Jónsson, dem Zauberer … obwohl …, ich fürchte, es muss doch Bjarni sein.

Nie war ich einem Mann wie Bjarni begegnet (bin es übrigens auch später nie), groß und kräftig, der krause blonde Bart wehte im Frühjahrswind, seine blauen Augen funkelten wie aus lauter Kristallsplittern zusammengesetzt – ein Geschöpf, das geradewegs vom blauen Himmel und aus den hellen Wolken gefallen zu sein schien, so stand er da neben dem kleinen, unproportionierten Sarg, mit dem er gekommen war, kurz, aber breit, ein merkwürdiges Behältnis des Todes.

Er traf mich tiefer ins Herz, als ich sagen kann: Es war wirklich so, wie plötzlich Auge in Auge seinem Schicksal gegenüberzustehen. Vielleicht war das, was ich als Gefühl unmittelbarer Zuneigung deutete, bloß ein Stich ins Innere, ein Alarmzeichen. Eines aber stand fest: Dieser Mann ging mich etwas an; darin konnte ich mich keinesfalls irren. Und dabei stand ich bartlos vor ihm, ein gerade erst konsekrierter Kaplan, noch nicht einmal Pfarrer, und es war das erste Mal, dass ich mit den praktischen Erfordernissen meines geistlichen Amts konfrontiert wurde.

Oh, was für ein Tag das war! Einer dieser frühen Frühlingstage mit aufgelockerten Wölkchen am Himmel, und der Fjord draußen vor unserem rotgoldenen Strand ganz schwarzblau! Warum kann sich ein Leben wie das Bjarnis nicht in einen solchen schlichten Tag einschließen, einen so gesegneten Tag der Trauer und des Lichts? Warum nicht? Und doch existiert dieser Tag, so gewiss, wie es ihn gegeben hat. Er lebt weiter in mir, dem vergänglichen Zöllner. Sollte er in Gottes ewigem Herzen vielleicht unbedeutender und blasser weiterleben? Doch was ist mit den anderen Tagen? Den damals noch ungeborenen. *Jenen* Tagen ... Noch immer stehe ich wie damals mit blutigen Knöcheln an der Mauer des Dunkels.

Der Tag aber, an dem Bjarni von Sjöundá mit seinem gelben Bart und seinen blauen Augen in mein Leben trat, dieser Tag zumindest wird so lange leben, wie ich selbst lebe. Ich kann ihn nicht nur am Grunde meines Herzens spüren, ich fühle auch noch seine Sonnenwärme auf meiner Haut. Denn es war einer dieser Tage der Jugend, an denen das Glück schmerzvoll am Leben nagt, an denen Verheißung und Erfüllung das Herz leeren und ausfüllen wie Ebbe und Flut.

Das ist aber ein komischer Sarg!, brach es aus mir heraus, als wäre ich noch ein kleiner Junge und hätte nicht schon die Priesterweihe erhalten.

Der fremde Bauer musterte mich eingehend:

Bist du unser neuer Kaplan? Wie ist nochmal dein Name?

Ich überhörte es.

Wen bringst du mir in diesem Sarg?, fragte ich förmlich, denn selbst, wenn es die sterblichen Reste eines vom Alter Gekrümmten oder eines Gemeindearmen sein sollten, die sich nicht wieder geradebiegen ließen, oder auch nur der Oberkörper eines beinlosen Krüppels, hielt ich es für reichlich ungehörig von dem kräftigen Bauern, am Holz zu sparen.

Der goldbärtige Hüne sah keinen Anlass für eilige Erklärungen.

Mein Name ist Bjarni Bjarnason. Ich bin Bauer auf Sjöundá hier im Kirchspiel, begann er umständlich. Den Sarg hatte er auf einem der grünen Grashöcker des Friedhofs, einem Grab, abgestellt.

Die, die ich hier in der Kiste habe, das sind meine Jungbauern. Ja, so habe ich sie manchmal genannt. Bjarni und Egill hießen sie, acht und sieben Jahre alt. Vor ein paar Tagen fing auch bei ihnen der Husten an. – Meine Frau hustet, seit wir verheiratet sind. Elf Jahre sind das jetzt. Aber die beiden hier, die sind sofort gestorben. Nun ja, aber Kinder sind doch bloß Kinder … Und Übung macht den Meister. Du darfst nicht glauben, ich hätte sie aus Sparsamkeit in ein und denselben Sarg gelegt. Glaubst du, es macht etwas aus?

Bestimmt nicht, antwortete ich beschämt.

Na, dann. Würdest du ihnen erlauben, bis Sonntag in der Kirche aufgestellt zu bleiben?

Obwohl man mir gesagt hatte, draußen stünde ein Mann mit einer Leiche, hatte ich vergessen, den Schlüssel zur Kirche einzustecken. Darum lief ich ins Haus, um ihn zu holen. Lief. Denn ich hatte vollkommen vergessen, dass ich doch immerhin so etwas wie der Pfarrer hier war.

Als Bjarni sich anschickte, den Sarg in der Mitte der Kirche abzusetzen, hinderte ich ihn und bedeutete, er solle ihn in den Chor stellen, direkt vor den Altar.

Das ist hier nur bei vornehmen Leuten üblich, wandte er ein.

Das ist doch wohl meine Kirche, rief ich.

Da sah er mich lange an. Dann setzte er sich auf eine der Bänke, nahm die Mütze ab und seufzte tief, aber unterdrückt. Wie man in einem Haus seufzt, in dem man jemanden lieber nicht aufwecken möchte.

Auch ich nahm Platz, und nachdem wir eine Weile schweigend dagesessen hatten, fragte ich:

Du hast wohl noch mehr Kinder, Bjarni?

O ja, ich habe noch einen Jungen, den Gísli, sechs Jahre ist er, antwortete Bjarni, ohne seinen Blick vom Sarg zu nehmen. Aber der geht schon seiner eigenen Wege. Man sieht ihn nie! Immer hält er sich am Ufer auf. Du kennst vielleicht solche Kinder, die nicht vom Meer wegbleiben können – bis sie drinliegen.

Wie oft sollte ich später noch an diese Worte Bjarnis denken.

Er fuhr fort:

Und dann habe ich noch die beiden Mädchen, die Püppchen …

Was sollte ich ihm antworten? Was konnte man hier überhaupt sagen? Der Mann hatte offenbar verloren, was ihm als das Wertvollste in seinem Leben erschienen war: seine beiden Jungbauern.

Als wir die Kirche endlich verließen, blickte er sich bekümmert um und fragte:

Am Sonntag kommt aber doch hoffentlich Séra Jón?

Soweit ich weiß, antwortete ich ein wenig gekränkt.

Doch noch während ich den Schlüssel im Schloss umdrehte,
bedauerte ich meine Heftigkeit. Und zu Bjarni, der sich auf den
Erdwall um den Friedhof niedergelassen hatte, einen Grashalm
nach dem anderen ausrupfte und darauf kaute, während er unentwegt auf die Kirchentür blickte, sagte ich:

Du kommst mit mir ins Haus und bekommst erst einmal etwas zu essen, Bjarni.

Er hörte mich gar nicht. Bis ich ihn an der Schulter berührte
und meine Einladung wiederholte. Da folgte er mir wie ein Schlaf-
wandler.

Erst nachdem er schweigend gegessen hatte, während ich zusah, schien er zu sich zu kommen:

Eigentlich könnte ich auch gleich das Grab ausheben, sagte er
und erhob sich. Setzte dann erleichtert hinzu: Dann ist das auch
überstanden.

Ich begleitete ihn nach draußen. Dort zeigte ich ihm eine Stelle südlich der Kirche, seine Jungen sollten all die Sonne bekommen, die es gab. Außerdem drang bei Flut das Wasser durch die
Priele vor und umfloss diesen Teil des Friedhofs, fasste ihn, je
nach Wetter und Licht, mit glänzendem oder gehämmertem Silber ein. Es sieht wunderschön aus! Ich lieh Bjarni einen Spaten,
und ich blieb bei ihm, während er das Grab aushob.

Nachdem wir es ausgemessen hatten, sagte ich:

Da deine beiden Jungen nun einmal in einem Sarg liegen, sollst
du die Grabstelle für zwölf Ellen bekommen, wie für einen Er-

wachsenen. Normalerweise beträgt die Gebühr für zwei Kinder dieses Alters neun Ellen pro Kopf, stammelte ich verlegen. Mit der Gebührenordnung hatte ich mich bereits genauestens vertraut gemacht: Wären sie nur ein paar Jahre jünger …

Ein solcher Geizkragen bin ich nun doch nicht, unterbrach mich Bjarni abrupt. Miss ein Grab für achtzehn aus! Meine Jungen sollen hier ohne Abschlag und schuldenfrei liegen.

Später ist mir klar geworden, dass es unter anderem an Dingen wie dieser Antwort lag, dass man Bjarni für hitzköpfig hielt. Und für dumm.

Wie sorgfältig er doch dieses Grab aushob!

Wieder und wieder glättete er die Seiten mit dem Spaten, und die letzten losen Erdbrocken auf dem Boden fegte er mit den bloßen Händen zusammen. Mit einem Mal stand er wieder oben, ohne dass ich gesehen hätte, wie er das bewerkstelligt hatte; er stand auf einmal da und rieb sich die Erde von den Handflächen, stand und blickte hinab in das Grab, griff nach einem Erdklumpen und zerkrümelte ihn. Anschließend rieb er aufs Neue die Hände aneinander.

Jetzt wird es Zeit, nach Hause zu gehen, sagte er endlich, doch dann konnte er sich auf einmal nicht darauf besinnen, wo er seine Mütze gelassen hatte.

Er suchte sie, wo er gegessen hatte, doch da war sie nicht. Könnte er sie womöglich in der Kirche liegen gelassen haben?

Wir fanden sie dort auf der Bank, auf der er gesessen hatte. Doch obwohl er sie bestimmt mit Absicht dort zurückgelassen hatte, oder vielleicht auch gerade darum, schaute er diesmal den schwarzen Sarg, der seine Jungbauern barg, kaum an.

Am Sonntag war Séra Jón Ormsson im letzten Augenblick verhindert. So fiel es also doch mir zu, Bjarnis Jungbauern zum Grabe auszusegnen.

Ohne darum gebeten worden zu sein, sprach ich ein paar Worte an ihrem Sarg.

Ich sagte:

Ich kenne euch, ihr beiden Jungen, die ihr hier liegt, nicht persönlich. Ich habe euch nie im Leben gesehen, meine kleinen Freunde. Doch an dem Schmerz eures Vaters konnte ich ablesen, dass ihr gute Jungen wart. Darum ist es mir eine Freude, euch hier willkommen zu heißen, hier im Garten der Kinder Gottes. Euch, meine fremden Brüder, meine ersten Beerdigungsgäste. Möge die Trauer, die Menschen zum Grab begleitet, auch bei jedem zukünftigen Begräbnis hier auf dem Friedhof von Bær ebenso schlicht und so rein sein. Dann werden wir hier alle nacheinander in Frieden ruhen …

Wer hätte ahnen können, welch furchtbare Worte mir Gott da in den Mund gelegt hatte? Furchtbar, weil sie wie gemünzt waren auf die beklagenswerten Missetaten des Frevels und des Todes, denen wir alle später ausgerechnet hier in meinem armen Haus noch ins Gesicht sehen mussten.

III

Erst anderthalb Jahre später erhoben sich die ersten Gerüchte über Sjöundá.

Was mich angeht, so ergab es sich, dass ich in der dazwischenliegenden Zeit die Frau kennenlernte, Ólöf Jónsdóttir aus Keflavík, die in jenem Jahr des Glücks und des Unglücks 1802 meine geliebte Ehefrau werden sollte. Ach, was sage ich, Frau! Jung-Ólöf war doch damals noch ein Kind. Ebenso wie ich selbst. Und wie mein Bruder Páll. Sie war neunzehn, Páll zwanzig, und ich fünfundzwanzig.

Doch mit ihren neunzehn Jahren war sie durch und durch die Tochter ihrer Eltern. Was mit anderen Worten heißt, sie war vor allen Dingen sie selbst. Voll und ganz.

Leider brauchte es eine geraume Zeit, bis mir klar wurde, dass ich diese Ólöf liebte. Allzu lange! Als es mir endlich dämmerte, hatte ich schon eine ganze Weile mit angesehen und im Grunde mein Einverständnis erkennen lassen, dass mein Bruder Páll ihre Gesellschaft suchte. Und sie die seine. Dass sie nicht meinetwegen verbotenerweise eine ganze Meile bis zum Stakkavatn lief, wo wir auf Pferdeknochen spielten, wir würden Schlittschuh laufen, musste sie mir nicht erst dadurch deutlich machen, dass sie Páll rasch einen Kuss aufdrückte, als sie auf dem Eis nah aneinander vorbeiliefen. Im Übrigen machte sie aus diesem Teil des Spiels keineswegs ein Geheimnis; einmal, als ich geradewegs auf sie zugeschliddert kam und es beim besten Willen nicht übersehen konnte, rief sie mir lachend zu:

Wir schnäbeln!

Mir wurde so schwer ums Herz, und ich wusste nicht einmal,

warum. Tatsächlich glaubte ich, es wäre deshalb, weil mich ihr Benehmen abstieß. Dass sie mit Küssen herumalberten, das kam mir etwa so vor, wie Kirchenlieder im Dreivierteltakt zu singen. Diese Treffen auf dem Eis in märchenhafter Nacht, bei hellem Mondschein und unter fast stechend funkelnden Sternen, wurden mir nach und nach zu einer Tortur. Vorher hatten sie in mir geklungen wie ferne und einsame Musik. Mit dem donnernden Ozean gleich vor einem, die stumme, schwindelnd hohe Bergwand im Rücken – es war nicht bloß, als wäre man von seinem Körper abgelöst und lebte in einem Gedicht, in einem Volkslied, in schlichten, gereimten Strophen und als ruhte man selig in einer nicht endenden Stimmung, es war auch wie eine Andacht. Es war, als würde einen Gottes schlafender Atem beruhigend streifen, von weit her aus dem endlosen Raum.

Nun ja, ich begann, mich von diesen nächtlichen Spielen fernzuhalten.

Begleitete ich Páll aber doch wieder einmal an einem dieser Abende, dann musste ich feststellen, dass er und seine Freundin nun ständig »schnäbelten«. Ja, sie taten nichts anderes mehr.

Da wurde mir zu meinem eigenen Erschrecken bewusst, dass ich Páll hasste, meinen eigenen Bruder. Und ebenso hasste ich sie! Ja, davon war ich überzeugt. – Jedenfalls, eine Raserei, die ich nicht zugeben wollte, die ich aber auch nur mit Mühe zügeln konnte, drohte mein Herz zu zersprengen.

Eben das, dass sie nur miteinander spielten, erschien mir unerträglich.

Im Übrigen war ich mir vollkommen darüber im Klaren, dass mein Bruder schlicht zu arm war, um an eine Heirat denken zu können; das galt ganz allgemein, in Sonderheit aber was eine Einheirat in die Familie von Monsieur Jón anbetraf. Nicht einmal Jung-Ólöf hätte es schaffen können, ihn als Schwiegersohn in Keflavík durchzusetzen. Unwillkommen war mir diese Überlegung gewiss nicht. Aber … er war doch mein Bruder! Jedoch ihm den Hof zu überschreiben und selbst arm vor Gott von den Einkünften meines geistlichen Amts zu leben, das konnte ich nicht. Ich brachte es einfach nicht über mich! Und zudem wagte ich es nicht. Keine Macht der Welt konnte mich dazu bringen, das Schicksal wegzuschenken, das der Herr nun einmal mir bestimmt hatte. Doch Páll aus meinen Mitteln unterstützen, ihm ein Studium finanzieren, das konnte ich. Und etliche unserer hervorragendsten Bischöfe waren aus ärmeren Verhältnissen gekommen als er – mit mir im Rücken. Wer weiß, vielleicht konnte so mein Bruder Páll am Ende zu Ehren aufsteigen, die ich selbst niemals erreichen würde, ja, nicht einmal anstrebte.

Nach vielen Zweifeln und schweren Anfechtungen, deren Kern aus einem ungeklärten Rätsel in meinem Inneren bestand, rief ich Páll eines Tages zu mir in die winzige Kammer, in der ich sonst, sehr allein, meine Tage zubrachte. Und ich brachte die Sache zur Sprache. Ich sagte:

Du bist jetzt zwanzig Jahre alt, Pálli, und du bist, Gott sei Dank, kräftig und kerngesund. Aber denkst du auch einmal an deine Zukunft, Junge?

Was meinst du, Bruder?, fragte er mit einem Augenzwinkern zurück, vollkommen unempfänglich für die Spannung, die mich wie in einem Schraubstock hielt, ja, offensichtlich ohne die leiseste Ahnung, dass es hier um sein eigenes Glück und Leben ging.

Bitterkeit stieg in meinem Herzen auf, eine beizende, schwarze Bitterkeit. Er war mein Bruder. Kains ewiger Ausruf wurde –

unausgesprochen und mir keineswegs bewusst – auch in meinem Innern laut. Doch ich beherrschte mich. Ich suchte und ich fand die rechten Worte, die ich sagen wollte. Währenddessen stand mein Bruder Páll mit einem Lächeln auf den Lippen bei meinen Büchern und Papieren, sah mich an, sah meinen Talar an, der an der Wand hing, und als ich schwieg, fragte er:

Glaubst du wirklich, ich würde mich zum Schwarzrock eignen, Bruder?

Was in dem Moment mit mir vorging, weiß ich nicht, doch aus der Tiefe meines Wesens stieg, so grimmig wie hinterrücks, eine böse Erleichterung. Seitdem habe ich meinen Bruder nicht mehr gehasst. Aber ein Dauern und Erbarmen für ihn empfunden, ein verächtliches Mitleid. Und ich gab ihm damals milde und mit einer leidlich echten Anteilnahme zurück:

Wie stellst du dir denn selbst deine Zukunft vor?

Da auf einmal wurde Páll unruhig. Und es tat mir gut, plötzlich eine Portion gehöriges Erschrecken in seinen Augen zu sehen. Er fragte:

Was willst du damit sagen? Kann ich denn etwa nicht hier bleiben? Hast du an mir als Großknecht etwas auszusetzen?

Bestimmt nicht, brauste ich auf, aber hältst du das für eine passende Stellung, in der du etwa heiraten kannst?

Da lief Páll bis zu den Ohren hinauf rot an, ich hätte ihn ohne weiteres in sein Gesicht schlagen können, und er gab zurück:

Na, dafür wird sich doch vielleicht Rat finden lassen, wenn es einmal so weit sein wird.

Schon möglich!, spuckte ich ihm entgegen, und mir war klar, dass uns nicht nur das Alter trennte, aber es ist eine alte Einsicht, Bruder, dass man für die großen Fische eine starke Leine braucht.

Doch wie gesagt, wenn es dir einfällt, vielleicht doch Pfarrer werden zu wollen, dann werde ich dich auf jede erdenkliche Weise unterstützen.

Und dann müsste ich von hier fortgehen?, fragte er.

Es sei denn, du bringst das Priesterseminar dazu, zu dir zu kommen.

Könntest du ... Könntest du mir die Summe, die es dich kosten würde, nicht zu anderen Zwecken zukommen lassen?

Doch, gern. Jederzeit. Und für Zwecke, die du selbst bestimmst.

Páll ging. Ich blieb allein zurück.

Ich war so niedergeschlagen, dass ich mich setzte, die Hände vors Gesicht schlug und nicht im Geringsten mehr ein noch aus wusste. Ich konnte ihn doch nicht gegen seinen Willen in eine Ausbildung stecken. Dazu sind wir doch schließlich Menschen, dass wir unseren innersten Impulsen folgen – und dann auch die Konsequenzen tragen. Hätte ich mit meiner brüderlichen Autorität darauf beharrt, dann hätte ich aus Páll irgendwann vielleicht doch noch einen Pfarrer machen können. Aber wohl kaum jemals einen Mann.

Wie ich dort saß, sah ich auf einmal Ólöf vor mir, die junge Ólöf. Ich wollte sie aufsuchen und mit ihr über Páll reden. Ich tat es auch, ... saß da in meiner Kammer und redete und redete, allerdings vergaß ich, dass wir uns über Páll unterhalten sollten. Ehe ich mich's versah, hockte ich da und sprach mit ihr über mich selbst. Ich redete, wie noch nie ein Mensch in Zungen geredet hatte, jedenfalls nicht, ehe er selig vor Gott getreten war.

Nicht lange danach hatten wir beide, Ólöf und ich, tatsächlich unsere erste und letzte Unterredung in jenem Sommer.

Es war an einem Sonntagmorgen, als ich ein Boot heranfliegen sah, mit einer Segelführung, als ginge es um Leben und Tod, oder mit einem Verrückten am Ruder. Ich stürzte zum Strand hinab. Und ob es sich nun um das Glück des Dummdreisten oder um ein Wunder handelte, jedenfalls schoss das Boot unversehrt aus der grünen Gischt hervor – mit Jung-Ólöf am Ruder, triefnass wie eine Ertrunkene.

Ich komme, um dich zu hören, Kaplan, rief sie unter ihren verklebten, von Salzwasser triefenden Haaren hervor. Ich sollte an diesem Tag in der Kirche predigen.

Aber Monsieur Papa und Madame Mama wollten mich nicht lassen. Sie wollten selbst die Pferde nehmen. Also sattelte ich mir ein Wogenpferd. Nahm das einzige Boot, das ich hinausschieben konnte. Das war vielleicht eine erfrischende Überfahrt! Und dabei habe ich das Vergnügen noch vor mir, Jón Pálsson hier begrüßen zu dürfen.

So sprudelte sie munter heraus, während wir durch schlammige Fluttümpel zum Hof zurückgingen. Ich sagte derweil kein Wort.

Sie warf mir von der Seite einen Blick zu. Dann sagte sie:

Ich sollte ein paar Hosen und einen Pullover von Páll anprobieren. Trockene Kleider würden mir jetzt guttun.

Eine Rute würde dir noch besser tun.

Mehr sagte ich nicht, obwohl mir noch viele wütende Worte auf den Lippen brannten.

Sie verstummte für eine ganze Weile. Dann brach es aus ihr heraus:

Soll das etwa der Dank dafür sein, dass ich mein Leben aufs Spiel setze, um dich zu hören?!

Da konnte ich meine Zunge nicht länger im Zaum halten und gab kalt zurück:

Bis jetzt waren es nicht unbedingt *meine* Lippen, von denen du den Honig gesaugt hast.

Sie wurde blutrot. Von da an schwieg auch sie beharrlich.

Ich bin sicher, dass sie sich an diesem Tag nur in der Kirche zeigte, um in ihrer Männerkluft Anstoß zu erregen. Was ihr auch reichlich gelang. Jedenfalls kam sie nicht, um mich zu hören, denn mitten in der Predigt stand sie auf und verließ hoch erhobenen Hauptes die Kirche. Nach dem Gottesdienst sprach sich herum, dass sie das Pferd ihres Vaters aus dem Pferch geholt, sich rittlings in den Sattel geschwungen hatte, als wäre sie noch ein Mädchen, und nach Hause geritten war.

Das war im August. Danach sprach ich nicht mehr mit Jung-Ólöf, ja, wir sahen uns kaum mehr bis zu jenem Tag ein halbes Jahr später, an dem ich mich mit ihr verlobte, sie »kaufte«, wie ich es, um sie zu ärgern, nannte.

IV

Das möchte ich dir gern bei passender Gelegenheit vergelten, Eiúlfur, hatte Bjarni auf Sjöundá an dem Tag, an dem ich seine Jungbauern beerdigte, zu mir gesagt und mir die Hand gedrückt.

Ich fand keine passende Antwort, denn ein klein wenig abseits stand ein fremder Herr, ein Mann mit weichem schwarzem Haar und Bart und einem Paar kleiner, gelber Augen in einem knochenbleichen Gesicht, und starrte uns unentwegt an. Vor allem Bjarni. Der Mann trug schwarze Kleidung, war groß und schlank, glich von der Statur kaum den übrigen Bauern und schien auch nicht richtig zu ihnen zu gehören. Ich konnte meinen Blick nicht von einer Reitpeitsche aus Silber und Elfenbein wenden, die er in seiner großen Hand hielt.

Auch Bjarnis Frau, Guðrún Egilsdóttir, trat zu uns und dankte mir. Doch vor lauter Schniefen und Husten verstand ich ihre Worte im Einzelnen nicht. Sie war eine kleine Frau, die die ganze Zeit die Hände vor den Mund hielt und hustete und hustete. Trotz des milden Wetters trug sie ein wollenes Kopftuch und war in mehrere Schals gehüllt. Ich musste es mir zweimal sagen lassen, ehe ich glaubte, dass das wirklich die Frau Bjarnis war. Die feuchte Hand, die sie mir gab, ließ mich unwillkürlich zurückzucken. Überhaupt erfüllte mich diese Frau vom ersten Moment an mit einem merkwürdigen Unbehagen. Und mit einem Erbarmen, das sich auf Bjarni übertrug und ihn eines Teils meiner ersten spontanen Sympathie wieder beraubte.

Als die beiden gingen, kam der schwarze Mann auf mich zu und reichte mir die Hand.

Darf ich mich vorstellen, junger Prophet, sagte er freundlich mit einem leicht spöttischen Unterton und drückte fest meine Rechte.

Mein Name ist Amor Jónsson. Mein Vater, sündigen Angedenkens, war ein Mann, der in allem zu seinen Taten stand. Willkommen auf Rauðasandur!

Ich stammelte ein Dankeschön. So und nicht anders traf ich meinen ersten und einzigen Freund. Obwohl, Freund … ich will nicht verhehlen, dass ich am Anfang fast ein wenig Angst vor Amor Jónsson hatte. Jedes Mal, wenn wir uns trafen, versetzte es mir einen Stoß; mein Puls änderte den Takt. Wenn ich mit ihm zusammensteckte, schien mir alles möglich zu sein. Und – alles war möglich! Aber ein Freund? Aufrichtig war er mir gegenüber nicht, und ich auch nicht zu ihm. Aber er war jedenfalls der Einzige, der mich in der ersten Zeit aufsuchte und der sogar über Nacht blieb, nur um in meiner Gesellschaft zu sein.

Klug wurde ich allerdings nicht aus ihm. Wann sprach er im Ernst? Wann machte er Witze? Erst viel später ging mir auf, dass er niemals scherzte.

Ich erinnere mich eines Sonntags mit tief stehender Abendsonne über dem Fjord, der Strand lag dunkelrot vor dem weißen Schaum einer leichten Dünung. Wir saßen auf dem Wall um die Hauswiese, wohin ich ihn begleitet hatte. Sein Schimmel graste, schon aufgezäumt und gesattelt, zu unseren Füßen.

Wie kannst du eigentlich so nachdrücklich die Leute hier davor warnen, ihre Häuser auf Sand zu bauen?, fragte Amor Jónsson. Von den zwölf Höfen hier am Fuß der Bergwand stehen doch immerhin elf, darunter dein eigener samt Kirche und Friedhof, auf Sand, auf losem Muschelsand, den der Breiðafjörður angespült und auf dem sich eine dünne Schicht Erdreich angelagert hat. Bjarni auf Sjöundá ist der einzige Bauer im ganzen Kirchspiel, dessen Haus auf felsigem Grund steht – abseits und gut versteckt weit draußen bei den Steilklippen von Skor, einsam und nicht zu sehen. Ob ausgerechnet der Hof so viel sicherer steht als die anderen, das weiß Gott allein.

Die Stimme, die in die funkelnde Abendsonne hineinsprach, deren Licht sich bereits in einzelne Splitter in der Luft zerlegte, schwelte dunkel. Auf einmal erinnerte ich mich, dass mir schon aufgefallen war, dass Amor Jónsson niemals auch nur ein einziges Wort an Bjarni direkt richtete, sondern ihn immer nur ansah. Eindringlich, fast neugierig, aber nicht ausgesprochen unfreundlich. Und doch jagte mir die Erinnerung an sein Verhalten gegenüber Bjarni zusammen mit diesen Worten über die Einsamkeit des Gehöfts einen Schauer über den Rücken.

Den Untergrund von ganz Rauðasandur haben also die fleißigen Steinbeißer draußen im Fjord durchgekaut, Körnchen für Körnchen, fuhr Amor Jónsson fort. Wenn ich Pastor wäre, würde ich jeden Sonntag von der Kanzel ihren Appetit segnen. Auch jetzt, in diesem Augenblick stehen sie Seite an Seite über den Tangbänken, ihre stumpfen Mäuler dem Land zugewandt, und kauen vor sich hin. Eine dunkle Keilschrift in der Tiefe, dunkel und veränderlich.

Wir schwiegen.

Tja, ohne die Zähne der Steinbeißer, die Schalen der Muscheln und den unstillbaren Appetit beider gäbe es Rauðasandur also schlichtweg nicht, mein Sohn, schloss mein Gast und erhob sich. Soll ich in Keflavík Grüße ausrichten?

Bei dieser Frage sah er mich nicht an und erwartete auch keine Antwort.

Der Hufschlag auf dem harten Grasboden klopfte dumpf, schwächer und schwächer, bis er ganz in der zunehmenden Dunkelheit verklang.

Ich ging zum Haus zurück, inwendig von Würmern angenagt, die ich bis dahin nicht gekannt hatte: bösen Vorahnungen, schwelendem Verlangen, unbestimmter Furcht, frischem Zorn. Und junger, rasender Liebe.

V

In der Folgezeit wurde in der Gemeinde nicht wenig über all die Zwietracht geredet, die auf Sjöundá, dem abgelegenen Hof, zwischen den beiden Bauern und sogar zwischen den jeweiligen Eheleuten herrschen sollte.

Die Sache war die, dass Bjarni nach dem Tod seiner beiden Jungen die Hälfte des Hofs an Jón Þorgrímsson verpachtet hatte, der mit seiner Frau Steinunn Sveinsdóttir und ihren fünf Kindern aus Skápadalur im Patreksfjörður hergezogen war.

Im ersten Jahr war alles gut gegangen, Bjarni und Jón waren beide friedfertige Männer. Bjarni vielleicht ein wenig hitzig, dafür im Gegenzug auch schnell zur Versöhnung bereit. Jón dagegen ein ausgesprochener Griesgram, um den man am besten einen Bogen machte, mit dem man aber ansonsten gut auskommen konnte.

Und die Frauen? Guðrún Egilsdóttir bereitete vorsätzlich bestimmt keinem lebenden Wesen Verdruss. Allerdings fiel es im täglichen Zusammenleben sicher nicht ganz leicht, ihr ewiges Klagen, ihr Husten und die nicht endenden Beschreibungen ihrer hinterhältig wiederkehrenden Brustschmerzen auszuhalten. Steinunn war eine Frau mit stillen und festen Augen, stark und schweigsam. Unansehnlich konnte man sie beim besten Willen nicht nennen.

Es kann sein, dass mir nicht einmal alles zu Ohren kam, was über das Zusammenleben dieser Menschen auf Sjöundá geklatscht wurde. Aber schon was ich mitbekam, hätte ich lieber nicht gehört.

Glaubte ich denn, was da geredet wurde? Wer kann sich schon Rechenschaft darüber ablegen, was er von irgendwelchem Geschwätz glaubt und was nicht. Ich kann nicht sagen, was ich damals von Bjarni gedacht habe. Außerdem sind die Annahmen und Zweifel jener Zeit längst von der blinden Düsternis der Ereignisse verdunkelt. Doch eins steht fest: Der Bjarni, den ich kannte – oder den ich zu kennen glaubte, der Bjarni, den ich gern wiedersehen und treffen wollte, das war der, der seine Jungbauern zu Grabe getragen hatte, als der Frühlingswind seinen krausen, blonden Bart zauste. Konnte man von diesem Mann derart Böses denken, dass man sich vorzustellen vermochte, er sei dazu imstande, Gottes eindeutige Gebote und selbst ein Mindestmaß an Anständigkeit mit Füßen zu treten? In seinem eigenen Haus! Vielleicht verhielt es sich in Wahrheit aber so, dass tief in meinem eigenen Innersten ein fundamentaler Zweifel lauerte: Was war böse? Was gut? Obwohl ich diesen Zweifel heute nicht begreife und kaum an ihn glauben mag.

Aber ist es nicht doch die Wahrheit? Auch wenn mir nicht einen Augenblick bewusst war, dass ich solche Überlegungen hegte, und selbst wenn ich nicht einmal heute klar dazu zu stehen wage, dass ich so dachte. Oder aber es handelt sich lediglich darum, dass ich mich selbst verdächtige, so gedacht zu haben.

Séra Jón Ormsson, unser Propst, wollte von alldem nichts wissen. Sobald in seiner Gegenwart in dieser Richtung auch nur eine Andeutung laut wurde, lief sein von weißem Haar und Bart umrahmtes Gesicht tiefrot an. Und wenn derart Feuer in Séra Jóns Augen aufloderte, dann wurde man besser still.

Habe ich mir nicht mehr als einmal gedacht, schließlich sei doch Séra Jón der Pfarrer von Rauðasandur? Und ich lediglich sein Kaplan. Mithin trage auch er die Verantwortung. Doch, das tat ich, ich weiß es ganz genau. Folglich muss ich doch damals der Ansicht gewesen sein, dass jemand in dieser Sache Verantwortung übernehmen müsse. Allerdings tat es niemand.

Ich war im Übrigen auch derart mit dem beschäftigt, was in meinem eigenen Herzen vorging, dass ich nur höchst selten Zeit für andere Gedanken und Gefühle fand. Was spielte sich denn in mir ab? Ich weiß es beim besten Willen nicht. Habe nicht die leiseste Ahnung. Doch Amor Jónsson schien es zu wissen.

In jenem Winter, es war der schlimmste, den ich je erlebt habe, fiel vom Himmel mehr Schnee, als ich mir darin überhaupt vorzustellen vermochte. Gleich um Michaelis begann es zu schneien. Und dann hielt es sich dran, den ganzen Winter lang. Und dennoch konnte man mit einigem Fug und Recht behaupten, dass man in diesem Winter nicht *einmal* den Fuß in Schnee gesetzt hatte. Denn sobald es mächtig geschneit hatte, setzte auch sogleich Tauwetter ein, in dem die Schneemassen schmolzen, und darauf folgte jedes Mal bitterer Frost, der das Schmelzwasser in Eis verwandelte. Das ganze Land wurde nach und nach mit Eis überzogen, versank tiefer und tiefer unter einem Panzer von glattem, grauem Eis. Auch an den Überhängen der hohen Bergwand hinter den Höfen hing Eis in langen Zapfen – wie ein Fetzenvorhang des Todes. Sonst aber durchbrach kein Grashöcker und kaum der größte Stein diese vielen Schichten von beinhartem Eis. In diesem Winter erstarrte alles zu Eis. Alles. Auch mein Herz fühlte sich in der Brust wie eingefroren an.

Amor Jónsson besuchte mich oft; ich möchte fast sagen, zu allen passenden und unpassenden Gelegenheiten. Schließlich begannen mir seine Besuche und seine verblümte Redeweise auf die Nerven zu gehen. Eines Abends, an dem wir unter vier Augen in meiner Kammer saßen, konnte ich nicht länger an mich halten:

Was willst du eigentlich von mir? Du bist alt, ich bin jung. Warum suchst du mich auf?

Solltest du das wirklich nicht wissen?, fragte er völlig unbeeindruckt von meiner Heftigkeit.

Ich fühlte, wie mir das Blut in die Wangen stieg, antwortete aber mit zusammengebissenen Zähnen:

Nein.

Amor Jónsson saß ein paar Augenblicke vorgebeugt da und schaute mit gesenktem Blick vor sich hin. Dann richtete er sich mit einem Mal auf und verkündete, endlich einmal vollkommen ernst:

Dann ist es wirklich höchste Zeit, dass du davon erfährst ...

Ich war von meinem Stuhl am Tisch aufgestanden. Er nahm ohne Umstände meinen Platz ein, probierte meine Feder an seinem Daumennagel, strich gedankenverloren ein Blatt Papier glatt, wie man es mit Pergament tut, schrieb ein paar Zeilen darauf und sagte nebenher:

Du hast doch schließlich deinen Bruder und die Knechte in deinem Haushalt mitzuversorgen ...

Das erwähnte er, ohne aufzublicken. Und als ich es nicht in Abrede stellte, schrieb er weiter.

Als er mir das Blatt endlich reichte und ich las, was er geschrieben hatte, musste ich lächeln. Da stand, dass mir Amor Jónsson zwei Höfe verkauft hatte, deren Namen mir kaum jemals untergekommen waren, der eine vierzig, der andere zwanzig Hunderte wert, verkauft zu den Bedingungen, auf die wir uns geeinigt hätten. Vielleicht war der Mann am Ende doch verrückt.

Auf welche Bedingungen haben wir uns denn geeinigt?, fragte ich kühl.

Dass du meiner Nichte ein guter Ehemann wirst, antwortete er ruhig und blickte mir fest in die Augen.

Dann soll es sich also um ein Geschenk handeln.

Es ist der Preis für das Mädchen, mein Sohn. Ob ich die Höfe dir zuschiebe und du sie dann an Jung-Ólöf weitergibst oder ob sie sie von mir erbt, das kommt am Ende ja doch auf das Gleiche heraus. Sofern hier von einem Geschenk die Rede sein kann, schenke ich dir nicht die Höfe, sondern Jung-Ólöf. Die Frage ist nur, ob du sie haben möchtest.

Ja, oder ob ich sie von dir haben will.

So ist es.

Ich ergriff seine Hand. Amor Jónsson sagte:

Ich habe diese Höfe erst vor so kurzer Zeit erworben, dass weder Monsieur Jón noch meine Schwester Ólöf wissen, dass sie jemals in meinem Besitz waren. Ruf jetzt also Leute herein, damit sie den Brief bezeugen können.

Die Verlesung des Dokuments vor den notwendigen Zeugen sowie deren Unterschriften erfolgten ohne irgendeine Bemerkung. Bloß mein Bruder Páll meinte:

Sechzig Hunderte, das ist ja ein stattlicher Brautpreis!

Genau, antwortete ich und sah ihm in die Augen. Reitest du morgen mit mir nach Keflavík? Auf Brautwerbung?

Er wurde blass und anschließend rot. Und wollte dann meine Hand ergreifen. Ich wandte ihm kochend den Rücken.

Amor Jónsson hatte dabeigestanden und uns unverwandt, aber nicht sonderlich überrascht beobachtet.

Ja, ja, machte er beifällig, nachdem Páll die Zimmertür hinter sich geschlossen hatte.

Da richtete sich mein Hass auf ihn, ich blickte mich nach dem frisch unterzeichneten Auflassungsbrief um und schrie: Ich pfeif auf deine Höfe!

Ich auch, gab er seelenruhig zurück und verstaute die Urkunde umständlich in seiner Tasche.

Wie auch immer, am Tag darauf ritten wir zu dritt nach Keflavík. Mein Bruder Páll, ich und Amor Jónsson.

Die scharfen Kanten der Hufeisen knirschten hart ins Eis. Das tat meinem Herzen gut. Wir ritten, ohne ein Wort miteinander zu wechseln. Doch den verunsicherten Blick von Páll werde ich nie vergessen.

Ich bat darum, mit Monsieur Jón Pálsson, Madame Ólöf und Jung-Ólöf sprechen zu dürfen. Wir unterhielten uns in der Wohnstube, wir vier Männer und zwei Frauen.

Ohne Umschweife erklärte ich Monsieur Jón:

Ich bin gekommen, um deine Tochter zu kaufen.

Nachdem das heraus war, sagte lange Zeit erst einmal niemand etwas. Blicke allerdings wurden gewechselt, schweiften hierhin und dorthin.

Monsieur Jón Pálsson hielt sein mächtiges Haupt hoch erhoben. Es war ihm unmöglich anzusehen, was er von der Sache hielt. Auch nicht, als er fragte:

Für wen?

Für mich selbst, gab ich zurück und vermied es, Jung-Ólöfs Blick zu begegnen, der unverwandt auf mich geheftet war, und nur auf mich.

Dafür erwiderte ich hin und wieder in aller Ruhe die zugleich verbitterten und ängstlichen Blicke meines Bruders Páll.

Familie hast du keine, wie?, fragte Monsieur Jón Pálsson. Du kommst allein, in eigener Sache?

Mein Bruder Páll, den du kennst, und mein Freund Arnor Jónsson sind meine Zeugen und Fürsprecher.

Und als Preis für das Mädchen hast du dir wohl eine Schuldverschreibung auf deine Pfründe und Zehnten gedacht, warf überraschend Madame Ólöf mit einem Lächeln ein.

Ich verbeugte mich in ihre Richtung:

Vielleicht dürfte ich auf Vergebung hoffen, Madame Ólöf, wenn ich mich dazu verleiten ließe, die Hand Ihrer Tochter für das gute Geld meines Gottes erwerben zu wollen, antwortete ich. Doch ich fürchte, sie wird sich mit armselig irdischen Gütern zufriedengeben müssen.

Du hast also bereits mit meiner Tochter gesprochen?, fragte Monsieur Jón Pálsson.

Nein.

Ja, glaubst du etwa, ich würde sie ohne ihre Einwilligung mit dir verloben?

Nein.

Aha. Was sagst du nun dazu, Tochter?

Da schaute auch ich endlich Jung-Ólöf an, mit ihren schwarzen Augen, die sich auf einmal mit Tränen füllten. Sie sah sehr blass aus. Und ihre Lippen bebten derart, dass sie nicht imstande war, zu sprechen. Sie stand bloß da, ohne die Arme zu heben, und kämpfte gegen ein Schluchzen, das in ihrer Brust aufstieg.

Na gut, stieß Madame Ólöf hervor und erhob sich mit Macht. Wenn das Kind schon endlich einen Mann kennengelernt hat, dann soll er es in Gottes Namen auch bekommen.

Sie legte ihre Hände in meine.

Und damit Glück und Segen, meine Kinder!

Dann ging sie weiter und trat auf ihren Bruder zu:

Und du, Amor … wenn du auch nicht das Kind meiner Mutter bist, so bist du doch umso mehr der Sohn unseres Vaters! Du bist mir hier auf Keflavík immer willkommen gewesen, aber noch nie so wie an diesem heutigen Tag.

Jetzt stand auch Monsieur Jón Pálsson auf.

Das mag ja alles gut und schön sein, aber was hast du meiner Tochter zu bieten?

Ich nannte die beiden Höfe, die mir Amor Jónsson am Vortag überschrieben hatte.

Die gehören ihr, unter allen Umständen, erklärte ich.

Dann lass uns den Ehevertrag aufsetzen, meinte Monsieur Jón und trat an seinen Sekretär.

Keflavík ist natürlich viel mehr wert als deine sechzig Hunderte, und ich habe keine Lust, den Streifen Land auch noch aufzuteilen, aber es gibt ja noch andere Höfe …

Da ergriff zum ersten Mal in diesem Gespräch Jung-Ólöf das Wort:

Wenn Keflavík als Mitgift für mich zu gut ist, dann bin ich für eine Ehe nicht gut genug, Vater.

Endlich siehst du dir selbst wieder ähnlich, Tochter!, schnappte er zurück. Ich gebe dir 120 Hunderte außerhalb von Keflavík. Was sagst du dazu?

Dass du deinem Hund schenken kannst, was dir selbst nichts wert ist!

Ruhig, ruhig, schaltete sich Madame Ólöf ein. Selbstverständlich soll das Kind Keflavík bekommen. Über *diesen* Hof sollte ich doch auch etwas zu sagen haben. Schließlich hast du Keflavík bloß erheiratet, Herr Jón.

Schon recht, und du bist lediglich darauf geboren, Frau.

Vielleicht war es wirklich Monsieur Jón Pálssons Absicht, seiner Tochter Keflavík als Mitgift vorzuenthalten; vielleicht. Aber sie bekam es doch. Der Vertrag wurde aufgesetzt und anschließend von den Brauteltern, Amor Jónsson, meinem Bruder Páll und den Knechten Monsieur Jóns bezeugt, die schon am längsten auf dem Hof lebten. Madame Ólöf richtete ein Hochzeitsmahl, wie es sich gehörte, und danach wurden meine Braut und ich nach altem Brauch zum Brautbett geleitet.

In dieser Nacht sprachen wir nicht miteinander. Wir hatten überhaupt noch nicht allein unter vier Augen miteinander geredet, noch niemals. Mit Ausnahme des einen Tages, an dem wir Seite an Seite durch die matschigen Fluttümpel gestapft waren. Noch immer waren Worte zwischen uns nicht möglich. Trotz meiner frisch erwachten Lust war mein Herz in jener Nacht düster, sehr düster und schwer.

Am nächsten Morgen lagen wir nebeneinander und spürten gegenseitig unsere Körperwärme, aber noch immer ohne miteinander zu sprechen. Bis sich Jung-Ólöf auf die Ellbogen aufrichtete, mir ernst in die Augen sah und sagte … Nein, ich will nicht verraten, was sie sagte; nur so viel, dass der böse Ring, der mein Herz umklammert hielt, bei ihren Worten zersprang. Denn ich entnahm ihnen, dass sie nicht nur rein und unschuldig war, sondern mich auch liebte.

Während wir uns ankleideten, war sie wieder dunkel und nachdenklich. Sie wollte etwas sagen. Und endlich kam es:

Du weißt ja, Eiúlfur, dass ich da auf dem Eis Páll geküsst habe, viele Male … Was denkst du darüber?

Was zum Teufel kümmert es mich, wann, wo und wie oft du

diesem Welpen ums Maul geleckt hast, brach es wütend aus mir heraus, und ich stampfte mit dem Fuß auf.

Einen Augenblick sah sie mich erschreckt an. Dann warf sie sich mir an den Hals und küsste mich. Ich fand, das war kein Grund, mich zu küssen, und machte mich frei; was sie duldsam hinnahm.

So begann unsere Ehe.

Doch als ich später am gleichen Tag mit meinem Bruder Páll nach Bær zurückritt ... Seinen Blick werde ich nie vergessen.

VI

Einen Monat später wurden Ólöf die Jüngere und ich in der Kirche von Bær von unserem lieben Propst, Séra Jón Ormsson, getraut. Es war am fünften Fastensonntag. Der Predigttext stammte aus dem Lukasevangelium: Und im sechsten Monat ward der Engel Gabriel gesandt von Gott in eine Stadt in Galiläa, die heißt Nazareth.

Auch uns beiden jungen Menschen, die wir uns auf die lange Reise eines gemeinsamen Lebens begaben, predigte Séra Jón über diesen Text aus dem Evangelium.

Haltet eure Ohren offen, ihr jungen Leute, damit ihr jederzeit die Stimme des Verkünders hören könnt. Denn nur so findet man den Weg zu Gott. Und der Mensch ist nur er selbst, ist allein Mensch in seinem Suchen nach Gott. Vielleicht mag es euch einmal so vorkommen, wenn Gott euch einen Sohn schenkt, dass der Engel *ihn* angekündigt hat. Aber wahrlich, ich sage euch: Setzt euer Vertrauen nicht auf das Licht des unstet rollenden Sonnenrads und heftet eure Herzen nicht an vergängliches Fleisch. Der, der seinem eigenen Herzen anhängt, wird mit diesem Herzen sterben ... So redete Séra Jón, der Sünder.

Frömmigkeit und kindliche Gottesfurcht sind eines, doch der eiskalte Hauch eines einsamen Todes etwas ganz anderes. Ein einsamer Tod? Nun ja, Tod und Verzweiflung.

Mein Bruder Páll hatte den ganzen Tag kein Auge von mir gewandt. Doch erst am Abend in Keflavík, als meine Braut und ich zusammengegeben waren, kam er zu mir.

Ich habe ein Hochzeitsgeschenk für dich, Bruder, sagte er leichthin.

Ich hatte es kommen sehen. Wie lange schon? Das weiß ich nicht, aber die Spannung, die sich so schnell und heftig in mir ausbreitete, die entstand nicht erst in diesem Moment. Sie war älter.

Jung-Ólöf stellte sich dicht neben mich, und so standen wir schweigend da und sahen Páll abwartend an.

Doch auch er schwieg. Ob aus Vorsatz und mit Bedacht oder auf der Suche nach Worten, weiß ich nicht. Endlich sagte er:

Jón Þorgrímsson ist abgestürzt ...

Der arme Mann! Wann? Heute?

Nein, es ist schon am Donnerstag passiert.

Warum weiß ich nichts davon?

Tja, die auf Sjöundá haben wohl keine Eile gehabt, es bekanntzumachen.

Hat er sich schwer verletzt?

Schwer verletzt, das ist wohl das Mindeste, was man dazu sagen kann.

Wer kümmert sich um ihn?

Gott vermutlich.

Hat er sich tödlich verletzt?

Begreifst du nicht mehr, was man dir sagt, Bruder? Jón Þorgrímsson auf Sjöundá ist von den Klippen bei Skor gestürzt. Er ist tot. Weg!

Sein Tod wurde aber doch heute nicht in der Kirche bekanntgegeben. Das ist doch merkwürdig.

Es ist so vieles merkwürdig, Bruder. Es gibt viele verschiedene Arten glatter Abhänge. Und viele Arten zu sterben. Jón Þorgrímsson ist, wie gesagt, an den Skorklippen abgestürzt. Keiner hat gesehen, wie es passiert ist. Keiner hat ihn seitdem mehr zu Gesicht bekommen. Vielleicht bringt das Meer ihn uns zurück.

Vielleicht auch nicht. Es gibt ja auch andere, deren Sturz keiner gesehen hat …

Meine Gefühle und Gedanken rasten derart im Kreis, dass ich nicht wusste, was ich darauf antworten sollte. Jung-Ólöf rettete die Situation. Mit ruhiger Hand löste sie den Brautkranz aus ihrem Haar, legte ihn auf den Tisch und wandte sich etwas spitz an Páll:

Gute Nacht, Gabriel. Geh jetzt. Und das nächste Mal, wenn du eine Botschaft verkünden willst, such dir einen passenderen Zeitpunkt aus!

Sobald wir allein waren, ließ ich mich auf einen Stuhl fallen und weinte. Jung-Ólöf stand an meiner Seite und strich mir ab und zu übers Haar. Sanft fragte sie mich:

Was ist, mein Freund? Ist es denn so schlimm?

Das weiß Gott allein, antwortete ich und erhob mich.

Gewiss löschte ich in dieser Nacht meine Angst und meine Qual in ihren Armen. Doch ich schlief schwer und wachte am Morgen mit großer Unruhe und einem unbestimmten Schmerz auf.

Die anschließenden Hochzeitstage – gut, dass ich sie nicht noch einmal durchmachen muss! Am liebsten wäre ich gleich am Montag mit meiner jungen Frau nach Hause geritten. Doch Monsieur Jón Pálsson war nicht der Mann, der eine Hochzeitsfeier absagte, weil irgendein Bauer auf einem abgelegenen Hof verschwunden war. Und ich wollte nicht unbedingt derjenige sein, der zu viel Aufhebens um Jón Þorgrímssons Verschwinden machte.

Vielleicht … vielleicht dachte ich auch an Bjarni. Und an seine Jungbauern. Und an das Grab, das er an jenem Frühlingstag ausgehoben hatte.

VII

Ostern fiel in jenem Jahr auf den 18. April. Am 4. hatten Ólöf und ich geheiratet.

Am Karfreitag predigte ich in der Kirche von Bær, zum ersten Mal in meiner Kirche, über das Leiden und den Tod unseres Erlösers. Während ich sprach, konnte ich unten zwischen den Männern Bjarni von Sjöundá ausmachen, unter den Frauen Steinunn, die Witwe von Jón Þorgrímsson. Guðrún Egilsdóttir sah ich dagegen nicht. Ebenso wenig Bjarnis Bruder Jón oder die Magd Málfríður. Ahnten Bjarni und Steinunn denn nicht, was über sie getuschelt wurde? Oder wollten sie dem Gerede die Stirn bieten?

Sie waren beide überaus ernst; sonst war ihnen nichts anzusehen. Über beiden lag die manchmal erschütternde Ruhe, die von gesunden Menschen ausgeht. Als ob nicht bei jedem Schritt der Tod lauert.

Während ich meine Konzeptblätter vergaß und frei aus meinem bangen Herzen sprach, konnte mir nicht verborgen bleiben, dass Bjarni und Steinunn eigentlich die beiden einzigen meiner Zuhörer waren, die vollkommen ruhig wirkten. Dabei hatte ich an diesem Tag viele Zuhörer; so viele, wie die kleine Kapelle zu fassen vermochte. Doch die Blicke all der anderen flackerten unruhig und verschreckt umher, suchten mich, suchten einander, suchten vor allem, wenn auch flüchtig und verstohlen, Bjarni und Steinunn.

Ich sprach von den verblendeten Menschen, die Gottes eigenen Sohn ans Kreuz geschlagen hatten. Ich sagte: Wir alle sind wie diese armen, bedauernswerten Menschen. Jeder Einzelne von uns, wir alle werden früher oder später, ob mit oder gegen unseren Willen, zu Peinigern und Kreuzigern. Alle töten wir Gottes Sohn. In uns selbst oder in unseren Nächsten. Unsere Lust oder unser Leiden am Fleisch führt uns vom rechten Weg ab, sodass wir selbst fallen und andere in die Abgründe des Verderbens stürzen. Doch so, wie wir Menschen auf den öden Hochflächen Steinwächten als Wegweiser für Reisende aufschichten, ebenso hat Gott das Kreuz an unserem Weg aufgerichtet, und er gab uns seinen eigenen Sohn, ihn daranzuschlagen und zu töten, damit wir erkennen, dass das leibliche Leben nicht das wirkliche Leben ist und der Tod des Leibes nicht der eigentliche Tod. Denn unser Leben ist die Bahn des Todes, und unser Tod ist die Tür ins Leben.

Als ich hinterher verwirrt und benommen aus der Kirche trat, leerte sich der vereiste Kirchhof rasch um Bjarni, Steinunn und mich.

Ratlos sah ich mich um. Der Himmel hing grau und kalt über uns, schon wieder schwer von Schnee, und es schien, als würde sich das Meer, grau und kalt, zu ihm aufwölben. Als sollte alles Leben in eisigem Grau und Kälte ersticken. Eine Windbö fegte ein paar trockene Schneekörner zusammen und stäubte sie um Bjarni und Steinunn. Als sie sich legte, war Bjarnis blonder Bart dicht mit goldenen Flocken bestreut.

Es hat mir sehr leidgetan, als ich hörte, auf welch traurige Weise du deinen Mann verloren hast, hörte ich mich selbst zu Steinunn sagen. Ich hatte ihre Hand ergriffen und hielt sie noch in der meinen, während ich sprach. Ich hätte heute in der Kirche für dich und deine fünf vaterlosen Kinder gebetet, wenn ich nicht überzeugt wäre, dass man den Tod eines erbarmungswürdigen armen Menschen nicht im gleichen Atemzug mit dem Tod unseres Erlösers erwähnt. Doch ich werde Séra Jón bitten, es am zweiten Ostertag nachzuholen. Gibt es sonst noch etwas, das ich für dich tun kann?

Nein, nichts, antwortete Steinunn gefasst.

Nur diese beiden Worte: Nein, nichts.

Ahnte ich womöglich, welchen Abgrund der Wahrheit diese beiden Wörter für mich aufrissen? Ich glaube nicht, dass es mir bewusst wurde, jedenfalls nicht in seiner ganzen Tragweite. Und doch wandte ich mich hastig an Bjarni, drückte stumm seine Hand und ging, ohne noch ein Wort zu sagen. Ich verkroch mich in meine Kammer.

Am zweiten Ostertag sah ich Guðrún Egilsdóttir und Bjarnis Bruder Jón vor der Kirche.

Über dem jungen Mann lag etwas so Leichtes und Lebhaftes, dass ich auf ihn zueilte, um ein Wort mit ihm zu wechseln, obwohl ich ihm eigentlich gar nichts zu sagen hatte. Sobald er mich bemerkte, verdunkelten sich seine blauen Augen, und seine weichen Gesichtszüge verhärteten sich und wurden fast bleich.

Du kommst also mit neuen Schuhen und Proviant zur Kirche, Jón Bjarnason, scherzte ich und zog an seinem Rucksack.

Sogleich hellte sich sein Gesicht auf, und er gab fröhlich zurück:

Ja, ich bin nämlich auf dem Weg zum Frühjahrsfischen!

Er zögerte einen Moment, ehe er rasch hinzusetzte:

Und von den Ziehtagen an habe ich mich bei Árni auf Láginúpur verdingt.

Dann wechselst du also ins Kirchspiel Sauðlauksdalur?

Ja!

Und kommst vielleicht gar nicht mehr nach Sjöundá zurück?

Nein …

Sein jugendlicher Blick ruhte scheu in meinem. Ich ergriff seine Hand.

Viel Glück auf all deinen Wegen, Jón Bjarnason.

Guðrún Egilsdóttir stand ein Stück abseits und hustete. Es sah so aus, als würde sie sich gern mit mir unterhalten, sich aber nicht recht näher trauen. Wie kann ich es entschuldigen, dass ich nicht auf sie zuging? Jedenfalls tat ich es nicht. Ich tat es nicht.

Doch. Als sie nach dem Gottesdienst bei Séra Jón Ormsson stand und mit ihm sprach, schloss ich mich den beiden an.

Na, ist es immer noch schlimm auf der Brust, Guðrún, rief Séra Jón und klopfte der Ärmsten auf den Rücken. Arme, arme Guðrún!

Oh, es geht so schlecht, wie es nur gehen kann, mein lieber Propst. Ja, auch auf der Brust.

Jón Ormsson hatte Tränen in den Augen.

Arme Guðrún, fuhr er fort, du hast mich heute schon ganz ordentlich gestört. Schlimm, schlimm! Aber wie könnte ich dir deswegen Vorwürfe machen? Dein Husten, nein, das ist wahrlich kein gewöhnlicher Kirchhusten mehr. Aber dir deshalb das Haus Gottes verbieten, nein, das können wir denn doch nicht über uns bringen, oder was meinst du, Kaplan? Aber die anderen, versteh doch, Guðrún, die anderen husten gleich mit. Sie husten ebenfalls. Und haben keinen Schal, den sie sich vor den Mund halten können. Ich alter Mann muss deswegen schreien, bis mir die Puste ausgeht und ich selbst zu husten anfange – zu Gottes Ehre! Wir haben den zweiten Ostertag, und so laut ich auch rufe, ihr hört mich nicht. Ihr hört mich nicht …

Dabei habe ich mit meinen schlechten Ohren aber sehr wohl

gehört, dass der Herr Propst für die vaterlosen Kinder gebetet hat – und für Steinunn.

Ja, doch. Sicher, sicher. Erzähl es ihr, Guðrún, als kleinen Trost.

Das werde ich. Für uns andere aber hat der Herr Propst nicht gebetet?

Für welche anderen, liebe Guðrún? Welche anderen?

Für Jón Þorgrímsson selig zum Beispiel und ... für mich.

Für Jón Þorgrímsson? Ja, ist es denn möglich, dass ich wirklich vergessen haben sollte, Fürbitte für den seligen Jón Þorgrímsson zu halten? Tja, jetzt ist es zu spät. Dann musst du das übernehmen, Eiúlfur, am zweiten Sonntag nach Ostern. Vergiss es nicht! Falls die Reihe dann an dir ist. – Sag, Guðrún, der Winter war wohl hart auf Sjöundá? Wie andernorts auch. Ja, wie andernorts auch.

O ja, dieser Winter ist wahrhaftig hart gewesen auf Sjöundá.

Er war also wirklich hart auch bei euch? So? Na ja, du hast deinen Husten, und ich habe mein schlimmes Bein. Mein schlimmes Bein, Guðrún.

Ach, von meinem Husten sprichst du ... Mein wahres Kreuz, das kennt nur Gott allein. Aber für mich hast du ja nicht gebetet, werter Propst.

Nicht für dich ausdrücklich, nein, aber doch für alle, die leiden und in Schwierigkeiten sind. Husten, Guðrún, und Schmerzen in der Brust – ich weiß nicht, ob der Bischof damit einverstanden wäre, wegen Derartigem in der Kirche eigens zu beten. Das weiß ich beim besten Willen nicht. Gott hat dir dieses Kreuz nun einmal auferlegt, Frau ...

Mein Kreuz, das kennst du nun wirklich nicht.

Arme Guðrún! Nein, wir wissen voneinander nicht, wer welches Kreuz trägt. Nein, oh, nein. Das ist wohl wahr! Aber tragen müssen wir es, jeder sein eigenes Kreuz, Guðrún. Genauso, wie jeder von uns allein seinen eigenen Tod sterben muss.

Seinen Tod. Sag, Propst, ist jeder Tod vorausbestimmt?

Kein Spatz fällt zur Erde ... Du weißt, so steht es geschrieben, Guðrún. Eiúlfur, Bruder im Herrn, erbarm dich dieser Ärmsten und bitte deine Frau, ihr etwas warme Milch zu geben. Leb wohl, Guðrún! Arme Guðrún ...

So sagte er, mein Propst: Erbarm dich der Ärmsten! Und ich führte sie ins Haus und ließ ihr etwas Milch warm machen.

Während der paar Schritte von der Kirche dachte ich darüber nach, wie anders das Gespräch zwischen ihr und meinem Propst hätte verlaufen können und eigentlich hätte geführt werden müssen. Zu mir aber sagte Guðrún kein Wort. Und ich nicht zu ihr.

Noch einmal kamen Bjarni und Steinunn gemeinsam zur Kirche; nur sie beide. Das war am zweiten Sonntag nach Ostern, und es sah so aus, als wollten sie den Gemeindeklatsch und die Feindseligkeit der Leute erst recht herausfordern. Denn der Grund konnte doch schlechterdings nicht darin liegen, dass einer ohne den anderen nirgends hinging? Wie sollte man es wissen, den beiden war ja nicht das Geringste anzusehen. Nichts.

Und doch war irgendetwas geschehen. Irgendwas war passiert.

Ich vergesse diesen absonderlichen Tag nie.

Es hatte die ganze Nacht und die Morgenstunden hindurch geschneit. Massen von Schnee waren gefallen. In weißer Stille. Dann kam auf einmal Wärme in pulsenden Schüben vom Meer, als hätte der Fjord zu kochen begonnen, zuerst in lauen Windstößen, dann als warmer Sturm, der die Kirche erschütterte, sodass den Leuten die Angst aus den Augen sah, und sie mehr auf das Getöse des Sturms als auf meine Worte von der Kanzel hörten.

Doch als wir nachher auf den Kirchhof traten, war der Himmel wie im Handumdrehen von allen warmen Tauwetterwolken blank gefegt. Blass und eiskalt wölbte er sich über uns. Und der Sturm war fort, weggeblasen. Mit einem Mal wurde es derart kalt, dass man zusehen konnte, wie sich Eishäute über die Pfützen und Tümpel zwischen den Gräbern spannten.

Bjarni und Steinunn standen auch an diesem Tag für sich. Doch es waren auch Leute um sie. Leute, die Fragen stellten.

Es hieß, dass Guðrún Egilsdóttir am Donnerstagabend krank geworden sei. Sehr krank.

Sie sollte sich so heftig und qualvoll erbrochen haben, dass sie eine Weile völlig erledigt gewesen war und glaubte, sie würde sterben – so wurde erzählt. Dann aber hatte sie sich doch wieder erholt.

Bjarni und Steinunn konnten mitteilen, dass sie keine besonderen Nachwirkungen mehr fühle. Nur ein wenig schwach sei sie noch. Kein Wunder!, waren sich die Leute einig.

Merkwürdige Krankheiten dieser Tage, konnte sich Ingibjörg Egilsdóttir von Krókshús, Guðrúns Schwester, nicht verkneifen.

Ihr Mann Rögnvaldur suchte nervös ihren Blick, und sie verstummte.

Ólafur Sigurðsson, unser Küster, murmelte mit zusammengebissenen Zähnen:

Merkwürdig ist wohl eher, dass sie sich wieder erholt hat, möchte man fast meinen.

Ich stand ein wenig außerhalb dieses Zirkels und unterhielt mich mit Amor Jónsson. Ich wollte gern alles mitbekommen, aber nicht unbedingt in das Gespräch hineingezogen werden. Genauso ging es Amor, auch er wollte hören, was die Leute sagten und antworteten. Aus seinen gelben Augen leuchtete eine eigentümlich bekümmerte Aufmerksamkeit.

Margrét auf Lambavatn, Monsieur Ólafurs Frau, erkundigte sich eingehend, was Guðrún an dem Tag gegessen hatte und ob sonst noch jemand auf dem Hof, der das Gleiche gegessen habe, unpässlich geworden sei. Sie sprach sanft, als ob sie die offensichtliche Erbitterung ihres Mannes wiedergutmachen wollte. Und sie endete, freundlich und wohlwollend:

Ja, da sollte man doch nicht meinen, dass sie vergiftet worden sein könnte.

Haha, lachte Monsieur Ólafur, hahaha!

Dann ging das Gespräch zum seligen Jón Þorgrímsson über und dazu, dass er noch immer nicht an Land getrieben worden war. Obwohl man die ins Meer Gefallenen doch sonst meist sehr bald wiederzusehen pflegte, vor allem, wenn es so nah am Land passiert war. Dass es aber andererseits bekanntlich starke Strömungen im und um den Breiðafjörður gebe, mächtige Strömungen …

Treibt denn bei euch draußen gar nichts aus dem Fjord an Land, Bjarni?, fragte Monsieur Sigmundur, unser Gemeindevorsteher, wobei seine Augenlider langsam über seine großen grauen Augen herabsanken und sich dann ebenso langsam wieder hoben.

Die Leute verstummten und warfen scheue Blicke auf den großen Mann mit dem schmalen Gesicht.

Neulich gab's einen Butt, antwortete Bjarni leutselig und wandte sich bereitwillig Sigmundur zu.

Ein Butt, soso.

Monsieur Sigmundur verbiss sich ein Grinsen.

War er noch genießbar?

Jedenfalls haben wir ihn gegessen ...

Amor Jónsson steckte mir den Schaft seiner Reitgerte unter den Arm:

Lass uns gehen, Sohn!

Ich folgte ihm. Er sagte:

Dieser Bjarni gilt als hitzig – und dumm.

Ich schwieg.

Dumm? Nun ja, ich weiß nicht, vielleicht, antwortete sich mein Freund selbst. Hitzig aber ist er ganz sicher. Wie loderndes Feuer!

Einen halben Monat später kamen die von Sjöundá alle drei zur Kirche, Bjarni, seine Frau – und Steinunn. Und alle drei nahmen das Abendmahl.

Séra Jón war trotz seines wehen Beins gekommen und predigte von der Sendung des Heiligen Geistes. Also teilte auch er Brot und Wein aus.

Ich hatte meine schweren Anfechtungen schon vorher durchgemacht und dankte Gott, als Séra Jón erschien. Doch ich begriff nicht, dass das Kommen meines Propstes meine Verantwortung nur noch vergrößerte.

Drei Wochen später war Pfingsten.

An diesem Tag erschien niemand von Sjöundá.

VIII

Freitag nach Pfingsten stand Bjarni Bjarnason wieder auf dem Kirchhof von Bær, mit einem Sarg. Diesmal lag seine Frau darin.

Ich hatte ihn kommen sehen, denn mein Bruder Páll war zu mir in die Kammer gekommen und hatte gemeldet:

Wir bekommen Besuch von Sjöundá.

Seinem Ton und dem anzüglichen Grinsen zum Trotz tat ich, als ob nichts wäre, und begleitete ihn nach draußen.

Mitten durch die flache, breite Lagune, auf allen Seiten von spiegelndem Wasser umgeben, sah ich einen Mann näherkommen, einen Mann mit zwei Pferden und etwas Schwarzem, das auf Tragestangen zwischen den Pferden balancierte. Allerdings ein Sarg.

So gleißend, wie die Sonne auf dem Wasser reflektierte, konnte man weder den Menschen noch die Pferde deutlich erkennen. Deutlich sah man bloß den Sarg. Und dennoch erkannte ich auch den Mann wieder, wusste sofort, dass es sich um Bjarni handelte. Wer sonst konnte schon allein mit einer Leiche unterwegs sein?

Es war wieder Frühling, fast Sommer sogar. Die Luft umschmiegte mild und feucht die Haut, die Sonne schien mit starkem Glanz, die Steine strahlten Wärme ab, und das neue Gras richtete sich in betäubter Seligkeit wie mit geschlossenen Augen auf. Ich versuchte mir wieder vorzustellen, wie es im Winter gewesen war, als über allem dickes Eis gelegen hatte. Es war mir unmöglich.

Dann kam Bjarni näher.

Mein Bruder Páll ging ihm entgegen. Ich begab mich unterdessen in die Kammer, um den Kirchenschlüssel zu holen.

Als ich wieder hinauskam, standen Bjarni und Páll mit dem Sarg vor der Kirchentür. Ich nickte Bjarni zu und steckte den Schlüssel ins Schloss.

Es ist Guðrún, die diesmal gestorben ist, informierte mich Páll vielsagend. Gestorben an Brustschmerzen!

Bjarni sagte nichts. Ich ebenso wenig.

Während sie den Sarg hineintrugen, blieb ich draußen stehen und lauschte dem Summen der Fliegen. Es gab eine Menge Fliegen, die summten ... Ich sah, dass Bjarni und Páll den Sarg auf die Frauenseite zwischen Tür und Bänken absetzten. Ich mischte mich nicht ein.

Als sie aus der Kirche traten, verblüffte mich, wie Páll in diesem Jahr gewachsen war. Er sah ja aus wie ein erwachsener Mann! Während ich zuschloss, ging Bjarni zu seinen Pferden, die am Friedhofstor angebunden standen, und kam mit Schaufel und Spaten zurück. Diesmal war er ausgerüstet ...

Páll hatte die Eishacke mit aus der Kirche genommen und folgte mir mit dem Blick.

Möchtest du vielleicht, dass ich Bjarni beim Ausheben des Grabs behilflich bin?, fragte er hintergründig.

Falls du nichts anderes zu tun hast, antwortete ich gleichgültig, ging zur Südseite der Kirche voraus und wies Bjarni mit einem Blick eine Grabstätte neben seinen Jungbauern an.

Bjarni seufzte; dann begann er, in Rechtecken den Rasen auszustechen, die er auf einen Haufen schichtete. Das geschah mit großer Umsicht und Ruhe. Doch hob er nicht einmal den Kopf dabei. Nur bei der Begrüßung hatte ich einmal seinen Blick aufgefangen.

Páll hatte sich entfernt. Als er meine Wahl der Grabstätte gesehen hatte, waren seine Augen auf einmal unsicher geworden, und kurz darauf war er gegangen.

Eine Weile stand ich stumm dabei. Dann sagte ich:

Es ist jetzt zwei Jahre her, Bjarni …

Ja, und es waren zwei lange Jahre, warf Bjarni leise ein, ohne aufzusehen.

Wieder schwiegen wir.

Dann strich sich Bjarni den Schweiß von der Stirn, richtete sich auf, und ich blickte in seine blauen, merkwürdig zwiespältigen Augen.

Kannst du dich noch an letzten Sommer in den Vogelfelsen erinnern?, fragte er, und eine Art Lächeln kräuselte seinen blonden Bart. Als der Fels abbrach und ich in der Luft hing, an einer Hand … Da habe ich geglaubt, ich wäre der Nächste, der hier zu liegen käme, neben meinen beiden Jungen.

Bjarni grub weiter. Er brach die gefrorene Erde los und schaufelte sie in eisglitzernden Brocken fort.

Aber so sollte es nicht kommen …

Ich erinnerte mich sehr deutlich an diesen Tag, von dem Bjarni sprach … Eine schwindelnd hohe, vom Meer gepeitschte Bergwand, die, von unten aus einem schaukelnden Boot betrachtet, in den Himmel zu wachsen schien. Ein irres Gestöber kreischender Vögel, eine weiß leuchtende und schwarz funkelnde Gischt aus schwarzen Vögeln, die wie eine Verlängerung der Brandung die schwarze Klippe hinaufwirbelten und im Nebel in der Bergwand verschwanden. Als ich als Kind zum ersten Mal diesen Anblick sah, hatte ich nicht einen Moment gezweifelt, dass das tobende Meer selbst in seinem wilden Treiben geflügelte Fische aus seinem Bauch hervorschleuderte. Noch im Vorjahr hatte es mich kalt überlaufen angesichts dieses phantastischen, gnadenlosen und unausrottbaren Lebens in den Vogelfelsen, vor diesem Sturm von Leben, wo in Lärm, Gestank und Dreck das Dasein triumphiert, das Leben sich erneuert, jung und frisch und blutwarm von der unfruchtbaren Klippenwand abspringt. Jeden Sommer!

O ja, und ob ich mich dieses Tages entsann. Ebenso erinnerte ich mich an Bjarni und die anderen Vogelfänger, die wie Fliegen die Wände hinauf und hinab krabbelten. Erinnerte mich an das Aufklatschen des Felsblocks, der aus der Wand gebrochen war, erinnerte mich an Bjarni, der nur an einer Hand dort oben hing ...

Sieh an, selbst in dieser Lage also hatte er an seine Jungen gedacht? Selbstverständlich hatte er an seine Jungen gedacht.

Hast du von dem schwarzen Vogel gehört, der über der Gemeinde gesichtet worden sein soll?, fragte ich ihn.

Ich glaube einfach nicht an solche Dinge, antwortete er ruhig. So was habe ich schon so oft gehört, seit ich ein kleines Kind war. Die Leute sind so schrecklich furchtsam.

Fürchtest du dich nie?

Wovor sollte ich mich fürchten?

Hattest du auch an jenem Tag in den Vogelfelsen keine Angst?

Angst? ... Nein, ich glaube nicht. Ich habe plötzlich an Weihnachten in den alten Zeiten gedacht, damals, als ich noch ein Junge war. Ich sah ein warmes rotes Licht vor mir. Bjarni und Egill, du weißt, diese beiden hier, waren mir auf einmal so nah. Ich war ... ich war nahe daran, einfach loszulassen.

Bei dem Gedanken lachte er leise auf. Es war ein trauriges Lachen.

Ich sagte:

Komm ins Haus, etwas essen, wenn du fertig bist.

Darauf ging ich und ließ ihn mit seinen beiden Gräbern allein.

Aber er kam später nicht. Als ich hinausging, um nach ihm zu sehen, war er verschwunden.

IX

Séra Jón traf am folgenden Sonntag sehr zeitig ein; sicher benachrichtigt von Monsieur Ólafur auf Lambavatn. Alle kamen an diesem Tag sehr früh.

Es war noch kaum neun, als mein Bruder Páll in meine Kammer trat, um den Kirchenschlüssel zu holen.

Sie wollen den Sarg sehen, unbedingt!

Wer will den Sarg sehen?, fragte ich.

Na, die Leute aus der Gemeinde.

Kurze Zeit später ging ich ebenfalls hinaus. Draußen auf dem Friedhof hatte sich ein richtiger Auflauf um Séra Jón gebildet.

Während ich noch unschlüssig überlegte, ob ich mich dazugesellen sollte oder nicht, sprengte Amor Jónsson an meine Seite, sprang vom Pferd, rief Páll und warf ihm die Zügel zu, griff mich unter den Arm und führte mich vor sich ins Haus.

Weißt du irgendwas?, fragte er, als wir in der Kammer standen.

Nichts.

Er wippte mit der Gerte.

Du hast ... du hast natürlich nicht den Deckel vom Sarg genommen?

Ich habe die ganze Nacht da draußen gesessen ... Beide Nächte habe ich neben ihm gewacht ... Nur meine Frau weiß das.

Und was sagt Jung-Ólöf zu alldem?

Wir haben nicht darüber gesprochen. Ich habe bis jetzt ... geschwiegen.

Gut. Für das, was man nicht ausspricht, trägt man auch keine Verantwortung. – Monsieur Jón ist mir dicht auf den Fersen, Sigmundur haben wir überholt, und Ólafur hat heute seine Margrét zu Hause gelassen. Ich habe vorhin gesehen, dass er Séra Jón schon in den Krallen hat. Sollen die anderen jetzt tun, was *sie* für richtig und notwendig halten.

Monsieur Jón kam zu uns hereingestampft, außer Atem von dem schnellen Ritt, ließ sich auf einen Stuhl fallen und nickte Amor zu:

Pass auf, dass im Gang niemand lauscht!

Zu mir sagte er flüsternd:

Was hier auch passieren mag, wir halten uns außen vor, Eiúlfur. Stimmst du mir zu? Was geschehen *ist*, weiß ohnehin nur Gott allein. Und für das, was nur Gott kennt, kann man keinen Menschen verurteilen. Monsieur Ólafur reißt das Maul auf, aber wissen tut er gar nichts. Niemand weiß etwas. Sigmundur schnüffelt herum. Aber einen Fuchs zu wittern ist eine Sache, ihn in seinem Bau auszuräuchern eine andere. Die ganze Sache ist von Anfang an verpfuscht, und dafür können wir uns vor allem bei Séra Jón bedanken. Schon im Winter, und zwar *bevor* Jón Þorgrímsson verschwand, beknieten ihn Monsieur Ólafur und Monsieur Þorbergur Illugason, mit ihnen zusammen Sjöundá aufzusuchen. Er aber schob sein krankes Bein vor und die schlechten Wegverhältnisse, und wollte, dass sie ohne ihn gingen. Na ja, dafür bedankten sich seine Kirchendiener natürlich. – Aber wie gesagt, Schwiegersohn, lass *sie* den Sarg öffnen und finden, was sie finden können. Wir aber schweigen schön still und sehen zu, vorläufig.

Ich saß betrübt und ängstlich an meinem Tisch. Sprechen konnte ich nicht, und meine Gedanken flackerten durcheinander. Keine Worte. Keine Entschlusskraft.

Schweigen und zusehen ... Ja, was konnte man sonst tun?

Erst später wurde mir bewusst, dass ich den ganzen Tag über Jón Pálsson an der einen und Amor Jónsson an meiner anderen Seite gehabt hatte.

Séra Jón erinnerte seine Gemeindekinder eindringlich, dass wir den Sonntag Trinitatis begingen. Der Sohn war zum Vater und dem Heiligen Geist aufgefahren und saß jetzt Gott zur Rechten.

Ich schloss die Augen. Wenn Séra Jón sprach, war es so einfach, die heilige Dreifaltigkeit vor sich zu sehen, in himmelblauen Mänteln und mit Sonnen als Kronen. In Séra Jóns Welt gab es keine wirkliche Sünde. Die Menschen waren Kinder. Schlimmstenfalls richteten sie Unfug an. Den Teufel gab es schon in seiner Welt, aber er war ein lustig haariger Geselle mit Hörnern und einer feurigen Zunge.

Ich musste mein Gesicht in den Händen verstecken, denn die Tränen liefen und liefen mir nur so. Ich fühlte mich krank; sicher weil ich so unausgeschlafen war.

Dann war Séra Jón auf einmal fertig mit seiner Predigt. Es wurde gesungen, und die Kirche leerte sich. Tatsächlich, die Leute gingen. Bald würden sicher ein paar Männer zurückkommen, Guðrúns Sarg holen und ihn hinaus zum Grab tragen.

Neben mir saß noch immer Amor Jónsson. Mit mir zusammen stand er auf.

Bjarni und Steinunn standen noch vorn an der Tür, nahe beim Fußende des Sargs, und warteten. Mit gesenkten Köpfen standen sie unbeweglich da. Als ich sie so stehen sah, wurde mir schwarz vor Augen.

Amor Jónsson legte mir mit festem Griff die Hand auf die Schulter. Ich aber ging jetzt entschlossen durch die Bankreihen.

Doch bevor ich die beiden erreichte, läutete die Glocke und rief.

Mein Freund und ich blieben wie angewurzelt stehen, so überraschend erklang sie. Auch Bjarni und Steinunn hoben mit einem Ruck die Köpfe und sahen sich um. Wie aufgeschreckte Vögel. Dann blickten sie sich an, und verharrten wieder reglos.

Mit einem Mal drängten die Leute wieder durchs Kirchenportal herein. Doch zeigten sie keine Eile, nur langsam füllte sich der Raum um den Sarg. Erst baute sich eine Reihe dicht entlang den Wänden auf, dann eine weitere davor. Es kamen mehr und mehr und mehr.

Mein Freund und ich standen innerhalb des Kreises für uns.

Da näherte sich eine lautstarke Gruppe der Tür von draußen. Erst als sie über die Schwelle schritten, wurden die Stimmen gedämpft, der Disput verebbte.

Schweigend traten sie an den Sarg, Séra Jón, mein Schwiegervater, Ólafur auf Lambavatn, Sigmundur auf Stakkar und Þorbergur Illugason sowie, mit Werkzeug versehen, mein Bruder Páll.

Séra Jón nahm am Kopfende des Sargs Aufstellung und verkündete ruhig, obwohl es ihm schwerfiel, seine Stimme zu beherrschen:

Meine Freunde, schlimme Gerüchte aus der Gemeinde haben mir zu Ohren gebracht, dass die selige Guðrún Egilsdóttir keines natürlichen Todes gestorben sein soll. Ich habe deshalb Erlaubnis erteilt, dass ihre letzte Ruhe gestört und der Sarg geöffnet werden darf. Sofern ich mich dem verweigert hätte, hätte ich mir von verschiedenen Seiten Vorwürfe zugezogen, über Missetäter meine Hand zu halten. Nun, meine Freunde, seht also selbst! Solltet ihr, was ich glaube und hoffe, außer einem im Herrn entschlafenen

Menschenkind nichts zu sehen bekommen, dann lasst es euch eine Mahnung sein, das giftige Unkraut des Misstrauens aus euren Gedanken auszutilgen und einen Bruder und eine Schwester, beide schwer geprüft, nicht überdies noch mit abscheulichen Anschuldigungen zu verfolgen. Dich, Monsieur Jón, und dich, Monsieur Sigmundur, ernenne ich, die Tote nun genau in Augenschein zu nehmen. – Wer findet sich bereit, den Deckel abzunehmen?

Ich für mein Teil verzichte, lieber Propst, antwortete Jón Pálsson bedächtig. Mein Bruder Páll war bereits dabei, die Nägel zu lösen.

Monsieur Ólafur steht der Angelegenheit doch viel näher.

In der Tat stand Ólafur auf Lambavatn schon neben Sigmundur, nur allzu bereitwillig.

Weiße Leinwand umhüllte den armseligen stinkenden Kadaver, der vor uns auf groben Hobelspänen ausgestreckt lag, die sich an den Seiten des Sarges entlangkräuselten. Da lag er in der Schamhaftigkeit des Todes den unverschämten Blicken des Lebens preisgegeben.

Monsieur Sigmundur trat hinzu, mit einer dümmlichen und desperaten Miene auf seinem langen Gesicht, die zugleich auch etwas Gieriges ausdrückte. Er hob das Schweißtuch vom Gesicht der Toten, das für einen Augenblick sichtbar wurde – so wachsbleich in seiner blassen Unnahbarkeit, den blinden Blick der geschlossenen Augen in die Leere des Alls gerichtet. Dann legte er das Tuch linkisch wieder an seinen Platz. Dem Gesicht war nichts Außergewöhnliches anzusehen gewesen.

Obwohl niemand ein Wort sagte, verhielt es sich mit einem Mal so, dass die, die sich am eifrigsten dafür ausgesprochen hatten, den Sarg zu öffnen, urplötzlich ihren Eifer vergessen hatten.

Es ist schwer zu erraten, was sie wohl zu sehen erwartet hatten. Sicher etwas Schauerlicheres, als man sich in Gedanken auszumalen vermochte. Vielleicht ein blau angelaufenes, aufgedunsenes Gesicht. Vielleicht einen blutig zerstückelten Körper. Und nun war es bloß die arme Guðrún Egilsdóttir, die dort lag und tot war.

Sigmundurs Hände zitterten, und seine schweren Lider bewegten sich träge über den großen Augäpfeln, als er als Nächstes Brust und Bauch entblößte. Die gekreuzten großen Hände an den mageren Armen stachen rau und dunkel von der blassen Haut der Brust ab. Die Brüste hingen wie leere Säcke zu den Seiten herab. Der Bauch wölbte sich blau geädert und stark geschwollen. Vom Schlüsselbein erstreckte sich ein bläulicher Schatten bis auf die rechte Brust. Sigmundur befühlte die Stelle wieder und wieder. Als er den linken Arm von der Brust hob, um besser an die Stelle zu kommen, baumelte die Hand ein wenig.

Als Letztes deckte er die Beine auf. Die Schenkelknochen malten sich deutlich durch das schlaffe Fleisch ab. Sigmundur tastete die Beine ab, zog an den Zehen. Dann trat er rasch zurück und machte Platz für Monsieur Ólafur, der nun, die breite, gefurchte Stirn schweißüberströmt, mit einem verschreckten Ausdruck in den matten, steingrauen Augen nähertrat. Aller Eifer hatte ihn verlassen.

Auch er befühlte wie Sigmundur den blauen Fleck am Schlüsselbein, hob die Arme und zupfte an den Zehen. Dann zog er sich mit gespreizten Fingern zurück und wusste augenscheinlich nicht, was er mit seinen Händen tun sollte.

Niemand sagte etwas. Bis Séra Jón endlich fragte:

Nun, meine Brüder ...?

Sigmundur stammelte tonlos:

Da ist ein blauer Fleck am Schlüsselbein ... Ich weiß nicht ... Das Fleisch fühlt sich dort nicht anders an als an anderen Stellen, und geschwollen ist er nicht. Der linke Arm ist nicht völlig steif. Die Zehen auch nicht. Mit Gift hat das sicher nichts zu tun. Aber was weiß ich? Es ist im Grunde das erste Mal, dass ich eine Leiche beschaue. Außerdem ist da noch der Bauch ... War die Frau schwanger?

Guter Mann, antwortete Séra Jón väterlich, ob die Frau nun schwanger war oder nicht, jedenfalls galt es bisher nicht als Mord, seine Ehefrau zu schwängern. Und was diesen blauen Fleck betrifft – da du nun einmal keine Übung darin hast, von der Seele verlassene stoffliche Hüllen zu betrachten, weißt du vielleicht nicht, dass Fleisch dort, wo über längere Zeit Schmerzen saßen, beim oder nach dem Tod blau anläuft.

Nein, das wusste ich nicht, gab Sigmundur kleinlaut zu.

Aber ich habe mit eigenen Augen zwei Beispiele dafür gesehen, warf Ólafur erleichtert ein und wischte sich die Stirn ab.

Nun denn also, meine Brüder und Schwestern, sagte Séra Jón Ormsson versöhnlich, ihr wolltet die selige Guðrún beschauen und ihr habt sie beschauen dürfen. Hier, an ihrer aufgedeckten sterblichen Hülle, beschwöre ich euch: Wisst ihr etwas, dann sprecht die Wahrheit, hier und jetzt! Und äußert sie frei heraus. Wisst ihr aber nichts, so schweigt! Hier vor ihren entblößten Überresten frage ich euch alle und jeden Einzelnen von euch: Gibt es jemanden unter euch, der weiß – oder auch nur den begründeten Verdacht hegt –, dass die selige Guðrún Egilsdóttir keines natürlichen Todes gestorben ist?

Vereinzelt klang ein Nein auf. Sonst herrschte Schweigen.

Während all das vor sich ging, hatte ich Bjarni und Steinunn genauestens beobachtet.

Sie standen unbeweglich Seite an Seite. Ob ihre äußere Ruhe der Angst entstammte oder einer inneren Sicherheit, weiß ich nicht. Und ich konnte es auch gar nicht wissen. Sie hatten doch kein Wort gesagt und kaum einmal die Augen bewegt. Aus den Blicken, die sie streiften, konnte man herauslesen, dass einige meinten, sie verhielten sich wie Schuldige, während andere der Ansicht waren, ihr Verhalten lasse erkennen, dass sie ohne Schuld seien.

Ich für mein Teil achtete eigentlich bloß noch auf das arme Aas der toten Guðrún, das da so erbärmlich in seiner Kiste lag. Zum Schluss hielt ich es nicht mehr aus. Ich ging hin, schlug das Kreuz über ihr, deckte sie zu und sagte zu meinem Bruder Páll:

Nun mach schon den Deckel zu, Zimmermann!

Im gleichen Moment berührte mich jemand an der Schulter. Als ich den Kopf hob, sah ich, wie sich die Leute bekreuzigten und beteten. Séra Jón streifte mir ohne Worte seinen Talar über und befestigte eigenhändig den Kragen um meinen Hals.

Willige Hände gab es genug. Unter Gesang trugen wir den Sarg zu dem Loch in der Erde südlich der Kirche. Bjarni ging neben dem Sarg her und weinte. Von Steinunn sah ich nichts mehr.

Das Singen erstarb, und da stand der Sarg vor mir, schwarz, schwarz. Genauso schwarz wie ich selbst.

Doch an diesem Grab konnte ich keine Predigt halten. Ich sagte bloß:

Mögest du hier in Frieden ruhen, Guðrún Egilsdóttir.

Und dann segnete ich sie mit den üblichen Worten zum Tod und zur Auferstehung aus.

X

Süß ist der Sommer, singt mein Vöglein, süß ist der Sommer, selig geht der Sommer, und schon haben wir Weihnachten …

So sang Jung-Ólöf, meine Frau. Fast jeden Tag ging sie so umher und sang ihr kleines Lied über den Sommer und das Weihnachtsfest. Wie schön und belebend es war, ihr die Lippen mit einem Kuss zu schließen! Gott segnete uns mit großer Freude aneinander.

Einmal flüsterte sie mir ins Ohr:

Ich bin dankbar für dich, Eiúlfur!

Da gab ich zurück:

Es gibt auch ein anderes Glück als das unsere, Ólöf. Ein dunkles Glück der Sünde.

Sünde ist bloß für Knechte, lachte Jung-Ólöf und ging ihrer Wege, wodurch ich davon abgehalten wurde, ihr wegen dieser unchristlichen Denkweise Vorhaltungen zu machen.

Es war das einzige Mal, dass ich ihr gegenüber eine Andeutung über die Unruhe und den inneren Kampf machte, die mir das Glück jenes Sommers vergällten. Und natürlich verstand ich, dass sie mir den größten Beistand leistete, indem sie mich nicht zu Wort kommen ließ. Vielleicht ängstigte es sie auch, mich so verwirrt und unentschlossen zu sehen. Oder sie fürchtete, ich könnte es hinterher nicht ertragen, dass sie mich so erlebt hatte. Vielleicht lag es aber auch bloß an ihrem heftigen Widerwillen gegen zwielichtige und schmuddelige Dinge, an ihrem leidenschaftlichen Reinlichkeitssinn, dass sie sich mit energischer Hand nicht nur den Gemeindeklatsch, sondern rundweg jegliches Wissen um derartige Dinge entschieden vom Leib hielt.

Sie sang ihr Lied. Und ich weiß nicht, wohin es mit mir ohne sie gekommen wäre.

Gegen Ende des Sommers fiel mir auf, dass Monsieur Jón Pálsson neuerdings bei jedem Gottesdienst in der Kirche aufkreuzte. Und dass er stets sehr düsterer Stimmung war. Er vertraute mir allerdings nichts an. Und ich stellte keine Fragen.

Eines Tages sah ich, dass auch Bjarni auf Sjöundá zum Kirchgang kam und Steinunn ebenfalls. Als ich dann mitbekam, wie mein Schwiegervater schnurstracks auf die beiden zuging, wurde mir schlagartig klar, weshalb er in letzter Zeit ein so fleißiger Kirchgänger geworden war.

Ich konnte nicht anders, als ihm zu folgen.

Mein Lebtag habe ich nicht solche Angst ausgestanden. Ich bebte am ganzen Körper, so wie man vibriert, wenn man zum Ringkampf gegen einen starken Gegner antritt. Der leise Herr Jón, den ich nicht zuletzt in den paar Monaten, die ich inzwischen mit Jung-Ólöf verheiratet war, besser kennengelernt hatte, war derjenige, mit dem ich mich von allen am wenigsten angelegt hätte. Falls sich Bjarni wirklich etwas hatte zuschulden kommen lassen, hatte er jetzt allen Grund, sich in Acht zu nehmen.

Und Bjarni fuhr tatsächlich ein Schreck in die Glieder, als er Jón Pálsson auf sich zukommen sah; das war deutlich zu sehen. Die Splitter in seinen blauen Augen zogen sich gleichsam zu einem dunkel funkelnden Ganzen zusammen. Steinunn warf ihm einen überraschten Blick zu, dann stand sie wieder so ruhig wie vorher da. Abgesehen von einem leichten Zusammenziehen ihrer Brauen. Monsieur Jón begrüßte sie weder mit Worten noch mit einem Händedruck. Er maß sie lediglich mit einem scharfen Blick und wandte sich dann an Bjarni:

Die Leute behaupten mit ständig zunehmender Überzeugung, Bjarni, dass deine selige Frau Guðrún von der hier, Steinunn Sveinsdóttir, vergiftet worden sein soll.

Bjarni lächelte. Doch sein Lächeln missglückte und ebenso, was er sagte:

Dann werden ja auch die meisten der Ansicht sein, dass ich wohl davon wissen müsste.

Guter Mann, pass auf, das hier ist ernst ... Es scheint eine unangenehm hohe Wahrscheinlichkeit dafür zu sprechen, dass der Tod der seligen Guðrún mit einer vergifteten Graupengrütze herbeigeführt wurde, die Steinunn ihr mit einer Kelle verabreicht haben soll.

Daran ist sie nicht gestorben. Davon hat sie sich wieder erholt.

Ach, sieh mal an. Es *war* also Gift in der Grütze?

Für einen Augenblick verlor Bjarni die Fassung, stand er sprachlos da, dann polterte er los:

Wer hat gesagt, dass Gift in der Grütze gewesen sein soll? Wer kann das beweisen?

Steinunn guckte von Monsieur Jón auf Bjarni, drehte uns den Rücken zu und ging. Ihr Verhalten hätte genau das richtige sein können, fühlte ich, unter anderen Umständen.

Monsieur Jón forschte weiter:

Jetzt mal ganz ruhig, Bjarni. Es befand sich also Gift in der Grütze?

Bjarni konnte vor Erregung kaum sprechen. Erst nach einer ganzen Weile brach es aus ihm heraus:

Nein! Aber böse Zungen haben sie wohl im Nachhinein vergiftet. Wie sie unser gesamtes Leben auf Sjöundá vergiftet haben.

Monsieur Jón sah ihn eine Weile verunsichert an, ehe er sagte:

Diesmal redest du dich noch einmal heraus, Bjarni. Aber ich kann spüren, dass du Angst hast, Mann. Und ich weiß jetzt auch, dass du Grund dazu hast. Ich habe dich jetzt durchschaut.

Mit diesen Worten nahm er mich beim Arm, und wir gingen.

Nach dem Gottesdienst ging er noch einmal zu ihnen, ja, er verfolgte sie über die Wiese, denn sie waren bereits auf dem Heimweg. Allerdings schritt er ganz langsam, so aufreizend langsam, dass sie schließlich stehen blieben und auf ihn warteten, obwohl sie ihm mit Leichtigkeit enteilt wären, hätten sie ihre Schritte nur ein wenig beschleunigt. Ein verwunderter Blick aus Bjarnis Augen traf mich, denn ich begleitete Monsieur Jón erneut. Es war ein Blick, der mich schmerzte und beunruhigte zugleich, den ich verstand und auch nicht verstand.

Monsieur Jón trat ganz dicht an Bjarni und Steinunn heran, packte jeden mit einer Faust, schwieg einen Augenblick und sagte dann ganz langsam:

Ich will es Gott überlassen, die Wahrheit an den Tag zu bringen. Aber diese Buhlerei auf Sjöundá, die muss ein Ende haben.

Abrupt ließ er sie los. Und wir gingen zum Hof zurück. Als ich eine Weile später einen Blick über die Schulter zurückwarf, standen Bjarni und Steinunn noch immer dort, einander zugewandt wie über einem Grab.

XI

Seine Pläne besprach Monsieur Jón nicht weiter mit mir, als dass er bemerkte:

Eigentlich ist es Aufgabe des Propstes und ebenso die des Gemeindevorstehers, den Stall hier in Ordnung zu bringen. Aber was kann man von Séra Jón schon erwarten?

Wenige Tage später ritten sie – in einer hellen Mondnacht – hier an Bær vorbei, ohne auch nur kurz anzuhalten: Monsieur Jón, Monsieur Sigmundur und vier Begleiter mit ein paar Handpferden. Sie nahmen den Weg hinaus nach Sjöundá.

Ólöf meinte, denn wir standen in dieser Nacht draußen und sahen sie vorbeireiten, ohne mich anzusehen, und so konnte es ebenso gut scheinen, als hätte sie es nie ausgesprochen:

Stark ist Steinunn. Ihr habe ich es zu verdanken, dass ich meinen Vater mit fünf Mann Verstärkung gegen eine Frau reiten sah.

Sie lachte kurz auf, ein keineswegs frohes Lachen, und ließ mich stehen.

Ich ging zum Strand hinab, setzte mich hin und warf Steine ins Wasser.

Schon im Lauf des nächsten Tages sprach sich auf Bær herum, dass auf Sjöundá aufgeräumt worden war. Steinunn und ihre beiden Kinder hatte man nach Osten über die Berge in ihre Heimatgemeinde gebracht, die für ihre Fürsorge zuständig war.

Dann ist sie auch gleich näher beim Bezirksrichter, kommentierte mein Bruder Páll. Den gleichen Weg werden wohl noch mehr von Sjöundá gehen.

Die Zeit verging. Es verstrichen einige Wochen, in denen weiteres Unheil in der Luft lag.

Dann kam der 26. September. An diesem fünfzehnten Sonntag nach Trinitatis fanden unser Kirchendiener und Nachbar Þorbergur Illugason und sein Jungknecht Guðmundur Einarsson auf dem Heimweg von der Kirche im Strandabschnitt von Saurbær eine Männerleiche angeschwemmt, angetrieben an einer Landzunge, Bjarnanes genannt, die der Lagune vorgelagert ist. Beide machten kehrt, um uns den Vorfall zu melden.

Þorbergur Illugason, der brave Mann, war sehr niedergeschlagen. Seinen Bericht schloss er mit den Worten:

Dass man auch immer auf das stoßen muss, was man lieber nicht finden würde!

Habt ihr den Mann denn erkannt oder nicht?, fragte ich und blickte von ihm auf Guðmundur Einarsson, der, ganz rot in seinem jungen Flaumgesicht, betreten vor sich zu Boden starrte.

Þorbergur zögerte ein wenig; dann seufzte er:

Vielleicht schon …

Björn Pálsson auf Krókur und Björn Halldórsson auf Sker hatten noch etwas mit mir besprechen wollen und waren deshalb noch nicht nach Hause geritten. Ich bat sie, zu warten und die Leiche mit uns anderen gemeinsam zu betrachten. Oder besser noch würden sie gleich mitkommen, damit wir alle fünf sie noch unangerührt sehen und ihren Zustand später bezeugen konnten.

Mein Bruder Páll war inzwischen auch hinzugekommen. Ich sagte zu ihm:

Bastele rasch eine Trage zusammen und komm mit ein paar Pferden nach. Wir müssen am Strand eine Leiche bergen.

Vielleicht neuer Besuch aus Sjöundá?, fragte er.

Jedenfalls eine neue Gelegenheit für dich, dein Talent als Tischler unter Beweis zu stellen, gab ich zurück, worauf ich mich zusammen mit meinen traurigen Nachbarn und den beiden Björns hinaus nach Bjarnanes begab, um meinen Besucher aus dem Meer zu begrüßen.

Bjarnis Landzunge! Als meine Nachbarn mir von dem Leichenfund berichteten, hatten sie beide den Namen der Stelle, wo die Leiche angetrieben war, vermieden. Diese Landspitze da, auf der anderen Seite von dem modderigen Tümpel, hatten sie gesagt. Meint ihr Bjarnanes, hatte ich zurückgefragt, und Þorbergur hatte genickt, während Guðmundur errötend die Augen niedergeschlagen hatte.

Auf dem Weg wurde nicht geredet. Es fiel auch kein Wort, als wir vor dem armen Jón Þorgrímsson standen. Denn er war es ja.

Lag da auf dem Sand. Der Schädel war weiß und kahl. Oberhalb der Kiefer waren keine Haut und kein Fleisch mehr vorhanden. Er lag halb auf der Seite und starrte mit leeren Augenhöhlen nach Bær hinüber – das letzte Stück Wegs, das er noch vor sich hatte. Der Mund stand weit offen, wie erstarrt in einem stummen Schrei, einem Schrei ohne Lippen und Zunge. Unterhalb davon hing noch ein Fetzen Fleisch, bleiches, faseriges Fleisch. Doch erst unmittelbar über dem Halsausschnitt des Hemds war auch etwas Haut zu sehen. An einer Stelle im ausfasernden Fleisch des Halses befand sich ein Loch, das schräg abwärts zur Brust hin verlief.

Björn Halldórsson steckte einen Finger hinein und sagte:

Da hat er ihn erstochen, der Schuft!

Doch dann unterbrach er sich, hätte sich in seiner Verwirrung fast den Finger in den Mund gesteckt und murmelte verlegen:

Gott hüte meine Zunge.

Wir anderen waren uns sicher einig darin, besser nicht zu hören, was er gesagt hatte. Bald darauf meinte er bedächtig – er war der Einzige von uns, der Jón seit langem gekannt hatte:

Ja, doch, den Rumpf und die Glieder erkenne ich wieder, auch wenn Hände und Zehen fehlen. Ihr anderen werdet euch aber doch wenigstens an seine Kleidung erinnern?

Jawohl, erklärte Björn Pálsson so tief bewegt, dass er kaum Worte zu formen vermochte. Das ist Jón Þorgrímsson, das sieht man gleich. Aber der Jón Þorgrímsson, der hier liegt, ist keinesfalls die Klippen von Skor hinabgestürzt, so viel steht fest. Das will ich sagen dürfen, und wenn man mir hinterher die Zunge abschneidet. Sonst würde er hier nicht ... in so gutem Zustand liegen.

Etwas Ähnliches hatten wohl auch andere gedacht. Jetzt war es heraus.

Björn Halldórsson wusch seine Hände am Ufer, roch an ihnen, wusch sie noch einmal. Dann suchte er einen kleinen Stock, rieb ihn trocken und probierte langsam, wie weit er sich in das Loch am Hals der Leiche hineinschieben ließ. Er ging etwa vier, fünf Zoll tief hinein. Dann zog er ihn wieder heraus und zeigte uns anderen schweigend das Ergebnis. Keiner sagte etwas.

Dann kam Páll mit den Pferden und der Trage, wir legten die Leiche darauf und anschließend die Bahre auf zwischen den Pferden befestigte Stangen; dann setzten wir uns Richtung Hof in Bewegung.

Den größten Teil der Strecke zum Friedhof hat er selbst kriechen müssen, murmelte mein Bruder Páll zu den Pferden, der Leiche oder zu dem, der es hören wollte. Seltsam, dass er nicht über den Wall gespült worden ist.

Wir bahrten ihn in der Kirche beim Altar auf und gingen dann in meine Kammer hinüber, um einen Bericht über den Fund der Leiche aufzusetzen.

Den Bericht verfasste ich zunächst allein ohne Beihilfe der anderen. Eingehend beschrieb ich meinen unheimlichen Besucher. Ich erwähnte auch das Loch im Hals, durch das man einen Finger stecken konnte, schilderte, dass es mit Hilfe eines Stocks gemessen worden war und sich dabei als ein Viertel einer isländischen Elle tief herausgestellt hatte. Und ich setzte hinzu, dass wir es für das Wahrscheinlichste hielten, dass dieses Loch durch einen Stich zugefügt worden sei, mithin von Menschenhand stamme. Ich führte sämtliche Kleidungsstücke des Toten auf, die äußeren wie die Unterwäsche, und ich schloss damit, dass wir, abgesehen von der Kleidung, auch aus den Gliedern und den Zähnen des Toten schließen konnten, dass es sich bei ihm um Jón Þorgrímsson, Bauer auf Sjöundá, handele, von dem es geheißen habe, er sei im letzten Winter bei den Klippen von Skor abgestürzt.

Diese Erklärung las ich anschließend den anderen vor. Während der Verlesung saßen sie mit gesenkten Köpfen da, und auch hinterher blickten sie weder mich noch einander an; ebenso wenig sprachen sie. Doch sie unterschrieben. Danach stahlen sie sich einer nach dem anderen aus der Kammer, stumm, ohne ein Wort oder einen Abschiedsgruß.

Und dann saß ich da, mit meiner Erklärung.

Solange ich nicht allein gewesen war, war ich vollkommen sicher, dass ich sie genau so vor Gott verantworten konnte. Genau so und kein Jota anders. Erst als die anderen fort waren, ging mir in seiner vollen Bedeutung auf, dass hier fünf Männer zusammengesessen und – das Urteil über Bjarni Bjarnason gesprochen hatten.

Jetzt gab es keinen Weg zurück.

Meine Frau Ólöf kam herein und setzte sich eine Weile zu mir. Ich zeigte ihr das Papier, die Erklärung. Sie las sie und legte sie still weg. Sie blieb noch eine Zeit lang sitzen; ging dann wieder. Ich blieb erneut allein zurück.

War ich denn ein Richter? War ich etwa ein Henker?! Noch einmal las ich die Erklärung durch: »... von Menschenhand stamme«, »... von dem es geheißen habe ...« Und diese Erklärung sollte an die Obrigkeit weitergeleitet werden? Musste wohl dem Bezirksrichter vorgelegt werden ...

Als der Tag graute, erwachte ich steif und zerschlagen. Ich hatte am Tisch sitzend geschlafen, den Kopf auf die Arme gelegt. Und ich hatte geträumt. Träume, deren Unruhe und Schrecken mir noch in den Knochen steckten, deren Inhalt ich aber vergessen hatte.

Ich stand auf, schüttelte die Steifheit und die Kühle ab, nahm den Schlüssel zur Kirche und ging hinaus zu dem Toten. Ich hob die Decke von seinem blanken Schädel und suchte Stärke in dem Anblick.

Bin ich es, den du suchst, Jón?, fragte ich ihn.

Es ging eine grimmige und schonungslose Bissigkeit von diesen Zähnen aus, die von allem Fleisch entblößt waren. Um das stumpfe, nackte Nasenbein lag der verzehrende Hohn des Todes selbst, des Todes lästerlicher Hohn. Dieser Mann, der im Leben so schwach und kläglich gewesen war, lag jetzt hier und war stärker als wir alle zusammen. Er lag hier und beherrschte uns. Allein kraft seines Totseins. Der Tod ist ein undurchsichtiger Geselle.

Aber da war etwas in mir, das sich dagegen aufbäumte, ihm zu dienen. Wer weiß, vielleicht hat er sich selbst das Leben genommen, versuchte ich mir einzureden.

Doch dann lag er da mit einem Mal so demütig. So demütig ... Demütig und misshandelt und hilflos.

Und ich legte die Decke zurück über sein armes, übelriechendes Cranium, setzte mich auf eine Bank neben seine Bahre und weinte und betete.

Später holte ich im Schuppen Sattel und Zaumzeug, steckte einen Trockenfisch ein, um unterwegs etwas zu beißen zu haben, und ging hinaus, meinen Rappen holen, der zusammen mit unseren übrigen Pferden oben unter dem Steilhang stand und wartete, dass der Tau trocknete.

Noch während ich ihm den Sattel auflegte, wusste ich nicht, wohin ich reiten sollte. Die Obrigkeit, das waren Monsieur Jón Pálsson, Monsieur Sigmundur oder auch noch Ólafur auf Lambavatn; jedenfalls waren es die nächsten Amtspersonen. Und dann ritt ich doch nach Norden nach Sauðlauksdalur; vielleicht, weil ich wusste, dass die anderen sämtlich zu Hause waren, während es so gut wie ausgeschlossen war, dass Séra Jón Ormsson schon wieder von seiner Visitationsreise zurück sein konnte.

Ich nahm den Rappen am Zügel und führte ihn schräg den steilen Hang hinauf, immer wieder querten wir im Hang, einem schmalen, gewundenen Pfad folgend, dessen lose Steine unter dem Fuß wegrutschten und hinabkollerten und rollten und rollten, endlos in dem stillen Morgen.

Die Steilwand hinter unseren Höfen ist etwa genauso hoch, wie der Strandstreifen davor breit ist, und in dieser Wand hat das Wasser bloß an zwei Stellen eine Kluft hineinzuwaschen vermocht. Hinauf zu einem dieser Spalte zog ich mit dem Rappen, und endlich kamen wir oben auf dem Grat an.

Dort hielten wir kurz an und verschnauften ein wenig. Der Rappe spitzte die Ohren und äugte nach unten. Ein Wiehern nach dem anderen sandte er nach unten, drehte die Ohren und war unzufrieden, keine Antwort zu bekommen.

Da unten lag mein bescheidenes Kirchspiel, Rauðasandur, elf sichtbare Höfe; hinzu kam noch Keflavík, in einem Tal für sich, nach Westen zu, und Sjöundá, das sich in einer einsamen Mulde weit hinten in Richtung der Steilklippen von Skor verbarg. Da unten stand mein bescheidenes Kirchlein, dessen dünner Glockenklang mir so vertraut geworden war, als wäre es geradezu mein eigener innerer Ton. Eine dumpfe Betrübtheit hatte seine einsame Glocke in mich hineingeläutet, den ganzen Sommer über. Wie sie in mir klingen würde, wenn wir den toten Jón Þorgrímsson zu Grabe trügen, ohne dass etwas unternommen worden wäre, das wagte ich mir nicht auszumalen. Deshalb hatte ich mich auf den Weg gemacht.

Aber ich hatte keine Eile, die schmale Hochheide nach Norden zu überqueren. Ich nahm mir viel Zeit, hockte im Sattel, kaute an meinem Trockenfisch und ließ das Pferd die Gangart bestimmen. Aber selbst wenn es nur einen Fuß vor den anderen setzte, alle Wege waren einmal zu Ende. Es war sicher noch nicht zehn, als der Rappe und ich unten im schmalen und engen Patreksfjörður angekommen waren und auf dem Hofplatz von Sauðlauksdalur warteten, nachdem ich zum zweiten Mal laut gegen die Tür gepocht hatte.

Séra Jón war noch nicht wieder da. Madame Ragnheiður gab sich erstaunt, dass ich, der ich doch Bescheid wusste, überhaupt danach fragen konnte. Sie führte mich ins Besucherzimmer und meinte, ich müsse ja wahrlich ein dringendes Anliegen haben. Das könne man mir übrigens auch ansehen, bemerkte sie. Ich gab zu, dass es sich wirklich so verhielt, ich hätte in der Tat ein wichtiges, ein sehr wichtiges Anliegen. Madame Ragnheiður fragte nach, ich antwortete. Schließlich bat sie, die Erklärung sehen zu dürfen, die ich Séra Jón hatte überbringen wollen. Ich gab sie ihr zögernd, denn letztlich war es ein amtliches Dokument und durfte nicht einfach so jedem Beliebigen ausgehändigt werden. Sie las es; las es noch ein zweites Mal. Dann seufzte sie:

Nein, glücklicherweise ist mein Mann nicht zuhause. Und glücklicherweise ist das eine Angelegenheit, die keinen Aufschub duldet.

Sie öffnete die Klappe am Sekretär und stellte einen Stuhl davor.

Hier habt Ihr Feder, Tinte und Papier, Kaplan, erklärte sie klar und bestimmt. Setzt Euch her und schreibt an Scheving! Der Brief wird heute noch besorgt werden.

Als ich nicht gleich Platz nahm, nicht so sehr, weil ich schwankend geworden wäre, sondern weil mich meine Pflicht plötzlich übermannte, meine unumgängliche Pflicht, setzte Madame Ragnheiður in bedrohlichem Ton hinzu:

Sollte Jón Þorgrímsson in die Erde kommen, ohne dass Bezirksrichter Scheving ihn gesehen hat, dann braucht Rauðasandur eine neue Obrigkeit, und zwar sowohl eine geistliche wie eine weltliche.

Ich setzte mich und prüfte die Feder, denn es war wohl genau diese Gelegenheit, die ich gesucht hatte. Nur um hier zu sitzen, hatte ich bei meinem Aufbruch am frühen Morgen den Weg nach Sauðlauksdalur eingeschlagen.

Ich schrieb das Nachfolgende. (Ich erinnere mich noch genauestens an jedes einzelne Wort.)

Pro memoria. Gestern fanden heimkehrende Kirchgänger nach dem Gottesdienst in Saurbær bei Bjarnanes auf dem Land von Bær eine an Land gespülte menschliche Leiche, die ich zunächst inspizieren und dann in die Kirche bringen ließ. An seiner Kleidung etc. wurde der Tote als der selige Jón Þorgrímsson von Sjöundá identifiziert. Dies Euer Wohlgeboren mitzuteilen, wollte ich in Abwesenheit des Herrn Propstes nicht versäumen, für den Fall, dass Ihr belieben möget, im Hinblick auf das Gerücht, welches hier im vergangenen Sommer umlief, Maßnahmen zu ergreifen. Wir, die wir die Leiche untersucht haben, verwunderten uns jedenfalls darüber, dass ein Mensch, der von einer hohen Klippe gestürzt sein soll, keinen einzigen gebrochenen Knochen im Leib hatte.

So schrieb ich und setzte meinen Namen darunter.

Dann beeilte ich mich, den Brief zu versiegeln, um ihn nicht Madame Ragnheiður zeigen zu müssen. Außen adressierte ich ihn an Sýslumaður Guðmundur Scheving, Hagi, Barðaströnd.

Als ich Madame Ragnheiður das Schreiben brachte, stutzte sie:

Nanu, schon fertig und versiegelt? Ihr führt eine schnelle Feder, Kaplan. Das muss ich sagen.

Sie wog das Schreiben leicht in der Hand und setzte lächelnd hinzu:

Na ja, der Brief ist Eure Sache, der Briefträger meine.

XII

Was ich in den Tagen durchmachte, die sich daran anschlossen, vermag ich gar nicht zu erzählen. Ich fühlte mich so elend, dass ich tagelang herumlief und vor mich hin stöhnte, mich zu nichts aufraffen konnte, ja, es nirgends aushielt. Ich versuchte nicht einmal nachzudenken und vernünftig zu überlegen, was ich getan hatte, was ich wollte und was ich nun tun musste. Im Gegenteil floh ich vor meinen Gedanken, versteckte mich in einem inneren Nebel aus Verwirrung und Durcheinander.

Als dann am Donnerstag heftiger Wind mit dichtem Schneefall einsetzte, atmete ich befreit auf. Ich weiß nicht, warum. Lange Zeit stand ich in der Haustür und genoss mit einem gewissen Behagen das wilde Treiben draußen, den Tanz der Schneeflocken und den brüllenden Sturm.

Aus dem Schneegestöber tauchte plötzlich mein Nachbar Þorbergur Illugason auf, vorwärts gepeitscht von den heftigen Böen des Sturms und mit Eisklumpen in Haar und Bart.

Ich bin hierherbefohlen worden, kommentierte er knapp und klopfte sich Schnee und Eis ab. Guðmundur kommt später.

Welcher Guðmundur?

Guðmundur Einarsson. Wer denn sonst?

Hierherbefohlen? Was soll das heißen?, fragte ich und merkte auf einmal, dass ich fror.

Keine Ahnung, bester Mann, antwortete Þorbergur schleppend. Ich habe eine Aufforderung vom Gemeindevorsteher erhalten. Wir sollen uns wohl Jón selig noch einmal anschauen, nehme ich an.

Er war zu keinem Gespräch aufgelegt; ich ebenso wenig. Ich

schlug ihm vor, ins Küchenhaus zu gehen und sich aufzuwärmen, ich selbst setzte mich in meine Kammer. Jetzt kommt's, dachte ich, saß da und trommelte mit den Fingern auf der Tischplatte. Jetzt geht es los!

Natürlich erwartete ich den Richter, doch es waren mein Schwiegervater und Monsieur Sigmundur, die nach einiger Zeit in meine Kammer traten.

Da guckst du, Schwiegersohn. Das Wetter könnte auch kaum schlechter sein, der Anlass aber auch kaum besser.

Dann geht es wohl um die Art Treibholz, die ich lieber nicht hier auf dem Land von Bær aufsammle, erwiderte ich vielleicht ein wenig verdrießlich.

Jón Pálsson versuchte, meine Züge zu lesen. Genau, sagte er. Genau darum geht es.

Wir sollten uns den Mann besser ansehen, solange wir noch Tageslicht haben, knurrte Monsieur Sigmundur mürrisch und wollte die Sache hinter sich bringen. Es scheint langsam Tradition in der Gemeinde zu werden, dass man hier Tote in der Kirche obduziert.

Der Mann ist bereits eingehend begutachtet worden, sagte ich abweisend. Eingehend genug. Außerdem liegt bereits ein Bericht vor, unter eidesstattlicher Versicherung von vier ehrenwerten Männern unterzeichnet, mit mir als dem fünften.

Nichtsdestoweniger verlangt der Bezirksrichter in einem Brief an mich, den Monsieur Jón gesehen hat, dass der arme Schlucker noch einmal inspiziert wird, erklärte Sigmundur mit Nachdruck.

Ach, der Sýslumaður hat lediglich geschrieben?!

Der Sýslumaður hat Monsieur Sigmundur und mich beauf-

tragt, eine erneute Leichenschau vorzunehmen, ergriff Jón Pálsson vermittelnd das Wort. Ebenso hat er uns Vollmacht erteilt,
gegebenenfalls Bjarni auf Sjöundá festzunehmen und nach Hagi
zu überführen. Monsieur Sigmundur hat sich einverstanden erklärt, dass wir dieselben fünf Männer ernennen, die die Leiche
beim letzten Mal untersucht haben. Aber da der Bezirksrichter in
seinem Brief verlangt, dass sechs Mann beteiligt sind, dachte ich,
ihr fünf könntet eure ohne Zweifel richtige und ausführliche erste
Erklärung gegenzeichnen, worauf Séra Jón Ormsson eine Ergän-
zung unterschreiben könnte. Er muss gleich hier sein.

Richter Scheving macht sich die Sache leicht ...

Keineswegs, Schwiegersohn. Aber sein Großvater ist in Reykjavík in einen Prozess verwickelt, der die beiden teuer zu stehen
kommen kann. Dort musste er erscheinen.

Ich verstehe; wenn es für Guðmundur um Geld geht, geht es
ums Leben.

Du weißt noch nicht, dass er als Ankläger – mit Befugnis, an-
zuklagen, wen immer er für richtig befindet, und auch einen Pro-
zesstermin anzuberaumen – Monsieur Einar Jónsson auf Kollsvík
eingesetzt hat. Ihm müssen wir also unseren Befund und alle weiteren Unterlagen in diesem Fall zuleiten.

Bravo! Dann wird auch etwas dabei herauskommen. Der Mann
wird Tote und Lebendige vor Gericht zitieren.

In jedem Fall wird er uns alle vorladen.

Monsieur Sigmundur senkte die Lider.

Soll er nur. Andererseits darf man annehmen, mit diesem Ankläger haben Bjarni und Steinunn eine Chance. Selbst wenn sie
schuldig sein sollten.

Monsieur Jón grinste:

Dagegen hat Séra Jón keinerlei Aussicht, ungeschoren davonzukommen. Der Sünder wird verdammt werden!

Wenn man den Teufel nennt, kommt er gerennt, heißt ein altes Sprichwort, und genau das tat Séra Jón Ormsson, und er war wütend.

Kraft welchen Rechts und Amts zitiert Ihr mich hierher, Gemeindevorsteher?!

Jedenfalls nicht kraft Gottes Macht, versuchte Jón Pálsson ihn mit leichtem Spott zu besänftigen. Da es einzig und allein auf Anordnung von Guðmundur Scheving geschah.

Darf ich diese Anordnung sehen? – Aber hier steht ja lediglich »Pfarrer«. Séra Eiúlfur ist schließlich auch Pfarrer. Zuständiger Pfarrer sogar in diesem Fall … Einar Jónsson Ankläger – na, prost Mahlzeit! Da werde ich jedenfalls eingedeckt werden mit allem, was ich bis dato verbrochen und nicht verbrochen habe, möchte ich meinen …

Zu Recht, murmelte Monsieur Sigmundur.

Séra Jón riss sich zusammen.

Na gut, dann also in Gottes und der vierzig Ritter Namen! Séra Eiúlfur, du bist dir hoffentlich darüber im Klaren, was du hier angerichtet hast?

Mit Gottes Hilfe will ich meine Verantwortung nicht auf andere abwälzen, antwortete ich.

Da legte er mir unvermittelt den Arm um die Schulter:

Eiúlfur, mein Freund …

Und mein alter Propst brach tatsächlich in Tränen aus. Er weinte so, dass wir anderen beschämt die Augen niederschlagen mussten.

Zusammen mit den übrigen Zeugen der früheren Leichenschau gingen wir zur Kirche hinüber, wateten voran durch den beißenden Strom aus gefrorenem, wirbelndem Wasser. Der arme Leichnam, der dort verlassen auf seiner Bahre lag, war inzwischen, seit ihn das Salzwasser nicht länger konservierte, stark in Verwesung übergegangen. Es sah aus, als eilte Jón Þorgrímsson nun, sechs Monate nach seinem Tod, endlich seiner Auflösung entgegen.

Jón Pálsson stieß leise hervor:

Aber, liebe Freunde, hat diese Leiche wirklich monatelang im Meer gelegen? Und sich bis jetzt so erhalten. So warm, wie der Sommer war. Den da würde ich auf höchstens drei Monate Seefahrt veranschlagen. Und sechs soll er unterwegs gewesen sein … Kaum glaubhaft. Wo aber hat er dann gesteckt?

Niemand gab ihm eine Antwort.

Wie sich herausstellte, stand das Loch im Hals nicht mehr so offen.

Auf Séra Jón Ormssons inständiges Ersuchen erklärten wir übrigen fünf Leichenbeschauer uns einverstanden, in der Zusatzerklärung zu unserem ersten Bericht festzuhalten, dass nicht mehr so klar zu entscheiden sei, ob das Loch mit Gewalt angebracht worden war. Da ich solche Dispute nicht in meiner Kirche hören wollte, weder über dieses noch über andere Themen, und da ich überdies der Meinung war, wir sollten den armen Jón endlich in Frieden lassen, bat ich Séra Jón und die Gemeindevorstände, mich in meine Kammer zu begleiten, wo wir die Angelegenheit erörtern könnten. Die anderen bat ich, zu warten und sich in Bereitschaft zu halten.

Séra Jón lehnte allerdings jede Beteiligung ab.

Ich bleibe über Nacht hier, Eiúlfur, erklärte er und legte mir die

Hand auf die Schulter. Dann kann ich morgen deine Erklärung unterschreiben, aber ich will nichts wissen und keinen Anteil haben an dem, was hier vor sich geht. Tut, was ihr für rechtens haltet, und Gott helfe euch!

Es wurde still, nachdem er gegangen war. Bis endlich Monsieur Jón sagte:

Worüber haben wir drei eigentlich noch zu reden? Dass Bjarni geholt, von Angesicht zu Angesicht mit seinem Hausgenossen konfrontiert und über seinen möglichen Anteil an dessen Tod verhört wird, das alles ist eine klare Anordnung des Bezirksrichters. Heute ist es dafür zu spät, aber morgen muss das passieren!

Er schwieg einen Augenblick, ehe er noch hinzufügte:

Und dass der Mann bis auf weiteres festgesetzt werden muss, was immer er auch aussagen mag, darüber besteht unter uns doch wohl keine Uneinigkeit?

Damit sprang er auf und schloss:

Ich gehe jetzt zu meiner Tochter hinüber. Ich habe sie noch gar nicht begrüßt. Du versteckst sie gut, Eiúlfur.

So blieben wir denn allein zurück, Monsieur Sigmundur und ich. Wir saßen da und schwiegen zusammen. Bis Sigmundur zögerlich sagte:

Eigentlich würde ich gern schlafen gehen …

Aber wir haben doch noch gar nicht zu Abend gegessen, wandte ich ein.

Am liebsten möchte ich einfach gleich schlafen, entschuldigte er sich.

Darauf führte ich ihn zu einem Bett und wünschte ihm eine Gute Nacht.

XIII

Am nächsten Morgen war das Wetter schön und klar, wenn auch noch etwas windig. Es hatte viel geschneit, doch die Sonne schmolz den Schnee, und der Wind presste ihn fest zusammen.

Wir erreichten Sjöundá eine Stunde vor Mittag, die beiden Gemeindevorsteher, die beiden Björns und ich. Im Grunde war ich überflüssig, und es hatte mich auch niemand aufgefordert, mitzureiten. Doch ich hatte meine eigenen Absichten, und man sah mich auch nicht ungern in dem kleinen Aufgebot, ganz im Gegenteil. Dass die anderen nicht freiwillig in dieser Sache unterwegs waren, war allen vier deutlich anzumerken. Selbst Monsieur Jón bereitete sein Vorhaben Unbehagen, und er machte kein Hehl daraus.

Ich konnte es mir nicht verkneifen, ihn ein wenig aufzuziehen:

Im Sommer bist du hier schon einmal schneller entlanggeritten.

Einen Fuchsbau auszuheben, ist eine Sache, aber eine ganz andere, einen Mann für den Block abzuholen, schnappte er zurück.

Ob Bjarni uns kommen sah, weiß ich nicht; wir erblickten ihn jedenfalls erst, als wir unsere Pferde auf dem Platz vor dem Haus anhielten und er plötzlich aus der Tür trat.

Freunde zu Besuch, scherzte er. Obwohl, vielleicht nicht bloß Freunde ...

Du kannst dir wohl denken, weshalb wir gekommen sind, schnauzte Jón Pálsson barsch.

Deine Anliegen auf Sjöundá haben mittlerweile so vielfältige

Gründe, dass man sich gar nicht mehr auskennt, Monsieur Jón, gab Bjarni zurück. Vielleicht hat jetzt das Vieh etwas angestellt und soll deportiert werden. Ist ja möglich. Aber eigentlich siehst du mir aus, als habest du dich gerüstet, um diesmal den Rest der Bewohner dieser Hütte zu holen, den du im Sommer übrig gelassen hast.

Nicht schlecht geraten. Mach dich also fertig und komm mit uns!

Bjarni erstarrte, nun doch überrumpelt. Er öffnete den Mund, unterließ es dann aber, noch etwas zu sagen.

Die Pferde schnaubten unterdessen und rieben sich aneinander und an uns Reitern. Sie fanden es zu kalt, um hier ungeschützt auf dem offenen Platz herumzustehen und lange Reden zu halten.

Sigmundur auf Stakkar fragte:

Du hast doch sicher gehört, Bjarni, dass der selige Jón an Land getrieben ist?

Nein, antwortete Bjarni leise und räusperte sich. Das höre ich jetzt von dir zum ersten Mal. Aber es war ja auch höchste Zeit.

So, so. Er liegt jedenfalls in der Kirche auf Bær und möchte gern seinen ehemaligen Mitbewohner begrüßen.

Monsieur Sigmundur, unterbrach ich in strengem Tonfall und meinte ebenso meinen Schwiegervater, wir sind nicht von uns aus hier, sondern im Auftrag der Behörde. Die Sache ist die, Bjarni: Wir haben Anweisung erhalten, dich der Leiche des seligen Jón Þorgrímsson gegenüberzustellen, damit du uns sagen kannst, ob du sie wiedererkennst, und möglicherweise auch Näheres zu seinem Tod. Hier Gewalt anzuwenden oder auch nur missliche Worte, meine Herrn Gemeindevorsteher, erscheint mir gänzlich unangebracht. Du kommst doch sicher aus freien Stücken mit uns, Bjarni.

Selbstverständlich komme ich mit, wenn es denn unbedingt sein muss, erklärte Bjarni bereitwillig. Die Kinder sind groß genug, dass ich sie allein lassen kann, für die paar Stunden.

Die Kinder nehmen wir mit zu mir, sagte ich, denn aus diesem Grund bin *ich* hier, Bjarni. So brauchen wir die Obrigkeit nicht mit ihnen zu behelligen, solange die Sache andauern mag.

Um Kinder kümmert man sich am besten zu zweit, Eiúlfur, wandte Monsieur Jón unzufrieden ein.

So lange, wie die Sache dauert?, wiederholte Bjarni fragend. Welche Sache?

Ich sagte freundlich:

Wenn du unschuldig bist, Bjarni, kannst du keinen größeren Wunsch haben, als dass den Gerüchten um deine und Steinunns Schuld am Tod deiner Frau und ihres Mannes endlich auf den Grund gegangen wird ...

Nimmt jemand an, Jón wäre umgebracht worden?

Er hat ein Loch im Hals – wie von einem Stich.

Ich habe Jón Þorgrímsson nicht erstochen, darauf kann ich jeden Eid leisten!, rief Bjarni bestimmt und, wie es schien, erleichtert.

Darauf holte er seinen Sattel, nahm eine Trense zur Hand und ging auf seine Pferde zu, die auf der Hauswiese nach Gras scharrten.

Seinen Sohn Gísli fanden wir unten am Strand. Er war ein schmächtiger Junge, mit hellen, leicht verschreckten Augen. Als er begriff, dass etwas Außergewöhnliches vor sich ging, klammerte er sich ängstlich an Bjarnis Bein und wollte nicht von seiner

Seite weichen. Die beiden kleinen Mädchen, die Püppchen, mussten wir aus der Wohnstube holen. Sie kamen nicht von den Betten
herunter, auf denen sie Hand in Hand saßen, als wir sie baten, mit
uns zu kommen. Nicht einmal, als ihr Vater sie rief, rührten sie
sich vom Fleck. Doch sie leisteten auch keinen Widerstand, als wir
sie hinaustrugen, Björn Pálsson und ich. Stumm ließen sie sich in
Schals hüllen und vor uns auf den Sattel setzen. Ihre unverwand-
ten Blicke ließen uns nicht einen Moment aus den Augen.

Bjarni schloss das Haus ab und sah um sich, blickte über den
frühlingsgrauen Fjord und hinauf zu den schneegefleckten Bergen. In Gedanken versunken stieg er aufs Pferd und ritt mit uns.

XIV

Als wir auf den Hofplatz von Bær ritten, stand Jung-Ólöf draußen, erwartete uns und nahm die Kinder in Empfang. Es war, als
hätte sie auf sie gewartet, obwohl ich meine Absicht mit keinem
Wort erwähnt hatte, bevor ich von zu Hause fortgeritten war.

Bjarni sah ich sie zum allerersten Mal grüßen, mit einem
scheuen Nicken. Als wäre endlich etwas geschehen, das ihn zum
Mitmenschen machte. Dann ging sie mit den Mädchen, die sich
aneinanderklammerten, und dem widerstrebenden Gísli davon.

Bjarni folgte seinen Kindern mit den Augen, bis sie hinter der
Tür verschwunden waren. Eine Zeit lang blieb er noch so stehen
und hielt den Blick starr auf die Tür gerichtet, dann wandte er sich
zu mir und sagte, indem er ein Lächeln versuchte:

Da hast du sie jetzt alle beieinander, Séra Eiúlfur. Erst hast du
die beiden Gestorbenen bekommen, und jetzt nimmst du dir die
drei … Lebendigen.

Sein Blick drückte noch mehr Traurigkeit aus als an jenem Tag,
als er mir seine beiden Jungbauern gebracht hatte.

Ich befand mich in einer abscheulichen Situation. Der Gedanke war mir vollkommen unerträglich, dass Bjarni Jón Þorgrímsson in meiner Kirche wiedersehen sollte, vor allem aber, dass er,
wie es angeordnet war, dort an seiner Bahre über seine mögliche
Schuld an dessen Tod verhört werden sollte. In Gottes geheilig-
tem Haus! Sprach er die Wahrheit, war es nicht ganz so schlimm.
Doch was, wenn er log? Lud er dadurch nicht ein Vielfaches an
Schuld auf sich?

Andererseits aber mochte gerade der Umstand, dass er sich in
einer Kirche befand, bewirken, dass er die Wahrheit aussagte, wie

sehr ihn auch sein sonst schwaches Fleisch oder die dem menschlichen Sinn angeborene Schwäche verleiten mochten zu lügen, sofern ich dies zuließ.

Da standen wir also alle wieder um Jóns Bahre, wir fünf Leichenbeschauer, unser Propst, die beiden Gemeindeoberen – und Bjarni.

Wie wir dort versammelt standen – ich ließ unterdessen kein Auge von Bjarni –, bekam ich den Eindruck, dass er die Leiche des seligen Jón nicht zum ersten Mal sah. Was mir dieses Gefühl eingab, könnte ich nicht benennen, und gleich darauf wurde ich auch schon wieder schwankend, hatte den gegenteiligen Eindruck. Denn als Séra Jón nun das Zeichen des Kreuzes über der Leiche machte und anschließend die Decke von dem nackten Schädel lüftete, ging in Bjarnis Zügen und Augen etwas vor sich, das mich ganz davon überzeugte, dass es sehr wohl das erste Mal war, und das mich vorübergehend dessen sicher machte.

Monsieur Sigmundur, dem der Bezirksrichter sein Schreiben hatte überbringen lassen, kämpfte mit seinen Augenlidern, und erst nach geraumer Weile fragte er bedeutungsvoll:

Kennst du diesen Mann da, Bjarni?

Bjarni, der den Schädel anstarrte, flüsterte leise:

Nein.

Da war es, da wackelte ich wieder: Doch, er hatte ihn schon gesehen! Sonst hätte er nicht gelogen. Denn er musste ihn doch wiedererkennen.

Lass ihn ihn doch in voller Größe sehen, ohne Finger und Zehen, brach Björn Pálsson aus, bebend vor Zorn, und mit zittrigen Händen zog er das Tuch von der Bahre, ließ es auf den Boden fallen und trat es mit dem Fuß weg.

Es sah so phantastisch grotesk aus, Jón Þorgrímsson dort ohne aus den Ärmeln ragende Hände liegen zu sehen, dass er dadurch fast wieder an Leben gewann. Von seinen Armstummeln ging eine eigenartig gierige Bedrohlichkeit aus. Es wirkte so, als habe sich der Tote in unversöhnlicher Raserei Hände und Zehen abgeschunden, das Fleisch von den Knochen gerissen und die Zunge aus dem Hals geschrien, um ein bestimmtes Ziel zu erreichen. Ein Ziel, das er bis jetzt noch nicht aus den Augen verloren hatte, ja, das er bis jetzt mit seinen leeren, drohenden und unheimlich seherischen Augenhöhlen blind fixierte.

Bjarni muss etwas Ähnliches gefühlt haben. Jedenfalls bemerkte ich, dass ihm trotz der eisigen Kälte in der Kirche Schweiß auf die Stirn trat. Björn Pálsson stöhnte auf. Düster triumphierend sagte er:

Na bitte, jetzt erkennt er ihn!

Bjarni schwieg dazu. Sigmundur fragte nach:

Solltest du, wie er da liegt, Jón Þorgrímsson wirklich nicht wiedererkennen?

Die Kleidung könnte die von Jón Þorgrímsson sein, das stimmt schon, räumte Bjarni wie benommen ein.

Siehst du das Loch da im Hals?, fragte Sigmundur weiter.

Nein. Wo?

Sigmundur zog ihn näher heran und zeigte es ihm, wollte auch, dass er es berührte, da schlug Bjarnis Ton plötzlich um:

Ja doch, zischte er fast heftig, natürlich sehe ich es.

Wagst du es zu bestreiten, dass dieses Loch dein Werk ist, Bjarni?

Ja, das wage ich, gab er zurück und wischte sich erleichtert den Schweiß ab. Dafür rufe ich Gott und alle Heiligen als Zeugen an, und darauf bin ich jederzeit bereit, einen Eid bei meinem Seelenheil zu schwören.

Dass der Mann die Wahrheit sprach, das stand für mich über jeden Zweifel erhaben fest. Mir war schwindlig, ich kannte mich nicht mehr aus, Freude und Erleichterung standen in meinem Herzen bereit, trauten sich aber noch nicht heraus.

Auch die anderen schwankten, das war deutlich zu sehen. Sie waren unschlüssig geworden und verwirrt. Sogar in Björn Pálssons stierem Blick lag Verunsicherung. Er glaubte ihm, dann glaubte er ihm wieder nicht. Er wusste nicht mehr ein noch aus.

Und du kannst dir auch niemand anderen denken, der ihm diesen Todesstoß versetzt haben könnte?, fragte Monsieur Sigmundur zahm. Seine Frau Steinunn vielleicht?

Das scheint mir kein Frauenwerk zu sein, gab Bjarni, plötzlich selbstsicher, zurück. Er kann sich auch selbst erstochen haben.

Monsieur Jón sah sich um, ob sonst niemand Einwände erhob. Dann sagte er völlig beherrscht:

In dem Fall wäre dort, wo du behauptet hast, er sei abgestürzt, Blut auf dem Schnee zu sehen gewesen.

Ja, das stimmt, gab Bjarni allzu bereitwillig zu.

Ja, aber, stammelte Björn Pálsson, aber ... liebe Leute! Ihr vergesst ... Dann brach er ab. Aufs Neue unsicher.

Monsieur Jón Pálsson, der von uns allen sichtlich am meisten unter dem Leichengeruch litt, wollte der Sache ein Ende machen:

Das hier führt doch zu nichts mehr, Sigmundur. Lass uns der Anordnung des Richters folgen, und ihn für heute Eiúlfur in Verwahrung geben.

Erst muss der Mann ordnungsgemäß verhaftet werden, insistierte Sigmundur, der sich plötzlich nicht ohne Wohlgefallen seiner Amtspflicht bewusst wurde.

Na gut, meinte Jón Pálsson, drehte sich Bjarni zu und verkündete in gedämpftem Ton: Im Namen des Königs und der Gesetze erkläre ich dich hiermit für arrestiert, Bjarni Bjarnason. Du stehst im Verdacht, sowohl deine Ehefrau, die selige Guðrún Egilsdóttir, als auch den hier liegenden Jón Þorgrímsson ermordet zu haben. Ketten mag ich dir nicht anlegen lassen. Gib mir dein Ehrenwort, dass du nicht fliehen wirst. Dann magst du in Handeisen bleiben, bis du nach Hagi kommst.

Bjarni streckte die Hand vor.

Jón Pálsson nahm sie nicht.

Gib Monsieur Sigmundur deinen Handschlag darauf, sagte er und ging.

Es verwirrte und erstaunte mich, dass Monsieur Jón noch immer von Bjarnis Schuld überzeugt sein konnte. Und er war es; daran konnte kein Zweifel bestehen. Dabei hatten wir doch noch nicht einmal gesehen, wie Bjarni reagierte, wenn er mit dem Allerwichtigsten konfrontiert würde, mit dem, was Björn Pálsson vorhin beinah vorzeitig ausgeplappert hätte. Im Übrigen war es mir unbegreiflich, dass sich Monsieur Sigmundur einzig und allein auf das Loch im Hals konzentriert hatte, ohne zugleich oder im Anschluss auch nur mit einem Wort das wichtigste Indizium zu erwähnen. Schonung konnte es nicht sein. Eher schon Vergesslichkeit. Allerdings war Sigmundur auch an dem Tag, an dem Jón gefunden worden war, nicht dabei gewesen. Er konnte mithin gar nicht wissen, was damals unser stärkster Eindruck gewesen war.

Was Jón Pálsson anging, zweifelte ich nicht eine Sekunde: Er schwieg vorsätzlich und mit Bedacht.

Er war sicherlich der Auffassung, dass dieses erste Verhör sowieso schiefgelaufen war, und wollte es nun mir überlassen, die Sache wieder geradezubiegen.

Du kommst mit mir, Bjarni, sagte ich und nahm seinen Arm.

Nicht als Gefangener, denn du bist nicht mein Häftling, sondern der des Gemeindevorstands. Ich bin dein Seelsorger, nicht deine Obrigkeit. Und bis morgen bist du mein Gast. Übrigens zum ersten Mal.

Zum ersten und zum letzten Mal, Eiúlfur, erwiderte Bjarni und versuchte zu lächeln. Seine Schritte waren schwer, als hätte er Mühe, die Beine zu bewegen.

Das weißt du nicht und ich ebenso wenig, antwortete ich betrübt.

Da die anderen uns auch außerhalb der Kirche noch folgten, sagte ich zu ihnen:

Tja, ihr übernachtet natürlich auf dem Hof, liebe Brüder …

Dann ging ich mit Bjarni weiter, meinem Gemeindekind. Offen gesagt, fühlte es sich in dem Augenblick so an, als wäre er mein einziges Gemeindekind. Ja, als wäre er der Mensch, für den ich vor Gott die meiste Verantwortung trug.

XV

Als wir in meiner Kammer saßen und ich noch überlegte, wie ich weiter vorgehen wollte, sprach Bjarni mit diesem Lächeln, das kein Lächeln war:

Menschen fürchte ich nicht, und Gott fürchte ich auch nicht ... am allerwenigsten den Teufel. Aber dich fürchte ich, Eiúlfur.

Wenn das stimmte, dann stünde es so schlimm, wie es überhaupt nur stehen kann, weil ich nämlich ganz sicher derjenige bin, den Gott dazu ausersehen hat, dir in deiner Not zu helfen, armer Mann.

Menschen können sich gegenseitig nicht helfen, gab Bjarni mit unterdrückter Hitzigkeit zurück, Menschen können sich nur gegenseitig umbringen.

Ich schwieg. Ich hatte den festen Vorsatz gefasst, mich keiner unlauteren Mittel zu bedienen. Die Wahrheit sollte aus eigener Kraft siegen.

Es gibt so viele Arten, jemanden umzubringen, Eiúlfur, fuhr Bjarni fort, wobei er versuchte, seinen inneren Aufruhr so weit wie möglich zu dämpfen. Man tötet und wird getötet. Sogar die Toten kehren zurück – und töten.

Ein Mensch, der sich gegen seine Mitmenschen und gegen Gott vergangen hat, muss seine Strafe auf sich nehmen, Bjarni, antwortete ich traurig.

Glaubst du nicht, dass ich schon so hart gestraft wurde, wie man nur gestraft werden kann, flüsterte er rau.

Nein, Bjarni, das bist du nicht, erwiderte ich. Denn wärst du das, dann würdest du Frieden fühlen. Dein jetziges Leid stammt eben daher, dass du nicht bestraft bist, noch nicht. Furcht vor der

Strafe ist nichts anderes als Schauder vor den eigenen Taten. Hat man seine Strafe empfangen, dann kann alles wieder gut werden. Vorher nicht. Du musst doch erlebt haben, Mensch, dass man so nicht leben kann, wie du lebst.

Nein, das ist wahr. So kann man nicht leben.

Du bist doch ein Mann, Bjarni. Vertraue auf Gott und vertraue auf dich selbst.

Ich habe immer auf mich selbst vertraut. Gott … mir scheint, ich habe ihn einmal gekannt. Aber das ist lange her. Er war wohl bloß eine Einbildung – wie alles andere.

Ohne Gott ist nichts, sagte ich leise.

Dann trägt er eine große Verantwortung, seufzte Bjarni.

Wir schwiegen lange.

Es war eigenartig zu merken, dass ich allein auf der Welt war, warf Bjarni nach einer langen Pause hin.

Wann hast du das geglaubt?

Zum ersten Mal an dem Morgen, an dem meine beiden Jungen starben. Zum zweiten Mal …, nein, es gab kein zweites Mal. Sieh, eines Morgens waren sie fort. Ohne dass ich die leiseste Vorahnung gehabt hätte … Es war, als ob die Nacht sie mitgenommen hatte.

Er stöhnte, brach dann ab:

Ich will nicht daran denken. Es hat ja doch alles keinen Zweck.

Wieder schwiegen wir. Dann unternahm ich einen neuen Vorstoß.

Du weißt genau, Bjarni, dass dich auf Dauer keine Macht der Welt davon abhalten kann, die Wahrheit zu sagen. Die ganze Wahrheit. Warum nicht jetzt gleich?

Du horchst mich bloß aus, wird mir jetzt klar!, erwiderte Bjarni auf einmal bitter. Ich sei dein Gast, hast du vorhin gesagt. Und dabei stocherst und stocherst du herum. Was willst du denn eigentlich wissen?

Ich möchte die Wahrheit darüber wissen, wie Guðrún Egilsdóttir und Jón Þorgrímsson ums Leben gekommen sind.

Hast du nie einen Menschen sterben sehen?

Doch.

Na bitte, dann weißt du ja, wie's geht. Aber weißt du deshalb auch, wie der Tod kommt? Und woher? Ich habe es auch schon mitangesehen, aber ich weiß es trotzdem nicht.

Jetzt nimm dich in Acht, Bjarni!, rief ich und merkte, wie gegen meinen Willen Zorn in mir aufstieg. Diesen Ton werde ich nicht hinnehmen. Entweder du lässt ihn oder ... du kannst nicht länger mit Schonung von meiner Seite rechnen.

Wenn ich auf Schonung durch dich oder andere angewiesen wäre, dann wäre ich arm dran.

Warum sagst du das jetzt?

Weil es stimmt, Eiúlfur. Du bist doch entschlossen, mich mit der Macht und Gewalt des Teufels ins Verderben zu stürzen! Ja, mich am liebsten einen Kopf kürzer zu machen ...

Gott vergebe dir, Mensch, in dieser Stunde den Teufel im Mund zu führen!

Vergibt er mir das Übrige, dann vergibt er mir das auch noch.

Ein verzweifelter Zorn fraß sich tiefer und tiefer in mich hinein, ohne dass ich ihm Einhalt gebieten konnte. Zorn auf Bjarni, Zorn auf mich selbst. Zorn und Ohnmacht. Gleichzeitig versuchte ich mich zusammenzureißen, um so weit wie möglich Ruhe und einen kühlen Kopf zu bewahren. Aber ich wusste auch, dass ich dazu nicht mehr lange imstand sein würde, wenn das hier so weiterging. Darum fragte ich ihn geradeheraus:

Warst du es, der Jón Þorgrímsson getötet hat?

Vorhin draußen in der Kirche, da hast du mir geglaubt, gab Bjarni – eine Spur höhnisch – zurück.

Ja. Denn erstochen hast du ihn nicht …

Und trotzdem fragst du.

Ja. Denn entweder hast *du* ihn erstochen. Doch das hast du nicht. Oder er ist nicht an diesem Stich gestorben. Und das ist er auch nicht.

Woran denn?

Ich stelle hier die Fragen, Bjarni. – Woran ist er gestorben?

Ich habe dir doch schon alles erzählt, was ich über die Sache weiß.

Nein, das hast du nicht. Aber jetzt sollst du endlich reden!

Also gut. Es war an dem Morgen, an dem er sich auf den Weg nach Skor machte … Als der Tag herumging, ohne dass er wiederkam, wurden Guðrún und Steinunn nach und nach unruhig. Steinunn bat mich, nach ihm zu suchen. Das tat ich dann auch. Ich konnte seiner Spur noch am ersten Steilabhang vorbei folgen bis etwa zur Mitte des zweiten, Rauðuskriður, wenn du weißt, wo das ist. Da hörten die Spuren auf. Tja, mehr weiß ich eigentlich nicht. Außer, dass ich glaubte, unten ein paar undeutlich verwischte Abdrücke zu sehen, etwa so, als hätte dort jemand einen schmutzigen Sack übers Eis geschleift. Daraus habe ich geschlossen, dass er abgestürzt und dabei zu Tode gekommen sein musste.

Gut, ich kenne die Geschichte und weiß, dass du so Jóns Verschwinden zu erklären pflegst.

Bjarni, der in Gedanken versunken schien, bekam einen wachsamen Ausdruck in den Augen.

Das ist alles, was ich weiß.

Du lügst, Mann!

Bjarni zuckte zusammen. Zum ersten Mal sah ich ihn blitzartig die Farbe wechseln.

Dann weißt du mehr als ich, sagte er kurz angebunden.

So viel kann ich mir immerhin selbst sagen, Bjarni, dass ein Mensch, der bei den Rauðuskriður abstürzt, nicht ohne Knochenbrüche davonkommt.

Rauðuskriður?, murmelte Bjarni verwirrt. Habe ich gesagt Rauðuskriður? … Dann habe ich mich wohl nicht richtig ausgedrückt.

Jedenfalls ist es das, was du bisher jedes Mal über Jóns Tod erzählt hast.

Ja, ja, ist ja auch richtig. *Bei* den Rauðuskriður, aber schon ein Stück, bevor man auf die eigentliche Höhe kommt. Also eher *vor* den Rauðuskriður. Ich habe nicht überlegt, dass man das missverstehen kann.

Nicht einmal dort konnte der selige Jón hinunterfallen, ohne sich etwas zu brechen. Du lügst, so gut du nur kannst. Aber die Wahrheit kommt doch irgendwann an den Tag. Ist das alles, was du mir erzählen willst?

Was sollte ich dir denn sonst noch erzählen?

Gut, wie du willst. Dann schreibe ich dem Ankläger also das.

Was schreibst du ihm?

Dass der Betreffende abstreitet, etwas mit dem Tod Jón Þorgrímssons zu tun zu haben; dass du aber in deiner Erklärung geschwankt hast, nachdem ich dich darauf aufmerksam machte, dass Jón bei einem Sturz von den Rauðuskriður nicht ohne gebrochene Gliedmaßen hätte bleiben können und dass du in deiner Aussage die angebliche Stelle seines Absturzes nachträglich verlegt hast. Und dann noch, dass ich dir trotz deines Leugnens dunkle Gedanken angesehen habe. Das ist es, was ich weiß. Und das werde ich schreiben.

Na ja, wenn du meinst, sagte Bjarni, halb einwendend und halb zustimmend, zögerlich. Meinetwegen.

XVI

Zeitig am nächsten Morgen suchte ich Bjarni wieder auf. Meine Unruhe trieb mich dazu. Ich wollte noch einmal mit ihm reden, doch er schlief. Oder tat zumindest so.

Ich traf ihn erst wieder, als er mit den anderen bereitstand, um über die Berge nach Osten zu reiten.

Man hatte seinen Schwager Rögnvaldur geholt, der unterwürfig und ängstlich entgegennahm, was ihm Bjarni im Hinblick auf seinen Hof auftrug.

Ja, aber, wandte er ein, während sein Blick unstet umherflackerte. Ja, aber ... aber ... ich will gar nicht auf Sjöundá sein. Nicht eine einzige Nacht!

Damit habe ich nichts zu schaffen, ging Bjarni ruhig darüber hinweg. Du bist eingesetzt worden, dich um meine Sachen zu kümmern, solange ich weg bin. Und ich möchte nicht in deiner Haut stecken, wenn ich wiederkomme, und es ist nicht alles in Ordnung.

Rögnvaldur wollte etwas sagen, brachte es aber nicht heraus und begann zu schniefen.

Die Männer, die sich um die beiden gesammelt hatten, machten sich über ihn lustig. Auch Bjarni lachte auf. Ansonsten aber sah er alle finster an, auch mich.

Ich nahm ihn beiseite und sagte gedämpft, damit die anderen es nicht hörten:

Also, Bjarni. Möge Gott bei dir sein, ob dein Weg nun zu einem Freispruch und zum Leben oder zu einer Verurteilung und in den Tod führt. Ich habe mein Bestes getan, um dir zu helfen.

Das habe ich gemerkt, quittierte Bjarni höhnisch.

Ja, verspotte mich nur, fuhr ich fort. Ich habe es verdient, so kläglich, wie es mir missraten ist. Was du getan hast, weiß ich nicht. Aber dass du auf Abwegen bist, dessen bin ich mir sicher. Denk in deiner Einsamkeit darüber nach. Und wenn du mich brauchst, schicke nach mir. Von mir aus werde ich dich nicht mehr aufsuchen.

Gleich danach brach Bjarni unter Bewachung von Monsieur Sigmundur, den Björns und Guðmundur Einarsson auf.

Im Verlauf des Tages sah ich Rögnvaldur mit zwei Mann Bjarnis Schafe, Kühe und Pferde hier vorbeitreiben. Er hatte von Sigmundur die Erlaubnis bekommen, Sjöundá öde stehenzulassen, sofern er alles Vieh zu sich nach Krókshús holte. Es schlug mir aufs Gemüt, zu sehen, wie die Kühe dort draußen durch Schnee und Kälte trotteten, und über den dahinziehenden Schafen lag etwas Trauriges und Flüchtiges, als würden mit ihnen die letzten Überreste eines Zuhauses und ebenso auch der Hoffnung Bjarni und Sjöundá für immer verlassen.

Und ich, der ich nur dabeistand und zusah, hatte ich nicht einen maßgeblichen Anteil daran, dass es so gekommen war? Und was noch schlimmer war: Konnte ich mich selbst von Schuld an diesen dunklen und ungesicherten Begebenheiten freisprechen, die jetzt dazu geführt hatten, dass Bjarnis Vieh in der einen Richtung an mir vorbeigetrieben wurde, während man ihn selbst als Gefangenen zur anderen Seite abführte? Ich fühlte das Bedürfnis, in meine Kirche zu gehen und Klarheit im Gebet zu suchen. Aber – da lag ja noch Jón Þorgrímsson.

Ich rief meinen Bruder Páll und trug ihm kurzerhand auf, einen Sarg zu zimmern.

Páll war sicherlich der Einzige, der dieser Tage nicht gedrückter Stimmung war.

Hast du eigentlich noch den Überblick über all deine Auslagen für die Bauern auf Sjöundá?, fragte er. Die ausgeliehenen Pferde neulich, die Überführung der Leiche … soll das nun aus Jóns Nachlass oder dem des seligen Bjarni beglichen werden? Oh, jetzt habe ich mich vertan. Ich meinte natürlich Bjarnis oder des seligen Jón. Bjarni ist ja noch am Leben. Außerdem drei Kinder in Kost und Logis, und jetzt noch der Sarg.

Natürlich bezweckte Páll, mich mit solchen Äußerungen zu provozieren, aber er weckte nur mein Mitleid.

Am Abend des gleichen Tages kam Amor Jónsson zu Besuch.

Wo hast du denn so lange gesteckt?, fragte ich. Vermisst habe ich dich allerdings nicht. Ich habe dich völlig vergessen.

Ein gutes Zeichen, antwortete Amor Jónsson, und ein schlechtes, lächelte er traurig.

Ich führte ihn in meine Kammer.

Mein Freund, begann ich, es gibt so vieles mit dir zu besprechen; ich weiß bloß nicht, ob ich es kann.

Das sollst du auch gar nicht, gab Amor ernst zurück. Warte damit! Jeder Vogel muss mit eigenen Flügeln fliegen. Aber ich glaube gern, dass dir langsam schwindlig wird … zwischen all den schwarzen Vögeln.

Ich bin absichtlich weggeblieben, während all das hier vor sich ging. Mir reichen meine Träume! Um keinen Preis will ich in diese Sjöundá-Sache hineingezogen werden. Ich habe schon zu viel gesehen, mein Freund, setzte er noch langsam hinzu und strich sich müde über die Augen.

Wir gingen zu meiner Frau hinüber, saßen und redeten eine Weile zusammen. Doch schon bald erhob sich mein Freund:

Du brauchst jetzt deinen Schlaf, Eiúlfur, und Ólöf den ihren ebenso. Ihr habt schließlich beide euer Bündel zu tragen, sagte er mit einem lächelnden Blick auf die schlanke, in letzter Zeit etwas rundlicher gewordene Figur meiner Frau, strich ihr leicht mit den Fingerspitzen über die Wange und ging.

Du bist so blass, Ólöf, rief ich aus, denn ich bemerkte es erst jetzt und fühlte mich auf einmal von Angst und Sorge überwältigt. Warum bist du denn so blass?

Das hat nichts zu bedeuten, meinte sie mit glänzenden Augen und küsste mich. Gar nichts. Mir geht es gut, Eiúlfur.

Ich konnte nicht schlafen. Einmal, als ich hörte, dass auch sie wach lag, fragte ich:

Wie geht es eigentlich mit den Kindern?

Sie schwieg so lange, dass ich schon glaubte, sie würde doch schlafen, ehe sie endlich antwortete:

Die Kinder sind schwierig, alle drei.

Darauf begann mein Herz so schwer zu pochen, dass es mir vorkam, als könnte es das Zimmer mit seinen Schlägen füllen. Jung-Ólöf wisperte:

Solche Kinder habe ich noch nie gesehen. Könntest du nicht einmal mit ihnen reden, Eiúlfur? Auch ich werde natürlich tun, was ich kann, schloss sie und schmiegte sich an mich.

Ich versuchte, mit Bjarnis Kindern zu reden; aber es gelang mir nicht, ihr Vertrauen zu gewinnen. Sie hörten nicht einmal zu, was ich ihnen zu sagen versuchte. Sie beobachteten lediglich argwöhnisch und mit feindseligen Blicken mein Mienenspiel und lauerten verschreckt auf jede meiner Bewegungen.

Mit Gísli ging es noch einigermaßen, besonders nachdem er entdeckt hatte, dass es auch hier einen Strand gab, den er entlangstromern konnte. Mit den »Püppchen« war dagegen gar nichts anzufangen, außer abzuwarten. Ich schaffte es nicht, ihnen auch nur die geringste Äußerung zu entlocken. Aus dem Mund des einen hörte ich während ihres Aufenthalts auf Bær nicht mehr als zwei Worte, aus dem des anderen fünf.

Das geschah an dem Tag, an dem ich mich zu ihnen gesetzt, sie angesprochen und schließlich auch erzählt hatte, bis mir wirklich gar nichts mehr einfiel. Stumm und ratlos ging ich in der Stube auf und ab, wusste nicht, was ich noch tun sollte, und achtete kaum mehr auf sie, wie sie da – wie immer – Hand in Hand auf der Bettkante saßen.

Da sagte plötzlich das eine, langsam, aber deutlich und mit Nachdruck: Böser Mann.

Und das andere wiederholte im gleichen Tonfall:

Du bist ein böser Mann.

In ihre Augen trat lodernde Angst, als ich mich stumm und entsetzt zu ihnen umwandte. Doch blieben sie vollkommen ruhig. Unerschütterlich gefasst wie zuvor. Diese Worte der Kinder trafen mich hart. Ich setzte mich, und mir kamen die Tränen. Ich war überwältigt. Es war, als habe Gott durch den Mund dieser Unschuldigen zu mir gesprochen. Als ich mich wieder in der Gewalt hatte, betrachtete ich sie genau. Wer vermochte sie zu begreifen? Reglos wie immer saßen sie da, und unbewegt. Als ich ging, folgten mir ihre Blicke zur Tür.

Es war mir nicht möglich, mir ein Bild davon zu machen, warum die Kinder sich mir gegenüber so verhielten und was sie von mir denken mochten.

Als mir Gísli eines Tages außerhalb des Hofs über den Weg lief und ich anhielt und eine ganze Weile versuchte, mit ihm zu reden, ohne dass er mir eine Antwort gab, da fragte er auf einmal mit einem kindlich traurigen und doch drohenden Unterton in der Stimme:

Was hast du mit meinem Papa gemacht?

Das kam so unvermittelt und traf mich so tief, dass ich nicht sofort eine Antwort fand.

Die Mädchen sagen, du hast ihn mitgenommen und ihm etwas angetan, fuhr er fort.

Das habe ich gewiss nicht, Gísli, sagte ich.

Ist er dann etwa zu Hause auf Sjöundá?, fragte er ungläubig.

Ich schüttelte ratlos den Kopf.

Die Mädchen und ich wollen trotzdem dahin zurück, schleuderte er mir entgegen, nahm die Beine in die Hand und rannte zum Strand hinab, ohne sich ein einziges Mal umzublicken, als ginge er davon aus, verfolgt und bestraft zu werden.

Das Letztere verstand ich natürlich als Gerede von Kindern, hatte nun aber begriffen, dass sie glaubten, ich sei für das Verschwinden ihres Vaters verantwortlich. – War ich das nicht auch?

Eines Morgens dann – bei schneidender Winterkälte – waren die drei Kinder verschwunden. Sie waren weg.

Sie mussten sich mitten unter unserem schlafenden Gesinde heimlich aus ihren Betten gestohlen haben. Es war kaum zu glauben, aber niemand hatte etwas gehört. Wo hielten sie sich bloß versteckt?

Auf dem Eis wurden sie gefunden. Gísli war in einer Spalte ertrunken, die beiden Mädchen lagen, Hand in Hand, erfroren daneben.

Tot oder lebendig: Es gab keinen sichtbaren Unterschied an ihnen. Es war, als habe das Schicksal, das sie nun eingeholt hatte, schon von Geburt an in ihrem eingefrorenen Gemüt auf der Lauer gelegen, und in ihren armen Körpern, so steif vor Angst und verzweifeltem Mut.

Obwohl ich diesen Kindern so viel guten Willen entgegengebracht hatte, war es nun so mit ihnen gegangen. Ich bekam es mit der Angst, dass mir das Unglück anhaften könnte, Verbrechen und grausamen Tod zu verbreiten.

Ich war nahe daran, nach Osten zu reiten und Bjarni aufzusuchen. Aber dann brachte ich es doch nicht über mich.

Kurz nach der Mitte des Monats ließ Einar Jónsson von Kollsvík, der bestellte Ankläger, für eine Gerichtsverhandlung, die er auf den 8. November nach Sauðlauksdalur anberaumte, eine Menge Menschen aus Rauðasandur vorladen, von unserem Hof aber nur meinen Bruder Páll und mich. Monsieur Jón Pálsson und Monsieur Sigmundur befanden sich ebenfalls unter den Vorgeladenen. Und natürlich Séra Jón Ormsson, der Sünder. Sein Name wurde in dem Vorladungsbrief sogar zweimal erwähnt, im längsten Passus, der in mehreren Paragraphen davon handelte, wofür allein er die Verantwortung tragen sollte.

XVII

Am Montag, dem 8. November, stand ich vor Morgengrauen auf.
Lange vor der Morgendämmerung. Es war mir sehr wichtig, rechtzeitig anzukommen.

Mein Bruder Páll machte sich ebenfalls fertig. Ich fragte ihn:

Warum bist du eigentlich als Zeuge vorgeladen, Páll?

Oh, ich könnte vielleicht das eine oder andere zu berichten
haben.

Du bleibst zu Hause, befahl ich ihm.

Es ist ein ganz eigentümlich berührendes Erlebnis, in diesem ge-
frorenen Winterlicht von Mond und Sternen allein zwischen den
Bergen unterwegs zu sein. Über dem Tiefland lag vom Sturm ge-
schliffener Schnee, und die Berghänge glitzerten glatt und eisig.
Ich ging zu Fuß. Als ich den Hang erreichte, schnallte ich die Steig-
eisen unter und folgte in aller Ruhe und mit Bedachtsamkeit dem
Pfad nach oben. Bei jedem Schritt bohrten sich die Eisen mit einem harten Knirschen ins Eis, das in der ahnungsvollen Stille un-
heilschwanger klang. Ab und zu schlugen die Eisen aus einem
Stein Funken, sodass mir eine Ahnung von dem Feuer in die Nase
stieg, das in allen Dingen schlummert. Auf dieser Wanderung
kam mir mein eigenes Leben auf einmal so absonderlich und
fremd vor, dass ich kaum mehr wusste, wer ich war, noch, wo ich
mich befand. Wäre das Ganze doch bloß ein Traum, wünschte ich
mir. Vielleicht bist du noch ein kleiner Junge und gerade in einem
Auftrag deines Vaters unterwegs. Dass ich ein Erbe angetreten
hatte, Geistlicher geworden war, geheiratet hatte und nun hier auf
dem Weg war – in einer derartigen Angelegenheit – war das plau-

sibel? Konnten es überhaupt etwas anderes als Phantasien sein? Wenn es nun aber doch wahr sein sollte, wenn ich tatsächlich hier ging und nicht bloß träumte, wenn ich wirklich war, und die Nacht war Nacht und der Mond Mond – bestand mein Wunschtraum dann nicht darin, mein Leben noch einmal von vorn zu beginnen? War es vorstellbar, dass ich hier als Junge unterwegs war? Nur als Junge? Dass ich mich in einem der wirren Träume meiner Kindheit verfangen hatte? Wie verhielt es sich dann mit Ólöf, meiner Frau? Der jungen Ólöf! Sollte auch sie bloß ein Traum sein? Konnte ich es Gott abnehmen, dass all das mit Bjarni und Steinunn und den beiden Toten – oh, mein Gott, all diese Toten! – dass auch das nichts weiter als ein Spiel meiner Einbildung war? Und es ihm um diesen Preis abnehmen? … Nein, das war mir nicht möglich. Dann lieber alles andere.

Ich blieb stehen und verschnaufte. Das Meer unten lag schwarz mit goldenen Funken überglitzert. Ich selbst stand hier in einer glitzernden Steilwand in schwindelnder Höhe, und doch ragten Klippen noch weit über mich hinauf. Da stieg mit einem Mal ein Jubel in mir auf, ein dunkler, heißer Jubel. Gott hatte mich auf einen schwierigen Posten gestellt. Ich würde ihn nicht enttäuschen. Berauscht von Fels und Frostluft und nachtschwarzem Meer ging ich weiter. Nun aber mit Gott an meiner Seite.

Er kann einem nachts so nah kommen, der Unsichtbare und Allgegenwärtige.

Als ich etwa den halben Weg über die Berge zurückgelegt hatte, dämmerte allmählich das blaue Licht der Nacht herauf. Die Schatten schwanden, und dann wich auch das nächtliche Blau des Himmels einem hellen, fordernden Tag, den keine Macht hindern konnte, seine kalte Herrschaft über die Welt aufzurichten.

Der Erste, mit dem ich in Sauðlauksdalur sprach, war der Schreiber des Bezirksrichters. Ich unterhielt mich mit ihm ein wenig unter vier Augen. Er war gerade erst aufgestanden, und außer mir hatte ihn noch niemand gesehen. – Als wir voneinander schieden, trug er seinen rechten Arm in einer Binde. Mit anderen Worten, er konnte seine Aufgabe leider nicht erfüllen.

Ansonsten hatte ich von ihm einiges in Erfahrung gebracht. So wusste ich jetzt, dass Bezirksrichter Scheving zusammen mit den Gefangenen und ihrem bestellten Verteidiger, Monsieur Guðmundur Sigmundsson auf Vaðall, am Vorabend eingetroffen war. Das Gleiche galt für den Ankläger. Er hatte mit dem Richter bis tief in die Nacht hinein zusammengesessen. Ebenso hatte er mir zugetragen, dass Séra Jón Ormsson seine Gäste kaum begrüßt und sich seitdem nicht mehr blicken lassen hatte.

Madame Ragnheiður dagegen tischt auf wie bei einer Hochzeit – oder bei einem Leichenschmaus, hatte mein Informant, der flinke junge Schreiber, seinen Bericht geschlossen.

Unverzüglich suchte ich Richter Scheving auf.

Der Sýslumaður war eben aufgestanden. Schlank und schmal stand er am Fenster, wippte auf den Zehen und pfiff vor sich hin.

Wer bist du denn?, fragte er mich gut aufgelegt.

Ich nannte meinen Namen.

Da nahm er die Hand aus der Tasche, um mich zu begrüßen, und meinte:

So, so. Hoffentlich seid Ihr umgänglicher als Euer Vorgesetzter. Er sieht ja wunderbar aus, der reinste Apostel! Aber offenbar soll man den Hund nicht nach seinem Fell beurteilen. Dieser Gottesmann scheint zutiefst beleidigt darüber zu sein, dass man seine Gemeindekinder sich nicht unbehelligt von der Obrigkeit in Ruhe und Frieden gegenseitig umbringen lässt. Er sei lediglich Gott und seinem Bischof verantwortlich, lässt er wissen.

Herr Richter …

Genau so hat er mich jedenfalls beschieden, der sture alte Bock, lachte Sýslumaður Scheving. Ihr seid ja überhaupt ganz schön munter hier im Westen, das muss man euch lassen. Gott weiß, ob ihr alle hier nicht in der Liebe genauso heißblütig und hitzig seid wie bei anderem Blutvergießen. Ich habe da so meinen Verdacht. Man hört schließlich das eine oder andere. Auch ich bekomme hin und wieder Lust, einen Widersacher zu erwürgen. Wenn es nur nicht so verdammt verboten wäre! Mit Muskeln wie dieser Bjarni aber fällt es bestimmt nicht immer leicht, an sich zu halten. Ich versichere Euch, er trägt meine schwersten Handeisen wie Spielzeug. Fast wie Schmuckstücke! Er könnte sie, wann immer er wollte, zerbrechen und uns alle mit ihnen zu Brei schlagen, das steht fest wie das Amen in der Kirche. Ich verstehe nur nicht, warum er es nicht tut. Im Übrigen darf ich anmerken, gegen seinen Geschmack … nun ja, gegen den ist nicht das Mindeste einzuwenden. Ihr kennt das Frauenzimmer ja selbst. Es wäre zum Heulen, wenn ein Prachtpärchen wie dieses tatsächlich den Kopf verwirkt hätte, lieber Pfarrer.

Ich hätte gern die Erlaubnis, ein paar Worte mit Bjarni wechseln zu dürfen, warf ich ein.

Das lässt sich leider nicht machen. Nicht, bevor wir das Schlimmste hinter uns haben. Soweit ich mich erinnere, seid Ihr doch selbst als Zeuge geladen.

Nein, lediglich als Leichenbeschauer.

Nur als Leichenbeschauer, ach so …

Er schaute in seinen Papieren nach.

Ja, das ist richtig. Nun gut, in Eurer Eigenschaft als Seelsorger … lassen wir's durchgehen. Worüber möchtet Ihr denn mit ihm sprechen?

Ich möchte ihm mitteilen, dass die drei Kinder, die er zurückließ, … verstorben sind.

Na, Gott sei Dank! Versteht mich nicht falsch, Herr Pfarrer, aber etwas Besseres konnte ihnen doch gar nicht passieren. Vorzüglich – vorausgesetzt, sie sind eines natürlichen Todes gestorben, selbstredend. Beeilt Euch, guter Mann! Vielleicht bricht es sein verhärtetes Herz auf und erspart uns anderen viel Mühe.

Ich hatte mich um die verstorbenen Kinder kümmern wollen, fuhr ich fort. Nun ist eins ertrunken, die beiden anderen sind erfroren – auf der Flucht zurück nach Sjöundá.

Diese Neuigkeiten unterbrachen endlich den Redefluss des Richters. Er war verunsichert.

Sie wollten zurück?, fragte er zögernd.

Ja, sie wollten zurück. Kinder sind manchmal merkwürdig, Herr Richter. Ich habe mir gedacht, da Sie nun schon einmal hier sind, wäre es das Beste, Sie könnten auch gleich untersuchen, inwieweit Versäumnisse meinerseits oder meines Haushalts Schuld am Unglück dieser armen Kinder haben könnten.

Ich denke, damit sollten wir warten, bis sich vielleicht jemand anders meldet, der in dieser Hinsicht Vorwürfe erhebt, lieber Pfarrer, lächelte er. Im Augenblick habe ich mehr als genug um die Ohren. Findet Ihr nicht auch? Zwei verstockte Delinquenten! Außerdem dumme Zeugen im Dutzend. Ach Gott, ja!

Er reckte die Arme in die Höhe und streckte sich, dass es in sämtlichen Gelenken knackte.

Ich nahm es als Aufforderung, mich entfernen zu dürfen.

Ganz oben auf dem Boden einer Scheune, so niedrig, dass man auf allen vieren hineinkriechen musste, fand ich Bjarni und seine Wärter, alle so tief im Heu vergraben, dass nur Arme und Köpfe herausschauten.

Die Wärter schienen sich unterhalten zu haben, doch sobald ich auftauchte, richteten sich alle vier auf den Ellbogen auf und ließen mich wie aus einem Mund wissen, dass ich bei ihnen nichts zu suchen hätte, absolut nichts! Einer von ihnen kannte mich immerhin, aber sie knurrten trotzdem, als ich mich neben Bjarni ins Heu setzte, anstatt mich zu trollen.

Bjarni hatte sich sehr verändert. Sein Haar und sein Bart waren zerzaust und schmutzig, seine Gesichtszüge schlaff und angespannt zugleich. Er war so abwesend, dass er mich kaum wahrnahm.

Ich umfasste seine rechte Hand dicht bei der Handschelle, die ich kalt erwartet hatte, die aber ganz warm meine Haut berührte, mit einer gewissen bedrohlichen und ekligen Vertraulichkeit.

Ich sagte:

Ich muss dir etwas sehr Trauriges mitteilen, Bjarni.

Als ich mich endlich zusammengerissen und ihm erzählt hatte, dass er seine Kinder verloren hatte – das war der Ausdruck, den ich gebrauchte –, alle drei, da antwortete er abgestumpft:

Das habe ich schon lange, Eiúlfur. Alles habe ich verloren. Alles …

Die Aufpasser hatten das Murren eingestellt. Sie lagen stumm und verschlossen jeder in seinem Nest und kauten auf langen Halmen, die sie aus dem Heu zupften. Ich versuchte zu berichten, wie sich die Sache mit Gísli und den Mädchen zugetragen hatte, doch Bjarni unterbrach mich mit einem Seufzer:

Meinst du nicht, dass ich jetzt an anderes zu denken habe, Eiúlfur?

Ich verstummte. Die vier Wärter schielten zu ihm hin. Er fuhr, gleichsam entschuldigend, fort:

Es ist doch schließlich gar nicht so einfach, sich zu erinnern, wie sich alles zugetragen hat ... nach so langer Zeit.

Der älteste der Wärter räusperte sich und sagte höflich:

Über solche Dinge darf mit dem Gefangenen nicht gesprochen werden.

Es ist wohl auch das Beste, wenn du jetzt gehst, Eiúlfur, sagte Bjarni müde. Ich muss über so vieles nachdenken. Nur eine Kleinigkeit, an die ich mich nicht erinnere, kann mich schon zu Fall bringen. Als wir uns das letzte Mal unterhalten haben, hast du mich in meinen Angaben über die Rauðuskriður ins Schwanken gebracht. Du erinnerst dich, der Ort, von dem ich glaubte, dass der selige Jón dort abgestürzt sei. Das kann mich teuer zu stehen kommen. Warum habe ich nicht auch darüber den Mund gehalten? Woher soll ich denn wissen, wo Jón runtergefallen ist? Ich habe den Mann schließlich nicht fallen sehen. Das kann ich beschwören. Hör mal, Eiúlfur ... Nein, geh besser! Sicher kommen sie mich bald holen. Lass mich nachdenken!

Damit wandte er sich ab.

Ich krabbelte wieder aus der viereckigen Öffnung im Giebel der grasbewachsenen Torfwand. Traurig und gänzlich durcheinander schleppte ich mich auf schwachen Beinen über die Wiese. Anscheinend waren die Zeugen inzwischen eingetroffen. Auf dem Hof herrschte eine ziemliche Aufregung. Guðmundur Scheving schimpfte lauthals:

Wie kann man nur so ein Tollpatsch sein und sich die Hand verstauchen? Hat man so was schon gehört?! Du hast wohl ein bisschen zu viel an den Mägden herumgefummelt, wie? Und ich stehe jetzt hier mit zwei Delinquenten, Schöffen und Zeugen und soll Gericht halten – ohne Schreiber! Bist du noch ganz bei Trost, Kanaille?! Du wirst doch in Dreiteufelsnamen noch eine Feder halten können! Zeig mir deine Pfote!

Herr Richter, schaltete ich mich ein. Ich bin zwar kein sonderlich guter Schreiber ...

Aber Ihr seid doch selbst vorgeladen, Mensch, und sollt verhört werden!

Lediglich als Beschauer der Leiche.

Wo steckt Monsieur Einar? Monsieur Einar! Guter Freund, hör einmal her! Kannst du dich damit einverstanden erklären, wenn wir einen der Vorgeladenen als Gerichtsschreiber fungieren lassen?

Monsieur Einar Jónsson auf Kollsvík trat näher, untersetzt und stämmig, blickte mich düster an und drehte sich dann wieder dem Richter zu:

Die geistliche Verantwortung in jenem Kirchspiel liegt beim Propst, wie du weißt. Séra Eiúlfur hier ist bloß sein Kaplan, erläuterte er umständlich mit vorgeschobener Unterlippe. Darum habe ich Séra Eiúlfur auch bloß als Leichenbeschauer einberufen. Außerdem war Séra Eiúlfur in der Sache aktiv, darf man wohl sagen, jedenfalls seit der selige Jón an Land kam. Aber über all das weißt du längst Bescheid, Schieving. In Anbetracht der Umstände und als Notlösung ...

In Anbetracht der Umstände und als Notlösung. Meine Güte! Du verstehst dich aber auch immer auszudrücken, mein lieber

Freund! Und jetzt genug von dem Geschwätz. Meine Schöffen sitzen bereits drinnen.

Er ging voraus in die Gaststube des Gehöfts, ein geräumiges Zimmer, in dem die vier Beisitzer und der Verteidiger schweigend nebeneinander hinter einem langen Tisch saßen. Für den Protokollanten stand ein kleiner Tisch an einem der Fenster bereit. Dort nahm ich Platz und probierte die Schärfe der Schreibfeder. Ich fühlte mich sehr unbehaglich und war mit mir selbst unzufrieden. Warum saß ich hier? Was wollte ich hier überhaupt? Ich war kein Richter, im Grunde auch kein Zeuge, ja, eigentlich überhaupt nicht wirklich mit der Sache befasst. Ich stand kurz davor, aufzuspringen und zu rufen, dass dem Schreiber nicht das Geringste fehlte. Dass ich mich lediglich hier reingedrängt hatte, wo ich nichts zu suchen hatte.

Bezirksrichter Scheving nahm seinen Platz in der Mitte des langen Tisches ein. Der Vertreter der Anklage saß zu seiner Rechten, der Verteidiger links. Als Schöffen fungierten Faktor Jón Thorberg von der Handelsniederlassung auf der anderen Seite des Fjords, ein blasser, schläfriger Mann, wortkarg, aber ins Essen verliebt, Hoch und Niedrig wohlgesonnen; unser Schlichter Þorgrímur Pétursson, ein ruhiger, rechtschaffener Bauer und noch zwei weitere Bauern, nämlich der Freund und Schwager des Anklägers, Ólafur Bjarnason, sowie dessen Freund und Nachbar Árni auf Láginúpur. Es sah Monsieur Einar ähnlich, sich auf diese Weise schon im Voraus die Mehrheit unter den Geschworenen gesichert zu haben.

Im Raum war es eiskalt. Der Ofen, der nur selten benutzt wurde, qualmte, statt zu heizen. Es war ein Husten, Räuspern und Spucken im Gang, dass ich kaum Richter Schevings Diktat über die Eröffnung des Gerichts, wer als Zeuge benannt und welche Männer zu Schöffen ernannt worden waren, folgen konnte. Jón Thorberg ließ eine recht füllige Taschenflasche herumgehen, nahm als Letzter den dem Eigentümer zustehenden, ausgiebigen Schluck und kroch wieder in seinen wollenen Mantel.

Bis auf weiteres kannst du ruhig ein Nickerchen halten, frotzelte Richter Scheving leise, solange du nicht schnarchst. Sonst brumme ich dir wegen Missachtung der Würde des Gerichts eine Buße auf, klar? Und zwar von zehn Flaschen Branntwein!

Während der Qualm im Zimmer dichter wurde und meine Finger langsam in der Kälte erstarrten, nahm der Prozess seinen zähen Gang.

Monsieur Einar Jónssons Ernennung zum Ankläger wurde verlesen und unter Litera A zu Protokoll genommen. Danach legte er das Schreiben vor, mit dem er sowohl die Angeschuldigten als auch die Zeugen vorgeladen hatte, nebst den entsprechenden Vermerken, wann und wo jedem Einzelnen die Vorladung zugestellt worden war. Dann wurde durch persönliches Vortreten festgestellt, wer von den geladenen Zeugen der Vorladung Folge geleistet hatte. Fünf fehlten, unter ihnen Páll, mein Bruder. Keiner der fünf hatte eine triftige Entschuldigung eingereicht.

Warum ist dein Bruder nicht gekommen?, fragte Monsieur Einar barsch.

Wenn du Grund zu der Annahme haben solltest, die Aufklärung des Falles könnte von *seiner* Aussage abhängen, dann kannst du darauf insistieren und wohl auch einen Beschluss des Bezirksrichters bekommen, dass er zwangsweise vorgeführt wird, antwortete ich trocken.

Sýslumaður Scheving, der sich mit seinen Papieren beschäftigte, grinste genüsslich, sagte aber nichts. Erst nachdem Monsieur Guðmundur Sigmundsson seine Bestallungsurkunde als Verteidiger vorgelegt hatte, tauchte er aus seinen Unterlagen auf, rieb sich die Hände, damit sie ein wenig warm würden, und fragte aufgeräumt:

Na, Monsieur Einar, wie hast du dir denn nun das Vorgehen so gedacht, guter Freund?

Monsieur Einar stellte in aller Ausführlichkeit den Antrag – und wollte ihn im Protokoll festgehalten wissen –, dass zuallererst und zwar gleich Bjarni und Steinunn angehört werden sollten; einzeln selbstverständlich. Darauf seien sämtliche Zeugen gemeinsam zwecks Vereidigung hereinzurufen, worauf sie nacheinander zu vernehmen seien; einzeln selbstverständlich.

Vortrefflich!, stimmte Richter Scheving zu. Hast du das, Priester? Du gestattest doch, dass ich dich im Gericht duze, wie meinen Sekretär. – Sag, hast du auch mal einen Tropfen für mich, Faktor? ... Ah, das tut gut!

Dann forderte er den Posten an der Tür auf:

Lass jetzt Bjarni holen! Aber aufgepasst, nimm ihm die Handschellen ab, ehe du ihn hereinführst! Wir wenden hier keine Folter an. Der Angeklagte wird als freier Mann vernommen. »Los und ledig«, heißt das in der Rechtssprache, Kaplan.

Dann wandte er sich an die anderen:

Ab jetzt vor Gericht keine Späße, Brüder!

Und von einem Augenblick auf den anderen saß er stocksteif und mit zusammengepressten Lippen da, den Blick vor sich auf die Tischplatte geheftet. Wie ein wohlerzogener Junge sah er aus. Ein gefährlicher Junge allerdings.

Bjarni wurde hereingeführt. Auf einmal stand er mitten im

Raum, rot im Gesicht, und rieb sich die Handgelenke, anscheinend ohne sich dessen bewusst zu sein.

Richter Scheving musterte ihn finster, starrte ihn an, als habe er etwas an sich, das er unbedingt entdecken müsse, bevor Worte und andere Eindrücke es verschleiern konnten.

Ja, ja, Bjarni, sagte er dann mit einem leise drohenden Unterton in der Stimme. Jetzt sind wir also endlich so weit. Guten Morgen, Mann.

Bjarni wollte etwas antworten, doch seine Lippen bewegten sich nur lautlos, ohne einen Ton hervorzubringen.

Aber, hohes Gericht, schnarrte Scheving urplötzlich gereizt, hier fehlen ja noch etliche Unterlagen, die vorher noch vorgelegt werden müssen. Führt den Gefangenen so lange hinaus!

Bjarni wurde abgeführt. Über den Aufschub, den er dadurch erhielt, schien er sich keineswegs zu freuen. Im Hinausgehen hielt er sich für einen Augenblick am Türrahmen fest, als wäre er kurz davor umzufallen.

Mich beschlich der Verdacht, dass Richter Scheving die Dokumente gar nicht vergessen hatte, deren Verlesung nun folgte.

Monsieur Einar raschelte dagegen nicht wenig verwirrt mit seinen Papieren herum, doch der Sýslumaður führte die Verhandlung souverän und mit leichter Hand weiter. Zuerst wurde mein Brief an ihn vom 27. September verlesen. Darauf folgte sein eigenes Schreiben an die Gemeindevorsitzenden auf Rauðasandur, in dem er eine neue Untersuchung der Leiche und Bjarnis Inhaftierung angeordnet hatte. Und schließlich noch ein Brief des Gemeindevorstands an den Bezirksrichter, ein Bericht über die Leichenschau und Bjarnis Verhaftung. Zu guter Letzt ein kurzgefasster Bericht über mein Gespräch mit Bjarni am Vorabend.

Stehst du zu diesem Attest?, fragte mich Richter Scheving.

Ja, antwortete ich.

Kannst du noch weitere Angaben machen?

Nein.

Sýslumaður Scheving sah mich eindringlich an. Saß eine Weile in Gedanken, trommelte mit den Fingern.

Monsieur Einar ließ derweil ein breites Grinsen demonstrativ über seine wulstige Unterlippe spielen.

Tja, ich wollte dieses Attest nicht zurückhalten, sagte er endlich mit einem Blick auf den Richter. Da es nun einmal vorlag. Auch wenn es ganz überwiegend von den Gefühlen handelt, die der Verhörende dem Verhörten unterstellt ... Für Séra Eiúlfur scheinen Axt und Richtblock für vielerlei gut zu sein, unter anderem auch als Kur gegen schwermütige Gedanken.

Der Bezirksrichter fragte honigsüß:

Wünscht der Ankläger diese Äußerung zu Protokoll genommen?

Nein, nein, wehrte Monsieur Einar verdattert ab.

Holt den Gefangenen!

XVIII

Diesmal richtete Sýslumaður Scheving das Wort erst gar nicht an Bjarni. Er war verärgert:

Jetzt haben wir doch vergessen, Aktor und Defensor zu vereidigen!

Daraufhin musste der Ankläger beschwören, dass er mit dem Angeklagten in keinerlei Händel verwickelt sei, worauf der Verteidiger einen Eid darauf ablegte, seinen Mandanten nichts geraten zu haben und ihnen auch nichts nahelegen werde, was nicht mit der Wahrheit übereinstimme oder gegen die Gesetze des Landes verstoßen könne.

Bjarni stand unterdessen dabei und blickte zu Boden. Wahrscheinlich achtete er überhaupt nicht auf das, was um ihn herum vorging. Seit seinem vorigen Eintritt hatte er sich erneut verändert; eine Veränderung, die allerdings für den Untersuchungsrichter kaum zum Vorteil ausfallen würde. Zäh und verstockt stand er da, ganz in sich verschlossen. Ich hatte den Eindruck, als wäre er trotz Entfernung der Handeisen noch immer mit schweren Gliedern gefesselt.

Bjarni Bjarnason!, donnerte Sýslumaður Scheving auf einmal los, und Bjarni fuhr zusammen, fasste sich aber rasch wieder, wurde ruhig und aufmerksam.

Du stehst hier vor diesem Bezirksgericht, weil du angeklagt bist, den Tod deines Hausgenossen Jón Þorgrímsson und deiner Frau Guðrún verursacht zu haben. Bekennst du dich schuldig?

Bjarni blickte finster unter gesenkten Lidern hervor die am Tisch versammelten Männer an.

Nein, antwortete er mit ruhigem Nachdruck.

Du hast hier die Wahrheit zu sagen, Mann! Sýslumaður Scheving schlug mit der Faust auf den Tisch. Aber da du es uns offenbar so schwer wie möglich machen willst, erzähl! Wie sind sie gestorben? Aber berichte genau, nicht die kleinste Einzelheit hast du auszulassen! Und du schreibst mit, Eiúlfur! Also, fang an!

Bjarni seufzte tief. Bisher hatte er vermieden, mich anzusehen; ja, er tat so, als wüsste er gar nicht um meine Anwesenheit.

Am zweiten Donnerstag im Lenzmond, begann er mit plötzlich leicht kratziger Stimme.

Doch der Richter unterbrach ihn:

Welches Datum?

Ich nickte ihm zu, dass ich das Datum wüsste. Doch dann entstand noch eine unfreiwillige Unterbrechung, weil eine Magd hereinkam, um nach dem Ofen zu sehen.

Du da, Goldlöckchen, rief Guðmundur Scheving und schnalzte ihr mit der Zunge. Wenn du ihm nicht ein bisschen mehr Feuer einblasen kannst, dann nimm deinen rußschwarzen Herzallerliebsten besser gleich mit dir nach draußen. – Bist du stumm, oh Hochbusige, oh Sonne dieses Hauses? Antworte doch wenigstens deinem Bezirksrichter! In deinem Haar darfst du mich gern ersticken, aber bitte, bitte nicht in diesem verdammten Qualm.

Inzwischen war das Mädchen wieder hinausgegangen, und Scheving bekam sich wieder ein.

Red weiter, Mann!

Bjarni wischte sich über die Stirn, setzte neu an:

Am zweiten Donnerstag im Lenzmond, kurz vor Mittag, gingen der selige Jón und ich zu unseren Schafställen hinab. Wir ließen die Schafe raus und trieben sie zum Strand hinunter …

Das hast du hübsch auswendig gelernt, wie?, unterbrach ihn Scheving verdrießlich. Na gut, mach weiter!

Danach gingen wir zu den Ställen zurück. Da trennten wir uns. Ich ... ging nach Hause. Jón selig nahm den Weg in Richtung der Senke von Dalur, der auch zu den Klippen von Skor führt. Er hatte mir gesagt, er wollte sehen, ob man da durchkäme. Er hatte nämlich fast kein Heu mehr. Bei Skor hatten wir aber beide noch etwas stehen, das wir wegen der schlechten Gangbarkeit noch nicht hatten einbringen können. Ihr wisst, wie unpassierbar letzten Winter alles war. Ewig Eis und Schnee! – Ich hatte ihm meinen Stock geliehen, einen Stock aus Espenholz. Weil seiner nämlich nichts taugte. Seiner war aus Fichtenholz, Ihr wisst ja, zu nichts zu gebrauchen. Den habe ich dann mit mir nach Hause genommen, also von den Schafställen, meine ich ...

Monsieur Einar räusperte sich und fragte:

Welche Kleidung trug Jón Þorgrímsson, als ihr euch trenntet?

Bjarni sah ihn erschrocken an, vermutlich weil er in seinem Bericht unterbrochen worden war. Er runzelte die Stirn, dachte nach.

Auf dem Kopf hatte er eine blaue Strickmütze, daran erinnere ich mich, antwortete er dann und blinzelte dabei verstohlen zum Ankläger hinüber, wobei er seine Worte genauestens abwog, als würde er eine Falle wittern:

Was trug er sonst noch? ... Hm, einen Pullover, der war ebenfalls blau. Und eine Weste, aus verschiedenfarbigem Garn gestrickt. Ja, das könnte passen! Was für Knöpfe, kann ich nicht sagen. Dann hatte er noch eine Hose aus gegerbtem Leder an, alt und geflickt. Die Farbe seiner Strümpfe? Nein, dazu wage ich nichts zu sagen.

Das reicht, beendete Sýslumaður Scheving seine Beschreibung. Es kommt auch mehr darauf an, dass du dich genau daran erinnerst, wo der Mann geblieben ist, als daran, welche Kleidung er trug.

Wo er geblieben ist?, wiederholte Bjarni misstrauisch. Ja, also, er ist ja nicht zu der Zeit nach Hause gekommen, zu der Steinunn und ich ihn erwartet haben ...

Nicht?, warf Scheving dazwischen. Ihr habt also darüber gesprochen, dass ihr ihn um eine bestimmte Zeit zurückerwarten durftet?

Nein, so war das nicht gemeint, erwiderte Bjarni zögernd, als würde er sich auf dünnem Eis bewegen. Als ich von den Ställen zurückkam, setzte ich mich in meine Stube. Ich habe überhaupt nicht mit Steinunn gesprochen; nicht eher, als bis sie kam und mich fragte, wo denn wohl ihr Jón bleibe. Erst da fiel mir auf, dass er ja längst hätte zurück sein müssen. Ich sagte ihr, wie es ja auch der Wahrheit entsprach, dass ich auch nicht begreifen könne, wo er denn bleibe. Da bat sie mich, nach ihm zu sehen, und das tat ich. Jetzt bedauere ich, dass ich es nicht gelassen habe und zu Hause geblieben bin oder nicht wenigstens meinen Bruder Jón mitgenommen habe. Denn dann hätte ich jetzt einen Zeugen. Aber was geschehen ist, lässt sich nicht ändern, und ich ging also, wie gesagt. Allein. Ich konnte mir auch denken, wo Jón langgegangen war. Ich folgte seiner Spur Richtung Dalur, über die Schneewehe, die sich immer da bei Landbrot bildet, Ihr wisst schon, wo die Steilklippen anfangen; dann weiter um den nächsten Felsvorsprung und zu dem Abhang da, den Rauðuskriður. Da hörte die Spur auf. Soweit ich sehen konnte. Und da also war es, dass ich glaubte, unten auf dem Eis und Schnee sei etwas zu erkennen. Jedenfalls bildete ich mir ein, das Eis wäre da nicht ganz unberührt, sondern fleckig. So, als hätte jemand einen schmutzigen Sack darübergeschleift. *Deshalb* glaubte ich, daraus schließen zu dürfen, dass Jón an der Stelle abgestürzt sein müsse. Wie jeder Mensch weiß, war es bei den Wegverhältnissen unmöglich, an den Uferabschnitt unterhalb davon zu kommen, weder von oben noch von der Senke bei Dalur aus, sodass wir also aus triftigen Gründen dort nicht nach ihm suchen konnten. Außerdem musste er ja ins Wasser gefallen sein, sofern Flut war, oder andernfalls musste ihn die Flut später geholt haben. – Nun ja, nachdem ich das da gesehen hatte, ging ich traurig und entsetzt heim nach Sjöundá. Ich schaffte es gerade noch vor Sonnenuntergang und erzählte gleich meiner Frau, dass ich annehmen musste, Jón sei bei den Rauðuskriður abgestürzt. Meine Frau sagte es dann Steinunn.

So beschäftigt, wie ich war, Bjarnis Ausführungen Wort für Wort mitzuschreiben, fand ich kaum Gelegenheit, ihn zu beobachten. Wie er von den Begebenheiten erzählte, klang es jedenfalls schlüssig. An die Möglichkeit, dass Jón bei Flut direkt ins Wasser gefallen und daher ohne Knochenbrüche geblieben sein könnte, hatte ich vorher nicht gedacht.

Ist das alles?, fragte Sýslumaður Scheving trocken.

Bjarni schwieg. Trotz glomm in seinen blauen Augen.

Monsieur Einar starrte ihn erbost an. Endlich fragte er leise:

Und du hast weder den toten Jón noch irgendetwas von den Dingen, die er an jenem Tag an sich trug, je wiedergesehen?

Nein, antwortete Bjarni fest. Abgesehen von jener Leiche in der Kirche von Bær, von der gesagt wurde, es sei die seine, an jenem Tag, an dem man mich festnahm.

Seltsam, dabei habe ich gehört, seine Lederhose sei an Land getrieben, brummte der Ankläger. Das stimmt dann also nicht?

Doch, ich glaube schon, stimmte Bjarni gleichgültig zu.

Du hast sie nicht vielleicht gesehen?

Ob ich sie gesehen oder nur davon gehört habe, das weiß ich nicht mehr so genau.

Richter Scheving ließ schwer die Faust auf den Tisch fallen.

Deine Antworten sollen ehrlich und ohne Vorbehalte sein, Bjarni, ermahnte er ihn streng. Wir verhandeln hier schließlich eine recht ernste Angelegenheit, nicht wahr? Nicht zuletzt, was dich betrifft. Dass du dich nicht an alles erinnerst, was ein so außergewöhnliches Ereignis betrifft, das weigere ich mich schlicht zu glauben. Es ist doch gerade erst ein halbes Jahr her, seit das alles passiert ist, Kerl! Hast du die Hose nun gesehen oder nicht?

Natürlich habe ich sie gesehen, antwortete Bjarni zurückweichend. Wenn die olle, kaputte Lederhose auf einmal so wichtig sein soll.

Der Richter schlug Einar Jónsson auf die Schulter:

Jetzt du wieder, Monsieur Ankläger!

In welchem Zustand befand sich die Hose?, fragte der mit einem grimmigen Lächeln, als wäre etwas Komisches an dieser Detailfrage.

Das eine Hosenbein war eingerissen. Dessen entsinne ich mich.

Zeigte die rechte oder die linke Seite nach außen?

Das weiß ich nicht mehr. Doch, Moment … das eine Hosenbein war auf rechts, das andere auf links gedreht, glaube ich. Über und über mit Seetang beklebt. Mehr weiß ich aber nicht.

Aber du weißt noch, wer die Hose gefunden hat?

Bjarni zögerte, er musste sich räuspern.

Das war Gísli, mein Sohn. Und Steinunns Junge, Sveinn.

Wie alt sind die beiden?

Acht. – Sie waren beide im gleichen Alter.

Wann haben sie die Hose gefunden?

Ich weiß es nicht. Sicher irgendwann im Sommer.

Denk nach!, schaltete sich Richter Scheving ein. War es eher um die erste oder um die fünfte Sommerwoche?

Irgendwann dazwischen, glaube ich.

Der Sýslumaður schüttelte unzufrieden den Kopf.

Wo ist sie gefunden worden?, setzte der Ankläger nach.

Irgendwo am Strand unterhalb des Hofs.

Wieder mischte sich der Bezirksrichter ein:

Hör mal, Bjarni, warum hast du so viel Angst davor, die ganze Wahrheit über diese Hose zuzugeben? Mit derart ausweichenden Antworten verschlimmerst du deine Lage nur noch, um die es von vornherein schon schlecht bestellt ist, damit du es nur weißt. Dürfte ich jetzt um eine klare Antwort bitten: Wo hast du die Hose zum ersten Mal gesehen?

An der Küchenwand, oben unter der Decke, wo die Dächer aneinanderstoßen.

Na bitte. Wann hast du sie da gesehen?

Am Tag, nachdem sie an Land getrieben war. An dem Tag war ich draußen bei den Schafen. Den ganzen Tag über. Am Abend hörte ich in der Wohnstube zum ersten Mal von ihr; dass sie gefunden worden sei. Am nächsten Morgen schaute ich sie mir kurz an, da, wo sie hing. Ich habe sie nicht einmal mit dem Finger angerührt und ging gleich darauf wieder zu meinen Schafen. Ich hatte viel zu tun, war schließlich der einzige Mann auf dem Hof.

Ja, ja, das wissen wir … Was hast du mit der Hose gemacht, nachdem du sie gesehen und wiedererkannt hattest?

Ich ließ sie liegen. Habe ich doch gesagt.

Wo ist sie dann geblieben?

Keine Ahnung. Ich habe sie seitdem nicht wiedergesehen. Ich kann mir aber denken, dass Steinunn sie an sich genommen hat, sobald sie trocken war.

Trocken? Hat sie jemand zum Trocknen aufgehängt? Wer denn?

Steinunn natürlich.

So. Und was wurde dann aus ihr?

Bjarni schüttelte müde den Kopf.

Woher soll ich denn das wissen? Steinunn hat davon gesprochen, sie würde sie für Sveinn umändern. Oder sie für Flicken aufbewahren. Mehr weiß ich nicht.

Auch nicht über den Tod des seligen Jón?, fragte Richter Scheving mitten in dieses Verhör über die Hose.

Nein, antwortete Bjarni müde. Ich habe alles gesagt, was ich weiß. Jede Einzelheit.

Du hast ausgesagt, was du uns erzählen wolltest. Nicht weniger, aber auch nicht mehr, meinte Scheving mürrisch. Aber wir kommen der Wahrheit schon auf die Spur. Da darfst du dir sicher sein. Deine Auskünfte sind im Übrigen nicht nur unvollständig, sie sind auch irreführend. Und völlig unhaltbar. Jón Þorgrímsson kann bei den Rauðuskriður gar nicht abgestürzt sein, ohne sich etwas zu brechen. Selbst wenn unten Wasser gewesen sein sollte, hätte er nach dem Sturz die Wand herab keinen heilen Knochen mehr im Leib gehabt.

Ja, aber ich habe doch gar nicht gesagt, dass er die Rauðuskriður runtergefallen ist, erwiderte Bjarni bockig. Ich habe gesagt, ich *glaube*, dass es da war. Aber ich habe den Mann nicht fallen sehen; weder da noch anderswo. Und es kann doch wohl nicht strafbar sein, eine Vermutung über etwas zu haben, selbst wenn die Vermutung am Ende nicht zutreffen sollte.

Langsam, langsam, fiel ihm Scheving ins Wort. Was strafbar ist, werden immer noch wir feststellen. Aber gut, unterhalten wir uns ein wenig über den Tod deiner Frau. Erzähl uns, was du darüber weißt. Aber ausführlich und in klaren Worten.

Bjarni zögerte. Er war bereits erschöpft, das konnte man ihm ansehen. Er blickte sich nach etwas zum Anlehnen um. Da er nichts fand, reckte er einen Arm in die Höhe und stützte sich damit gegen einen Deckenbalken.

Die Pause, die dabei entstand, nutzte das Gericht, um sich gründlich auszuhusten. Der Qualm war zwar nicht mehr ganz so beizend, die Kälte nicht mehr ganz so schneidend, aber man bekam noch immer einen trockenen Hals. Faktor Thorberg verspürte deutlich Durst, aber ohne ein Zeichen von Richter Scheving traute er sich nicht, die Flasche schon wieder zu zücken. Und er erhielt kein aufmunterndes Zeichen, so sehr er auch darauf lauerte.

Da Bjarni noch immer stumm blieb, half ihm Scheving auf die Sprünge:

Sie soll letzten Winter einmal sehr krank geworden sein, heißt es.

Ja, ich weiß, dass sie und andere eine Menge Aufhebens um das bisschen Erbrechen gemacht haben.

Wann befiel sie denn dieses ... bisschen Erbrechen?

Eine Weile vor ihrem Tod.

Eine Weile? Eine wie lange Weile, Mann?

Etwa drei Wochen, glaube ich.

Glaubst du! Wissen tust du es nicht?

Nicht genau, nein. Aber eines Abends wurde ihr also plötzlich schlecht, und sie fing an zu brechen. Dass jemand kotzt, ist doch auch anderswo schon vorgekommen. Nur auf Sjöundá scheint es ein Verbrechen zu sein.

Hast du damals im Bett gelegen?

Nein, noch nicht.

Was war der Grund für das Erbrechen?

Ich kenne keinen bestimmten Grund. Am nächsten Tag war sie wieder auf dem Damm. Und von da an war ihr nichts Ungewöhnliches anzumerken, bis zu dem Tag, an dem sie starb.

Wie starb sie?

An dem Tag war sie ein bisschen schlapp. Konnte sich kaum auf den Beinen halten. Aber obwohl sie sich krank fühlte, wollte sie unbedingt mit Steinunn zum Melken hinunter zum Pferch. Als sie da unten ankamen, wo ich schon auf sie wartete, wurde ihr plötzlich schlecht, und sie kippte sozusagen um.

Was hat sie gesagt? Wie hat sie ihr Unwohlsein beschrieben?

Was sie gesagt hat? Gar nichts. Es war, als hätte sie die Sprache verloren. Ich habe kein Wort von ihr gehört.

Höchst merkwürdig. – Gebt dem Mann einen Stuhl!

Bjarni ließ sich auf den Stuhl sinken, den ihm der Türwächter hinschob, und lächelte, leicht außer Atem, kläglich in die Runde.

Das ist aber auch ein Qualm, ächzte er und wischte sich wieder und wieder über die Stirn. Und dazu ist es auch noch so warm hier drinnen, oder nicht?

Weiter, sagte Bezirksrichter Scheving leise.

Bjarni riss sich zusammen und fuhr fort:

Hm, wo war ich gerade? … Steinunn, die schon beim Melken war, lief zum Hof, als sie Guðrún umkippen sah, und holte etwas zu trinken. Wasser in einer Schale. Guðrún aber kriegte es nicht runter. Wir versuchten, es ihr einzuflößen. Was hätten wir denn sonst tun können? Damals, als sie sich übergeben musste, hatte ihr Wasser am besten geholfen. Diesmal aber bekamen wir kaum ein paar Tropfen in sie hinein. Nein. Anschließend haben wir sie nach Hause und ins Bett getragen, schon mehr tot als lebendig. Und unmittelbar danach ist sie gestorben.

Als Bjarni verstummte, sprach niemand ein Wort. Er blieb eine ganze Weile seinen Gedanken nachhängend still sitzen. Dann war es, als ob er daraus aufwachte, und er wurde nervös. Er blickte um sich, erstaunt über die Stille um ihn herum. Verwirrt setzte er noch hinzu:

Ja, das war also alles.

Der Bezirksrichter hielt den Kopf in die Hand gestützt, fast als wäre er eingeschlafen. Monsieur Einar schielte wieder und wieder zu ihm hinüber. Dann begann er zögernd:

Wo befandst du dich, als der seligen Guðrún schlecht wurde und sie hinfiel?

Ich stand am Eingang zum Pferch, antwortete Bjarni bereitwillig. Es sah so aus, als sei ihm auf einmal darum zu tun, jetzt alles offenzulegen.

Gut, und was hast du gemacht, während Steinunn unterwegs war, um für Guðrún Wasser zu holen?

Als ich sie fallen sah, rief ich zu Steinunn, dass meine Frau krank sei und sie ihr schnell etwas Wasser holen solle. Ich selbst lief zu Guðrún hin, legte sie besser zurecht und setzte mich neben sie. Da saß ich, bis Steinunn zurückkam.

Wo warst du, und was hast du getan, bevor und während Steinunn und Guðrún gemeinsam zur Schafhürde gingen.

Ich war seit dem frühen Morgen hinter den Milchschafen her, trieb sie dann auf die Hürde zu und war gerade da angekommen, als Steinunn eintraf und unmittelbar darauf auch meine Frau. Irgendwo anders bin ich an diesem Morgen nicht gewesen und habe auch nichts weiter getan.

Wie habt ihr Guðrún nach Hause getragen?

Steinunn hatte eine Decke mitgebracht, als sie Wasser holen gegangen war. Darin trugen wir sie ins Haus.

Ach, sag mir doch bitte, was hast du und was hat Steinunn an dem Abend unternommen, an dem Guðrún im Winter krank geworden war?

Ich ging raus und holte ihr etwas zu trinken; danach wachte ich bei ihr, aber nicht sehr lange, denn es ging ihr bald besser. Steinunn war die kurze Zeit bei ihr, in der ich das Wasser holte und während sie trank. Dann ging sie wieder zu sich hinüber.

Sýslumaður Scheving fragte dazwischen:

Hast du im weiteren Verlauf der Nacht mit Guðrún das Bett geteilt?

Bjarni antwortete, wie vor den Kopf gestoßen und unsicher:

Im weiteren Verlauf der Nacht ... ja.

Richter Scheving versank wieder ins Grübeln.

Monsieur Einar fragte Bjarni nach weiteren Einzelheiten im Zusammenhang mit Guðrúns Tod aus, doch der hatte nichts mehr hinzuzufügen.

War außer dir und Steinunn sonst niemand dabei?

Doch, die Kinder ... nachdem wir sie ins Haus getragen hatten.

Aber nur ihr beide habt sie sterben sehen. Gibt es nicht sonst noch jemanden, der sie bei euch auf Sjöundá gesehen hat, nachdem sie … gestorben war?

Doch, Björg auf Skógur. Ich habe sie drei Tage danach geholt, weil sie uns helfen sollte, die Leiche in den Sarg zu betten. Damals wohnte sie noch auf Melanes.

Du willst also, mit anderen Worten, nicht zugeben, dass du Guðrúns Tod verursacht hast?

Alles Gerede darüber ist bloß böswilliger Tratsch.

Und ihr Erbrechen, da steckst du auch nicht dahinter?

Nein.

Mehr fiel Monsieur Einar beim besten Willen nicht mehr ein, aber ihm war klar, dass er jetzt nicht lockerlassen durfte:

Wagst du es, zu beschwören, dass du Jón Þorgrímsson weder erstochen noch die Skor-Klippen hinabgestoßen hast?, tastete er sich mit schleppender Stimme weiter.

Ja!

Wagst du auch zu beschwören, dass du deine Ehefrau Guðrún Egilsdóttir nicht vergiftet hast?

Bjarni erhob sich erleichtert und trat dicht an den Tisch.

Ich bin gern bereit, darauf auf der Stelle einen Eid zu leisten, sagte er nachdrücklich, auf beides.

Richter Scheving, der Bjarni genau beobachtet hatte, warf knapp dazwischen:

Das reicht fürs Erste. Führt den Gefangenen ab!

Sobald Bjarni hinausgeführt worden war, sprang er auf, reckte sich, klopfte Jón Thorberg auf die Schulter und meinte erleichtert:

Ah, gib mir einen ehrlichen Schluck Branntwein auf diese ganze vermaledeite Lügensuppe!

Er nahm drei tiefe Züge und ließ die Flasche dann herumgehen.

Wenn ihr mich fragt, ob Bjarni ein ausgemachter Schurke ist, muss ich euch die Antwort schuldig bleiben, sagte er und unternahm mit schnellen Schritten einen Rundgang durch den Raum.

Natürlich lügt er, der Esel, plauderte er munter vor sich hin, obwohl er zum Lügen überhaupt nicht taugt. Also hat er sie wahrscheinlich umgebracht, auch wenn er zum Morden an sich ebenso wenig taugt. Echtes Verbrecherblut kreist jedenfalls nicht in dem armen Kerl.

Ein Mörder ist also kein Schurke und Verbrecher?!, rief der Ankläger empört.

Gott bewahre! Ich werde ihn auf den Block bringen, ob Schurke oder nicht, sofern er nur schuldig ist – und sofern du, Freund Aktor, seine Schuld beweisen kannst.

Scheving blieb stehen und setzte leicht provozierend hinzu:

Glaubst du, das wird dir leichtfallen?

Monsieur Einar erwiderte gelassen:

Wir werden sehen. Ich glaube, Indizien haben wir schon so einige.

Guðmundur Schevings Laune verfinsterte sich wieder:

Indizien sind schön und gut, Freund Einar. Es gibt auch reichlich Zeugen. Zeugen, die nichts gesehen haben und deren Aussagen nicht übereinstimmen und einander sogar widersprechen. Und so weiter und so weiter … Aber wenn man keine echten Beweise hat, käme doch ein kleines, hübsches Geständnis ganz recht. Damit dem Gesetz Genüge getan werden kann. Schaffst du mir eins herbei?

Wir werden sehen.

Ja, ja, wir werden noch das eine oder andere sehen. Aber dass Bjarnis Kopf allein aufgrund von Indizien rollt, das wirst du nicht sehen. – Bringt mir jetzt das Weibsbild!

XIX

Steinunn schien die Gefangenschaft nicht im Geringsten mitgenommen zu haben. Nie zuvor hatte ich sie so ruhig und so aufrecht gesehen wie nun, als sie uns entgegengeschritten kam, mich und das Gericht mit leicht gerunzelter Stirn musternd. Die kurze Jacke aus schwarzem Fries mit Säumen und Manschetten aus Samt schmiegte sich eng um ihre Arme und den stolz aufgerichteten Oberkörper. Das Halstuch war sorgfältig gebunden und mit einer Brosche festgesteckt, der Rock ohne Knitter in ordentliche Falten gelegt. Einzig und allein an ein paar Halmen an ihren Schuhen konnte man erkennen, dass sie ebenso wie Bjarni gerade aus einem Heuschober kam.

Sýslumaður Scheving betrachtete sie mit unverhohlener Bewunderung. Selbst Faktor Thorberg lugte versonnen aus seinem pelzigen Kragen. Die Bauern dagegen waren auf einmal allesamt damit beschäftigt, angelegentlich woanders hinzugucken.

Tja, meine gute Steinunn, begann der Richter in mildem Tonfall, jetzt hat uns Bjarni also die volle Wahrheit gesagt. Ich hoffe, dass du uns über deinen Anteil nun auch nicht im Dunkeln lässt. Es würde nichts mehr nützen. Das Beste wäre, wenn du jetzt ohne Umschweife gestehen würdest.

Was möchtest du denn, dass ich gestehen soll?, fragte sie und begegnete ruhig seinem Blick.

In ihren Augen lag ein spezielles Funkeln, eine leuchtende Entschlossenheit. Bis plötzlich ein leichtes Erröten ihre dunkle Haut überlief.

Richter Scheving schwieg. Schwieg und sah sie an.

Monsieur Einar wartete ebenfalls noch eine Weile, dann sagte er, ohne die Augen von seinen Papieren zu heben, grimmig:

Steinunn Sveinsdóttir, du bist angeklagt der Mitwisserschaft und der Mithilfe am Totschlag an deinem Mann Jón Þorgrímsson sowie an Bjarnis Ehefrau Guðrún Egilsdóttir. Berichte uns wahrheitsgemäß und genau jede Einzelheit, die dir über den Tod dieser beiden Menschen bekannt ist.

Das ist schnell getan, meinte Steinunn und drehte den Kopf ein wenig in seine Richtung, ohne den Körper zu bewegen.

Meinen Jón habe ich zum letzten Mal an dem Tag gesehen, an dem er verschwand. Das war morgens, kurz nach dem Füttern. Er sprach davon, dass er nach Skor hinüberwolle, und bat mich, ihm ein Paar Schuhe zu machen. Ich nähte ihm rasch zwei Paar aus Katfischhaut, und dann machte er sich auf den Weg. Die neuen Schuhe trug er in der Hand, als er den Hof verließ. Bjarni hielt sich zu der Zeit in seiner Wohnstube auf, ich denke, um etwas zu essen. Einige Zeit später ist er dann auch gegangen.

Wie viel später?, fragte Richter Scheving leise.

Oh, so lange, wie man braucht, um sein Frühstück zu essen, antwortete sie schlicht. Als er ging, meinte er, er müsse sich beeilen, weil mein Jón auf ihn warte. Es war so üblich, dass sie die Schafe gemeinsam zum Strand hinabtrieben. Die Pfade waren so glatt, Weide gab es keine mehr, bloß noch Tang und Seegras. Eine Weile später kam Bjarni zurück und meinte, Jón habe sich jetzt auf den Weg gemacht. Und ich wusste ja, wo er hinwollte.

War das alles, was Bjarni sagte?, fragte der Ankläger.

Mehr oder anderes hat er zu mir nicht gesagt.

Was hat er den restlichen Tag über getrieben?

In der Stube Lederkleidung genäht.

Danach wartete sie schweigend auf weitere Fragen.

Richter Scheving murmelte:

Weiter.

Und sie fuhr fort:

Na ja, als es mir allmählich so vorkam, als würde mein Jón über Gebühr lange fortbleiben, ging ich mehrmals nach draußen, um nach ihm Ausschau zu halten, aber er war nirgends zu sehen. Darauf sagte ich zu Guðrún Egilsdóttir: Wo mein Mann nur bleiben mag? Und sie antwortete: Ja, das ist schon merkwürdig. Komm, wir bitten Bjarni, ob er ihm entgegengehen und nach ihm sehen kann. Womöglich steckt er irgendwo da draußen an den glatten Steilklippen fest. Also baten wir Bjarni, einmal nach dem Rechten zu sehen, und er war auch sofort bereit, noch einmal loszugehen. Erst kurz vor Sonnenuntergang kam er zurück. Ich sah ihn kommen und auch, dass er allein war. Darum versteckte ich mich hinter einer Hausecke, als Guðrún hinausging, um ihn in Empfang zu nehmen. Hast du Jón nicht gefunden?, hörte ich sie fragen. Darauf hörte ich ihn seufzen: Jón habe ich nicht gesehen, nein, aber ich habe die Stelle gesehen, wo er abgestürzt sein muss. – Mehr habe ich nicht mitbekommen. Denn nachdem ich ihn das sagen hörte, zog ich mich schnell zurück, um allein zu sein. Aber wenig später stöberte mich Guðrún da auf, wo ich mich versteckt hatte, und sie erzählte mir, dass Bjarni Anzeichen dafür gefunden hätte, dass mein Jón bei den Skorklippen abgestürzt war. Wir wussten alle, was das bedeutete …

Du hast Jón Þorgrímsson seitdem nicht mehr gesehen?, fragte Richter Scheving.

Nein, das habe ich nicht.

Und du hast auch nichts mehr von dem wiedergesehen, was er bei sich hatte?

Steinunn zögerte einen Wimpernschlag, vielleicht konnte man es nicht einmal ein Zögern nennen.

Nichts außer seiner ledernen Hose, antwortete sie leise.

Wo, wann und wie wurde sie gefunden?

Die Jungen, Sveinn und Gísli, haben sie am Ufer gefunden und schleppten sie an.

Jemand rüttelte heftig an der Tür. Der Wärter drehte den Schlüssel um und sah nach, was los war, und da stand Séra Jón Ormsson. Sein Bein schien noch mehr zu schmerzen als sonst, doch er hinkte mit zusammengebissenen Zähnen vor den Sýslumaður und fragte mit vibrierender Stimme:

Darf ich Ihro Großächtigkeit vielleicht fragen, ob Ihr es wirklich für richtig haltet, meine Gemeindekinder in meinen eigenen Räumen auf meinem eigenen Hof wie Verbrecher zu verhören, ohne dass ich, ihr geistlicher Beistand und Seelsorger, hinzugezogen werde? Vielleicht ist das gesetzlich zulässig. Vielleicht. Aber ich möchte doch erklären, dass ich es für wenig menschlich halte. Sehr wenig menschlich!

Bezirksrichter Scheving lächelte süffisant und gab zurück, ohne aufzustehen oder die Hand zu reichen:

Endlich habe ich die Ehre, Euch bei Tageslicht begrüßen zu dürfen, Herr Propst. Erlaubt mir jedoch, Platz zu behalten und noch ein Weilchen damit zu warten, Euch den schuldigen Dank für all die erwiesene Gastfreiheit abzustatten. Ihr stört mich nämlich mitten in einem Verhör – in einem vertraulichen Verhör.

Vor Gott ist nichts vertraulich, ließ sich Séra Jón würdevoll vernehmen. Und sicherlich bin ich sein geringster Diener, aber deswegen lasse ich mich trotzdem noch lange nicht aus meinem eigenen Haus verscheuchen!

Damit ließ er sich schwer auf einen Stuhl fallen und schnaufte. Seine traurigen Augen schweiften zu Steinunn hinüber und blieben an ihr hängen, voll Zärtlichkeit und Angst.

Kann die Anklage es zulassen, dass Pfarrer Jón Ormsson im Raum bleibt und den Rest des Verhörs mit anhört?, fragte Richter Scheving mit übertrieben lauter Stimme in den Raum.

In Anbetracht des Umstands, dass Séra Jón Ormsson selbst als Zeuge geladen und insofern als parteilich zu betrachten ist, kann die Anklage es nicht zulassen, deklamierte Monsieur Einar.

Da hört Ihr es selbst, Séra Jón. Ihr müsst Euch entfernen. Ihr seid Partei in diesem Fall.

Umso mehr Grund für mich, zu bleiben, gab Séra Jón ruhig zurück und ließ den Blick noch immer nicht von Steinunn.

Ohne Einwilligung des Gerichts könnt Ihr nicht bleiben, Mann!, brüllte der Sýslumaður los, zog sein Schnupftabakshorn, nahm eine Prise und fuhr fort: Also erlaubt Euch das Gericht, zu bleiben.

Dann wandte er sich in versöhnlichem Ton an seinen aufgebrachten Freund und fragte freundlich:

Ist die Anklage mit der Angeklagten fertig?

Fertig; wo wir gerade erst angefangen haben, grollte Monsieur Einar und raunzte Steinunn barsch an:

Wie war der selige Jón gekleidet, und was trug er bei sich an dem Tag, an dem er den Weg nach Skor einschlug und ... ums Leben kam?

Steinunn runzelte nachdenklich die Stirn. Dann zählte sie seine Kleidungsstücke auf, und zwar genauer, als es Bjarni getan hatte. Sie wusste, dass sein Pullover Knöpfe aus Knochen gehabt hatte und die Weste einen roten Saum und dass Jón ein blaues Wolltuch um den Hals gewickelt hatte. Außerdem hatte er ein Paar Wollfäustlinge, die zwei Paar Schuhe aus Fischhaut und seinen Stab bei sich.

Als sie alles aufgezählt hatte, fragte der Ankläger:

Gab es außer dir nicht noch andere, die wussten, dass Jón nach Skor hinüberwollte?

Ich glaube nicht, dass er mit anderen darüber gesprochen hat, außer mit den beiden Brüdern, Bjarni und Jón.

War es nicht ein seltsamer Einfall deines Jón, bei den Wegverhältnissen nach Skor gehen zu wollen?

Wieso? Auf dem Hof hatten wir höchstens noch für eine Woche Heu, in Skor gab es noch eine Menge davon, die wir unbedingt holen mussten.

Bjarni hatte ebenfalls Heu in Skor?

Das hatte er. Aber Bjarni hatte noch einen größeren Vorrat auf dem Hof. Ihm ging das Futter noch nicht aus.

Diese Schuhe, von denen du behauptest, du habest sie für Jón genäht ... hat dich jemand diese Schuhe nähen sehen?

Das weiß ich nun wirklich nicht.

Das weißt du nicht?

Bjarni und Jón haben's vermutlich gesehen. Aber mit Sicherheit wage ich das nicht zu behaupten.

Wann ist Jóns Hose wieder aufgetaucht?

Irgendwann so gegen Pfingsten.

Wieso erinnerst du dich daran?, schoss Richter Scheving dazwischen.

Hm, nun, weil draußen schon alles grün wurde.

Da der Richter nicht weiterfragte, nahm Monsieur Einar den Faden wieder auf:

Hast du die Hose noch einmal gesehen?

Ja.

Wo sahst du sie?

An der Küchenwand, wo sie hing.

War sie ganz?

Nein. Sie war eingerissen; besonders an den Säumen.

Zeigte die richtige Seite nach außen?

Ja.

An beiden Beinen?

Ja ... Aber das Gesäß war auf links gedreht.

In welchem Zustand befand sie sich ansonsten?

In welchem Zustand ...? Hm, sie war nass und mit Tang verschmiert.

Séra Jón Ormsson, der eine Weile seinen eigenen Gedanken nachgehangen und dabei etwas betrachtet hatte, was er in seiner Hand hielt, streckte die Hand plötzlich vor und fragte Steinunn sanft:

Kennst du diesen Knopf?

Steinunn fuhr zusammen, fasste sich dann aber wieder und sagte leise:

Ja, und ich kann ihn beschreiben, ohne ihn anzusehen, denn den hat mein Jón selbst gemacht. Dieser Knopf ... das war mein erstes Geschenk für ihn. Das heißt, nur das Silber dazu. Er ist aus der einzigen Silbermünze hergestellt, die ich jemals besessen habe. Ich habe sie ihm gegeben. Ich habe sie ihm an dem Tag geschenkt, an dem er mich von zu Hause fortholte. Ich war so glücklich an dem Tag. Und er war so gut zu mir … – Er hat dann das Silber selbst geschmolzen und Draht daraus gezogen, den er vergoldet hat. Den Fuß und den Kern des Knopfs hat er aus Kupfer gemacht und dann den Kupferknopf mit dem Silberdrahtgeflecht überzogen … Ach so, dann erst hat er ihn vergoldet. Diesen Knopf erkenne ich überall wieder. Er hat ihn immer am Kragenbund seines Hemds getragen.

Séra Jón erhob sich und sagte sanftmütig:

Hier hast du ihn, liebe Schwester. Mit diesem Knopf in deiner Hand kannst du gar nicht die Unwahrheit sagen.

Der Knopf gehört mir nicht, und er hat es nie getan, wies Steinunn ihn zurück und wollte den Knopf nicht anfassen. Was soll ich damit?

Der Geistliche humpelte betrübt zu seinem Stuhl zurück.

Dieser Knopf gehört aber auch nicht dir, Séra Jón, fuhr ihn der Ankläger an, wie bist du in seinen Besitz gelangt?

Ich fand ihn an dem Tag auf dem Kirchenboden, als die Leiche von Jón selig zum zweiten Mal untersucht wurde.

Und stecktest ihn in die Tasche. Womöglich in der Absicht, ihn zu behalten? Ich ersuche das Gericht, diesen Sachverhalt zur Kenntnis zu nehmen; dieses ganze sonderbare Gebaren! Warum hast du ihn nicht mir übergeben?

Damals war mir noch nicht bekannt, dass du bereits Herr über sämtliche Fundstücke auf Rauðasandur sein wolltest, antwortete Séra Jón, und seine Mundwinkel zuckten vor Trauer.

Lass gut sein, schaltete sich Richter Scheving vermittelnd ein. Dieser Knopf kam doch wie gerufen. Noch ein paar mehr von solchen kleinen Glücksfällen – für das Gericht –, und der Fall läuft im richtigen Fahrwasser. Besten Dank, Séra Jón! Ihr kamt wie gerufen. Ich empfehle der Anklage, die Sache jetzt nicht noch komplizierter zu machen.

Monsieur Einar wandte sich sauer Steinunn zu:

Was ist aus der Lederhose geworden?

Der Sýslumaður stöhnte verzweifelt:

Die Lederhose! Gütiger Himmel, jetzt erhebt Freund Einar auch noch Anspruch auf eine abgewetzte Lederhose!

Sie blieb, wo sie war, ohne dass sich noch mal jemand um sie gekümmert hätte, erklärte Steinunn stumpf.

Wie lange?

Ungefähr, bis ich von Sjöundá weggeholt wurde. Da war sie eines Tages verschwunden.

Hast du nach dem seligen Jón suchen lassen?

Nein ...

Wieder unterbrach Richter Scheving und fragte, wobei er jedes einzelne Wort betonte:

Wie kann es eigentlich sein, dass du nicht das Geringste unternommen hast, um die Leiche deines Mannes zu finden? Das tut man doch wohl für gewöhnlich, wenn Menschen auf diese Weise verschwinden. Selbst nach Vieh, das verschwindet, sucht man.

Ich hatte nicht den leisesten Zweifel, antwortete Steinunn und hatte ihre alte Fassung wiedergewonnen. Ich war vollkommen sicher, dass es stimmte, was Bjarni gesagt hatte. Und unten ans Ufer konnte man damals gar nicht kommen. Außerdem musste das Meer ihn ja längst hinausgezogen haben. So habe ich mir das damals gedacht. Und es hat sich ja auch gezeigt, dass es richtig war.

Was?

Dass das Meer ihn geholt hatte.

Dass das Meer ihn bekommen hatte, sollten wir wohl besser sagen, zum Donnerwetter noch mal! Monsieur Einar, mach du weiter!

Doch Einar Jónsson auf Kollsvík war jetzt eingeschnappt wegen des Tons von Richter Scheving und der ewigen Unterbrechungen. Lustlos sagte er:

Dann sollten wir uns einmal ein wenig über die arme Guðrún unterhalten. Sie ist einmal schwer krank geworden, nicht wahr?

Ja, das stimmt.

Wie kam es dazu?

Meine Schuld war es nicht, murrte Steinunn.

Langsam, langsam, unterband der Richter die nächste Frage des Anklägers. Séra Eiúlfur, schreibt Ihr die Worte auch genau so auf, wie sie fallen?

Wann war das?, fuhr der Ankläger fort.

An einem der ersten Sommertage; abends zur Schlafenszeit.

Was hast du damals getan? Und was unternahm Bjarni?

Sobald ich hörte, dass es Guðrún schlecht ging, bin ich zu ihr hineingegangen und habe mich zu ihr gesetzt. Kaum saß ich bei ihr, musste sie dringend nach draußen, und ich ging mit ihr und stützte sie. Als es überstanden war, kam Bjarni und brachte ihr etwas Wasser zu trinken. Dann gingen wir alle drei zurück ins Haus. Und dann ging es ihr auch wieder besser. Das Erbrechen war nicht mehr so heftig, und ihre Schmerzen ließen nach. Als sie mich nicht mehr brauchte, ging ich zu Bett.

War Bjarni schon zu Bett gegangen, als Guðrún schlecht wurde?, erkundigte sich Richter Scheving.

Ja, er hatte sich schon schlafen gelegt, stand aber gleich auf.

Wo war er zu Bett gegangen?

Bei seiner Frau, nehme ich an.

Du weißt also, *dass* er zu Bett gegangen war, aber nicht, wo?

Dass er schon im Bett gelegen hatte, konnte ich an seiner Kleidung erkennen, antwortete Steinunn kühl.

So ein Satan von einem Frauenzimmer!, murmelte Scheving kopfschüttelnd. Dich sollte man vor einen Richter deines eigenen Geschlechts stellen. – Ist dir kein Grund für Guðrúns plötzliche und auffällige Erkrankung bekannt?

Nein. Es sei denn, es waren die Brustschmerzen, an denen sie so häufig litt.

Ja, sicher, die Brustschmerzen. Und was war mit der Grütze, die du ihr an jenem Abend verabreichst hast?

Ach, das bisschen Graupensuppe …

Das bisschen Graupensuppe, jawohl! Es ist nämlich bekannt, dass du das eine oder andere hineingerührt hast.

Ich nicht!

Wer denn?

Steinunn war jetzt sehr schnell an der Grenze ihrer Belastbarkeit angekommen. Sie schwankte und war kurz davor, umzufallen. Séra Jón stand auf, stellte ihr seinen Stuhl hin, brachte sie dazu, sich zu setzen, und legte ihr die Hand auf den Kopf.

Sag nur, was du weißt, mein Kind. Hast du damals eine Sünde begangen, vor deren Folgen Gott dich bewahrt hat, indem er sie missglücken ließ, so lass die Lüge jetzt nicht dadurch dein Herz vergiften, dass du die Sünde verhehlst. Töten zu wollen ist noch nicht das Gleiche wie zu töten – beachte das! Doch bei dem, was du getan hast, halte dich an die Wahrheit und an Gott.

Bezirksrichter Scheving erhob sich, schlich auf Zehenspitzen um den Tisch, führte den Geistlichen höflich und ehrerbietig, doch bestimmt zu einem Stuhl und kehrte dann leise an seinen Platz zurück.

Es war still im Gerichtssaal. Lange, lange blieb es still. Mit dem Wetter musste eine Veränderung vor sich gegangen sein. Obwohl ich dem Fenster den Rücken zudrehte, konnte ich an dem wechselnden Licht im Zimmer schließen, wie es draußen aussah: ein aufgerissener Himmel und treibende Wolken.

Steinunn hatte ich fast vergessen, vielleicht auch, weil ich es nicht länger ertrug, sie anzusehen oder auch nur an ihre Anwesenheit zu denken, als sie auf einmal zu reden begann, mit veränderter Stimme, schwach und brüchig:

Am Abend vorher ..., vor jener Nacht, in der ihr so schlecht wurde, stand ich in meiner Speisekammer und verteilte gerade Graupensuppe für meine Kinder ... Ein klein wenig davon goss ich in eine Schöpfkelle, damit Guðrún auch ein bisschen davon probieren sollte. Da kam Bjarni dazu und fragte, für wen ich das in der Kelle gedacht hätte. Ich sagte, die Grütze sei für seine Frau. Da zog er ein Briefchen aus seiner Tasche und streute daraus etwas – ich weiß nicht, was – über die Grütze in der Kelle. Ich dachte, es sei ein Scherz. Gleich darauf hörten wir Guðrún draußen auf dem Gang. Sie war auf dem Weg zum Stall, um die Kühe zu melken. Ich reichte ihr die Kelle ... und sie trank die Grütze ... und gab mir anschließend die Kelle zurück.

Was war das, was Bjarni über die Grütze streute?, fragte Richter Scheving behutsam.

Ich weiß es nicht.

Wie sah es denn aus?

Wie etwas fein Zerriebenes ... gelblich.

Von der Farbe dieser Figur dort auf dem Kachelofen?

Ja, so ähnlich.

Wie zermahlener Alabaster also?

Ja, fast wie zermahlener Alabaster.

Warst du dir darüber im Klaren, dass das giftig war?

Nein, keineswegs.

Hat Bjarni dir nicht erklärt, worum es sich handelte? Sonst musst du ihn doch danach gefragt haben.

Nein, weder das eine noch das andere.

Hatte Bjarni dir nicht anvertraut, was er im Schilde führte?

Nein.

Das ist ausgeschlossen!

Steinunn zauderte. Sie murmelte leise etwas vor sich hin, was keiner von uns verstand; dann nahm sie sich zusammen:

Nein, das hatte er nicht.

Scheving schwieg. Er musterte Steinunn eingehend, die sich wieder gefangen hatte und hoch aufgerichtet dasaß, stolz und bekümmert. Vielleicht vergaß er darüber das Verhör. Denkbar aber auch, dass er es absichtlich dem Ankläger überließ, Steinunn nach den näheren Umständen bei Guðrúns Tod auszufragen, an jenem Frühlingstag am Schafspferch. Ihre Aussagen dazu stimmten ziemlich mit denen Bjarnis überein, abgesehen davon, dass sie behauptete, Guðrún sei schon hingefallen und liegen geblieben, bevor sie den Pferch erreichte.

So etwa auf halbem Weg?, fragte der Ankläger.

Ja, so ungefähr.

Und da ist sie also liegen geblieben, wie? Hat sie den Pferch womöglich überhaupt nicht mehr erreicht?

Sie war sicher doch ein Stück über die Hälfte hinausgekommen, korrigierte sie sich nervös, aber man kann kaum sagen, dass sie den Pferch ganz erreicht hätte ... Ich weiß es nicht mehr genau; ich war so durcheinander.

Die Dämmerung hatte eingesetzt. Richter Scheving kam endlich wieder zur Besinnung. Er richtete sich auf seinem Stuhl auf:

Die Sonne geht bald unter, bemerkte er leichthin, und das hier soll doch keine Versammlung von Trollen werden. Du hast uns wohl heute auch nichts Besonderes mehr zu erzählen, Steinunn? Nun gut, an einem anderen Tag wirst du schon gesprächiger werden. Wenn sich in deinem Kopf erst einmal festgesetzt hat, dass wir nicht hinter einem dünnen Lügengewebe her sind, sondern hinter dem soliden Bauerntuch der Wahrheit.

Steinunn erhob sich von ihrem Stuhl, blickte sich dann unsicher um.

Ja, wart noch einen Moment, sagte Scheving, oder hast du es so eilig, ins Heu zu kommen?

Erst nachdem sie das Protokoll angehört und gutgeheißen hatte, wurde sie hinausgeführt und ihren Wärtern übergeben.

Als sich die Tür hinter ihr geschlossen hatte, reckte Bezirksrichter Scheving die Arme und gähnte ausgiebig.

Eine verteufelte Geschichte das hier! Bjarni ist zu seiner ersten Aussage über die Stelle, an der Jón abgestürzt sein soll, zurückgekehrt; zu den Rauðuskriður. Er will sich so weit wie möglich vom Flutsaum wegmanövrieren. Aber aus den Flicklappen wird keine Hose. Apropos, dass sie die Hose um die Ohren kriegen, damit hat keiner von beiden gerechnet. Sie waren nicht darauf vorbereitet, dass wir darüber im Bilde waren. Und wo Guðrún umgekippt sein soll, darüber waren sie sich ebenso wenig einig. Außerdem hat Bjarni über das Zeug, das er über die Grütze gestreut hat, fein den Mund gehalten ... – Dass sie nicht schlau genug waren, wenigstens zum Schein nach Jón suchen zu lassen, wirft ebenfalls ein schlechtes Licht auf sie. Gleichwohl sehe ich, da wir völlig ohne *Corpora Delicti* dastehen, nicht einmal die Leichname der Getöteten hier vorweisen können und da es so gut wie ausgeschlossen scheint, dass sich auch bloß ein einziger Augenzeuge meldet, die Notwendigkeit, dass wir uns wohl oder übel ein Geständnis verschaffen müssen. Traut sich der Herr Ankläger zu, ein solches aus ihnen herauszuholen?

Monsieur Einar grunzte.

Ich für mein Teil traue es mir selbst nicht zu, fuhr Scheving fort. Ich werde wohl Manns genug sein, die beiden ordentlich in ihre eigenen und gegenseitigen Netze zu verwickeln. Aber falls es mir gelingen sollte, einem von ihnen ein Geständnis, ein klares und eindeutiges Schuldeingeständnis zu entlocken, dann würde mich das selbst sehr überraschen. Ich traue mich sogar, ein junges Frühjahrslamm darauf zu wetten, dass du das ebenso wenig zustande bringst, Freund Einar.

Darauf schwieg er und trommelte mit den Fingern.

Was hielte das Gericht davon, wenn wir Séra Eiúlfur bäten, einmal mit den Angeklagten zu reden?, fragte er unvermittelt.

Monsieur Einar schob unwillig die Unterlippe vor. Die anderen stimmten zu.

Ich brauche Bedenkzeit, um mir zu überlegen, ob ich mir zutraue, das zu übernehmen, sagte ich beklommen.

Sýslumaður Scheving sprang von seinem Stuhl auf und verkündete munter:

Die Verhandlung ist vertagt. Wir treten im Morgengrauen wieder zusammen.

XX

Als wir aus dem Gerichtszimmer traten, herrschte vor der Tür und in den Gängen ein Andrang von Menschen. Alle wollten wissen, was die Angeklagten ausgesagt hätten, ob sie gestanden hatten. Als sie hörten, dass wir von dem, was bei der Verhandlung vor sich gegangen war, nicht das Mindeste verlautbaren durften, begannen sie den Fall selbst zu erörtern.

Bjarni der Mörder schien mir etwas blass ums Maul zu sein, lachte einer.

Steinunn, diese Verbrecherin, war es nicht weniger, rief eine Frauenstimme und schnaufte vor Erregung.

Habt ihr gesehen, wie sie sich aufgedonnert hatte? Wie zum Kirchgang!

Sag lieber, wie zur Hochzeit!

Die Hochzeit ist schon gefeiert worden, und zwar etliche Male.

Überall war das Einatmen und Ausstoßen bluthitziger Luft aus behaarten Nasenlöchern, bärtigen Männermündern und feuchten Frauenlippen zu hören.

Ich stand derweil an den Rahmen der Haustür gelehnt und starrte blind in den dunkelnden Abend hinaus.

Komisch nur, dass sie es nicht geschafft haben, auch ihr Blut in Nachwuchs zu mischen, flüsterte jemand mit kaum verhohlener Bewunderung. Zwei wie diese beiden!

Die werden ihr Blut schon noch mischen, krächzte ein zahnloser alter Mann, aber erst auf dem Block, hehe, erst auf dem Block!

Jemand trat auf mich zu und teilte mir mit, Séra Jón wünsche mich zu sprechen. In seiner Kammer fand ich außer ihm auch meinen Schwiegervater vor. Es war für drei gedeckt. Séra Jón greinte und brabbelte wie ein alter Greis:

Sie haben es nicht getan, Monsieur Jón, davon bin ich überzeugt, und Gott sei mir armem Sünder gnädig. Sie *können* es nicht getan haben, das musst du doch einsehen. Vielleicht haben sie Guðrún aus dem Weg haben wollen, nachdem Jón einmal verschwunden war. Vielleicht haben sie es sogar versucht, sie loszuwerden; aber Gott ließ es misslingen, das begreifst du doch. Was immer sie ihr verabreicht haben, besonders schädlich kann es nicht gewesen sein. Sie hat sich doch nur ein bisschen übergeben, und dann ist sie darüber hinweggekommen. Dass sie Sünder sind, große Sünder, das sehe ich jetzt auch. Der Herr sei ihnen gnädig. Dass Gott sie strafen will, indem er sie nicht gleich von dem schrecklichen Verdacht, den sie sich durch ihr sündiges Verhalten zugezogen haben, reinigt, das kann ich ebenfalls verstehen. Aber man vergiftet einen Menschen doch nicht ein zweites Mal. Das tut man einfach nicht! Abgesehen davon, dass ein Mensch, dem man einmal Gift untergemischt hat, von da ab vorsichtig sein wird … Und wie sollten sie sie auf andere Weise getötet haben, kannst du mir das verraten? Ihr Körper wies doch keine Wunde auf, das habt ihr doch selbst gesehen. Und was den seligen Jón angeht, dieses Loch da in seinem Hals war doch nichts weiter als ein gewöhnlicher Riss in dem mürben Fleisch. Vielleicht hat sich dort ein Wurm oder eine Schlange im Meer hineingefressen. Ihr wisst doch, was für Untiere dort herumschwimmen. Bekannte und unbekannte. – Nein, nein, gemordet haben die beiden nicht. Gesündigt haben sie, schwer gesündigt, aber nicht gemordet. Nicht gemordet!

Monsieur Jón hörte gar nicht zu. Er saß bloß da und kaute. Und sah mich an. Als Séra Jón endlich den Mund hielt, aßen wir alle drei schweigend weiter.

Mitten auf dem Tisch brannte eine Kerze, eine schlanke, längliche Flammenblüte auf einem dicken, gelblichen Stängel. Ich wollte nicht an Alabaster denken.

Frau Ragnheiður kam herein und meldete, der Sýslumaður wolle mich sprechen.

Sie geleitete mich aus dem Zimmer und zeigte mir, dass sie mir trotz der zahlreichen Gäste auf dem Hof, eine eigene kleine Kammer hergerichtet hatte. Sie war mir gegenüber sehr freundlich. Freundlicher, als sie es jemals gewesen war. Wohlwollend und mütterlich.

Richter Scheving fand ich allein in seiner Stube vor.

Bevor er die Tür schloss, rief er den einen oder anderen Namen in das Dunkel des Gangs. Ich begriff, dass er auch hier noch für seine Türwächter Verwendung fand. Er war ein wenig angetrunken. Und als Erstes mixte er uns zwei Bitterschnäpse. Anschließend bot er mir eine Prise, und dann kam er endlich zur Sache.

Habt Ihr Euch überlegt, ob Ihr mit den Gefangenen sprechen wollt, Séra Eiúlfur?, fragte er aufgeräumt. Die Nacht ist nützlich. Für vielerlei.

Als ich mich letztes Mal mit Bjarni unterhielt, habe ich ihm erklärt, ich würde ihn nicht mehr aufsuchen, es sei denn, er würde nach mir schicken, bekannte ich freimütig.

Ah, so sieht das aus.

Scheving dachte nach. Dann fragte er:

Was haltet Ihr überhaupt von der ganzen Angelegenheit, werter Pfarrer?

Ich bin doch nicht als Zeuge geladen.

Das kann ja noch kommen.

Im Übrigen weiß ich auch gar nichts.

Nicht? Aber Ihr habt doch Eure Ahnungen.

Jeder hier auf dem Hof hat seine Ahnungen. Nur sind diese Ahnungen alle mehr oder weniger verschieden. Und ob nicht die meisten von ihnen recht weitab von der Wahrheit liegen mögen?

Ich habe Euch nicht in meiner Eigenschaft als Untersuchungsrichter rufen lassen. Das dürft Ihr nicht glauben, lenkte der Sýslumaður ab. Aber bitte, ich verlange nicht, dass Ihr mir glaubt. Denkt, was Ihr wollt! Doch seht, es tut mir leid um die beiden, dass es so übel für sie gelaufen ist. Eigentlich könnte ich Lust haben, sie laufen zu lassen, wenn sie sich nur einigermaßen aus der Affäre ziehen könnten. Ich selbst möchte kein Risiko eingehen. So kostbar sind sie mir nun auch wieder nicht. Und verdient haben sie's nicht; so elend, wie sie ihre Karre in den Dreck gefahren haben. Ich verstehe sie ja, auf gewisse Weise, und das tut Ihr sicher auch, oder? Wer hätte ihnen auch diese beiden lästigen Anhängsel vom Hals schaffen sollen, wenn nicht sie selbst? Es ist dumm gedacht, aber ganz natürlich. Sie haben bloß vergessen, dass Gesetz nun einmal Gesetz ist, weit über die Reichweite seines Arms hinaus. Man glaubt, man könne etwas tun, und tut es. Hinterher stellt man dann fest, dass man es doch nicht konnte. Es ist das Gleiche, wie den Sprung über einen Abgrund zu wagen und zu springen. Auf der anderen Seite klammert man sich an den Fels und hängt da – bis man fällt. Denn man fällt unweigerlich, früher oder später.

Richter Scheving verstummte. Auch ich schwieg.

Ihr sagt nichts, Séra Eiúlfur?, begann er wieder. Na ja, Ihr seid ja auch Geistlicher ... Vielleicht liege auch ich völlig falsch. Oder Ihr seid ebenso naiv vertrauensselig wie Euer Vorgesetzter. Aber schaut, was ich Euch fragen wollte, war Folgendes: Wie weit, glaubt Ihr, könnte es etwas nützen, wenn man, sagen wir, sich dem nicht allzu sehr widersetzte, wenn die beiden Tollpatsche versuchen, hm, ihren Hals aus der Schlinge zu ziehen?

Er ging auf und ab. Dann fuhr er fort:

Ihr schweigt? Seht, die Möglichkeit ist ja nicht auszuschließen, dass wir den beiden Mord nicht nachweisen können. Aber gesetzt den Fall, wir würden es vielleicht überhaupt unterlassen. Oder uns zumindest nicht allzu viel Mühe geben. Was würdet Ihr davon halten?

Er griff nach der Flasche.

Nehmt noch einen Schnaps, Mann, Ihr seid ja wie versteinert! – Da Ihr Geistlicher seid, setze ich es als gegeben voraus, dass Ihr überzeugt seid, jede Schuld werde im Jenseits reguliert. Daraus folgt, dass eine irdische Strafe sowieso bloß nebensächlich ist und bleibt. Irre ich mich, oder haben solche Gedanken Euch schon ... gestreift? – Nun ja, die Sache ist kurz und gut die: Glaubt Ihr, dass Bjarni und Steinunn nach alldem unter Umständen dazu imstande sein könnten, ein Leben zu führen, in dem sie nicht vollends verwahrlosen?

Wie sollte ich das wissen können? Aber ... ich glaube es ... kaum.

Ihr glaubt es kaum? Das freut mich! Einerseits. Von der ersten Begegnung an habe ich zwar kaum glauben mögen, dass Bjarni ein ausgemachter Schurke ist; Steinunn aber, die lässt sich schwerer ausrechnen. Sie ist irgendwie ... durchwachsen. Im Übrigen kenne ich mich mit Frauen auch nicht aus. Die fallen außerhalb meiner Mathematik. Wenn wir uns aber darin einig sind, dass wir für die beiden armen Racker nichts Besseres tun können, als ihnen auf gesetzliche und anständige Weise aus dem Leben zu helfen, dann scheint mir, dass wir allen Beteiligten zuliebe ein Geständnis brauchen. Das könnt Ihr uns beschaffen. Und nur Ihr, mein Herr!

Wollen Sie sagen, dass es meine Pflicht sei?

Was?

Sie dazu zu bringen, die Wahrheit zu sagen.

Keineswegs! Aber erzählt nicht, ich hätte das gesagt. Denn nach Ansicht der Leute und so gesehen ist es selbstverständlich Eure Pflicht. Aber unter uns, lieber Freund, hegt Ihr bloß das geringste Bedenken, Euch in die Sache einzumischen, dann lasst die Finger davon! Ja, ich gehe sogar noch weiter und behaupte, wenn Ihr nicht im Gegenteil vollständig davon überzeugt seid, diesen beiden unglücklichen Menschen damit zu helfen, dann habt Ihr nicht den Funken eines Rechts, Euch in ihre Auseinandersetzungen mit der irdischen Gerichtsbarkeit einzumischen. Dann überlasst es, zum Teufel, mir, mit der Sache fertig zu werden, so gut ich kann!

Hätten Sie etwas dagegen, wenn ich an der morgigen Vernehmung teilnähme?, fragte ich. Auch wenn Ihr Schreiber seine Hand möglicherweise wieder gebrauchen kann?

Nicht das Geringste. Wie die Dinge liegen. Aber seine Hand ist im Lauf des Tages vermutlich kaum besser geworden – so wie er bei der Schneeballschlacht mitgemischt hat. Darüber habe ich noch ein Wörtchen mit ihm zu reden!

Dann sollten Sie eigentlich mit mir sprechen.

Haha, lachte der Bezirksrichter auf, glaubt Ihr im Ernst, das hätte ich mir nicht längst gedacht. Ihr seid vielleicht naiv! Aber ich wünsche Euch eine ruhige Nacht, Séra Eiúlfur. Meine Lage ist ja schon verteufelt genug; aber in Eurer Haut möchte ich noch weniger stecken.

XXI

Über jene schlimme Nacht möchte ich kein Wort verlieren. Als ich für eine kurze Zeit doch einmal in Schlaf fiel, vertieften angsterfüllte Träume noch die Dunkelheit um mich herum. Dunkelheit und Einsamkeit. Dabei träumte ich eigentlich nichts weiter, als dass ich hörte, wie sich schwere Schritte durch dunkle Gänge näherten – Bjarnis Schritte. Sie dröhnten lauter und lauter, bis sie vor meinem Bett anhielten, und ich erwachte, als er sich über mich beugte, ich erwachte und griff ins Dunkel, und er war nicht da.

Natürlich nicht. Er lag ja draußen in der Scheune zwischen seinen vier Wärtern. Was ging er mich überhaupt an? Jung-Ólöf und das Kind, das sie unter dem Herzen trug, das war meine Familie. Ich befahl mich wieder Gott und schlief ein.

Es gab noch einen Traum mit Eis und dunklen Wogen und mit verirrten Kindern in Schneetreiben. Dann dröhnten wieder Bjarnis Schritte – bis er sich über mich beugte.

So ging die Nacht herum.

Weit entfernt hörte ich dann und wann, wenn ich aus meinen Träumen auftauchte, Singen und Grölen und vielstimmiges schallendes Gelächter. Nicht endendes Gelächter. Es war ein Teil der Zeugen, die sich für die Zeit schadlos hielten, die sie hier vergeudeten.

Als die schwarze Finsternis endlich von der beginnenden Dämmerung gemildert wurde und ich mich wie gerädert von meinem Lager erhob, fühlte ich mich, als wären die letzten vierundzwanzig Stunden die längsten meines ganzen Lebens gewesen.

Das Gericht trat früh zusammen, die zwölf Zeugen wurden

zur Vereidigung hereingerufen. Ein ziemlich gemischter Haufen. Einige waren kaum wach, andere schienen überhaupt keine Vorstellung zu haben oder sich klar werden zu können, wo sie sich befanden.

Bezirksrichter Scheving kochte. Mit bebender Stimme las er die Eidesformel vor. Mit Mühe gelang es, die versammelte Zeugenschaft die Worte fehlerlos wiederholen zu lassen.

Warum bist du so böse, Liebchen, lallte Gísli aus Skápadalur und lehnte sich holdselig über den Tisch, um seine Obrigkeit zu umarmen. Lass uns ... Freunde sein!

Nachdem die Vereidigungsprozedur endlich überstanden war, wurden die Zeugen bis auf Jón Bjarnason wieder hinausgeschickt. Gísli und ein paar andere zeigten sich allerdings höchst unwillig, eine so vornehme Gesellschaft sogleich wieder zu verlassen:

Jetzt hab ich doch geschworen, rief Gísli störrisch. Jetzt nehmt doch auch mich dran! Ich werde euch alles erzählen. Jedes Tüpfelchen. Jedes Wort und jedes Ereignis. Amen!

Schafft das volle Schwein fort und bindet es fest, damit es seinen Rausch ausschlafen kann, herrschte Richter Scheving mit hochrotem Gesicht.

Will er mich anbinden, diese Kreatur?, fragte Gísli verblüfft und blickte sich mit trüben Augen um. Mich? Binden? Gísli von Skápadalur fesseln? Dass ich das einmal zu hören bekomme!

Sobald der Saal endlich geräumt war, nahm die Anklage das Verhör von Bjarnis Bruder auf. Die Brille weit vorn auf der Nase balancierend, las der Ankläger seine Hauptfragen umständlich von einem Blatt Papier ab. Die erste lautete:

Was wusstest du, Jón Bjarnason, von der Zwietracht auf Sjöundá im letzten Winter, zwischen den Eheleuten Jón Þorgrímsson und Steinunn Sveinsdóttir, zwischen deinem Bruder Jón und der seligen Guðrún sowie zwischen den beiden Männern im Haus, Jón selig und Bjarni?

Jón Bjarnason stand mit todblassem Gesicht da, die blauen Augen gänzlich von langen Wimpern verdeckt, und fand keine Antwort auf eine so lange und komplizierte Frage.

Haben sie sich oft gestritten auf Sjöundá?, half ihm Richter Scheving auf die Sprünge.

O ja, das ist vorgekommen. Vor allem die Männer ... aber auch Jón und Steinunn.

Auf welche Weise?

Die zankten sich immer und ewig, murmelte Jón und wurde auf einmal über und über rot. Oder sie gingen stumm und beleidigt aneinander vorbei.

Worüber haben sie sich gezankt?

Jón selig hat Steinunn fast täglich vorgeworfen, dass sie Bjarni überall nachlaufe, wie eine Hündin, hat er gesagt. Und dass sie ihn dagegen kaum beachten würde, obwohl er doch ihr Mann war. Er steckte so voller Vorwürfe, dass er damit bei jeder Gelegenheit um sich warf.

Wie hat Steinunn das aufgenommen?

Sie hat ihm in gleicher Münze zurückgezahlt oder vielleicht noch wütender.

Und Bjarni?

Der mischte sich andauernd in ihr Gekeife ein. Sobald er sie streiten hörte, ergriff er Steinunns Partei. Das machte es auch nicht gerade besser. Dadurch kam es dann dazu, dass er sich mit Jón anlegte. Das letzte Jahr war es auf Sjöundá nicht mehr zum Aushalten.

Hast du gehört, ob sich Jón und Bjarni gegenseitig bedroht haben?

Nein, das habe ich nicht gehört.

Haben sie sich einmal geprügelt?

Nicht soweit ich weiß.

Du hast also nie Drohungen gehört?

Nein, keine Drohungen, aber so manches böse Wort.

Und du hast auch nicht gesehen, dass sie sich schlugen.

Jón verzog einen Mundwinkel zu einem leisen Hohnlächeln: Ts ...

Wie hat sich Bjarni gegenüber seiner Frau verhalten?

Er war immer gut zur seligen Guðrún – bis gegen Ende. Im letzten Winter wurde es schlimmer und schlimmer, und es endete damit, dass beide Ehepaare getrennt schliefen.

Weißt du das genau?

Ja.

Und Guðrún, wie hat sie reagiert?

Die arme Guðrún hat sich nur selten in die Streitereien der anderen eingemischt. Sie hielt sich so weit wie möglich aus allem heraus. Aber ich glaube schon, dass sie Bjarni manchmal sein Verhältnis zu Steinunn vorgeworfen hat. Zumindest hat sie mir oft gesagt, Steinunn sei schuld, dass Bjarni nicht mehr so gut zu ihr sei wie früher. Steinunn habe ihre Ehe kaputtgemacht, sagte sie.

Was wolltet Ihr sonst noch fragen, Monsieur Einar?, erkundigte sich der Richter.

Gab es Streit zwischen den Bauern oder zwischen den Eheleuten Jón und Steinunn an dem Tag, an dem Jón Þorgrímsson starb?, las der Ankläger von seinem Blatt ab.

Jón Bjarnason schwieg. Richter Scheving musste wieder helfend eingreifen:

Erzähl uns ein bisschen was über diesen Morgen, Jón!

Jón zögerte, dann begann er:

Als ich an dem Morgen im Kuhstall fertig war, sah ich zu, dass ich in die Stube kam. Ich hatte meine Grütze noch nicht gegessen ...

Wer hielt sich in der Stube auf?

Málfríður und die Kinder; sonst keiner.

Mach nur weiter, murmelte Richter Scheving scheinbar unaufmerksam.

Ich habe mich hingesetzt, um zu essen, fuhr Jón fort, die Augen noch immer unter den Wimpern versteckt. Kurz danach hörte ich, wie sich der selige Jón und Steinunn irgendwo in die Haare gerieten. Wahrscheinlich standen sie an der Haustür. Worüber sie sich stritten, weiß ich nicht. Ich hörte nur, wie Jón rief: Du hast mich gestoßen, oder auch: Warum stößt du mich? Worauf Steinunn zurückgab: Was lügst du denn da, Kerl?! Wie soll ich dich denn gestoßen haben? Mehr habe ich nicht gehört.

Gesehen hast du sie nicht?

Wie hätte ich sie sehen sollen? Ich saß oben in der Stube, und sie waren unten. Ich guckte nicht einmal zur Luke. So was waren wir doch gewohnt.

Bezirksrichter Scheving aktivierte wieder Monsieur Einar, und der fragte, nachdem er auf seinem Blatt nachgesehen hatte:

Ist es zu ärgerniserregenden Annäherungen zwischen Bjarni und Steinunn gekommen?

Wie sie sich aufführten, hat mich schon geärgert, antwortete Jón Bjarnason langsam. Man konnte ja gar nicht vermeiden, Augenzeuge zu werden, wie sie beieinanderstanden, überall, in Ecken und Ställen oder irgendwo draußen im Freien ...

Zu welchen Tageszeiten haben sie einander besonders gesucht?

Vor allem abends. Wenn wir anderen in der Stube saßen oder im Dunkelwerden ein Nickerchen hielten.

Wozu sind sie so oft zusammengekommen?

Was weiß denn ich?

Doch wohl nicht, um miteinander zu streiten?

Wenn jemand auf dem Hof nicht miteinander stritt, dann waren es die beiden. Die sind immer nur fröhlich miteinander umgegangen.

Nur miteinander?

O ja, fröhlicher jedenfalls, als sie jemals mit einem von uns sprachen.

Sýslumaður Scheving räusperte sich und fragte vorsichtig:

Hatten sie körperlichen Umgang miteinander?

Jón Bjarnason wurde rot bis zu seinen hellen Haarwurzeln, antwortete aber bestimmt:

Nicht soweit ich weiß.

Schliefen sie zusammen?

Ich habe nicht gesehen, dass sie es taten.

Der Ankläger:

Wann hast du den seligen Jón zum letzten Mal gesehen?

An dem Morgen, an dem er verschwand. Ich traf ihn im Kuhstall. Er war beim Füttern.

Worüber habt ihr euch unterhalten?, fragte Richter Scheving.

Über nichts Besonderes, glaube ich, oder ich habe es vergessen. Er jammerte lediglich darüber, dass er das Wasser für die Kühe jetzt vom Strand heraufschleppen musste, von der Bachmündung. Oben beim Hof war kein Wasser mehr im Bach. Ich sagte ihm, das würde er schon überstehen. Wir anderen waren das gewohnt und machten uns nichts daraus. Das Wasser blieb so oft aus, wenn es lange geschneit und gefroren hatte. Ich bot ihm auch nicht an, die Arbeit für ihn zu übernehmen. Er nörgelte immer an allem herum.

Du erinnerst dich nicht mehr, was er darauf sagte?

Doch, er meinte noch, hier auf Sjöundá ist doch eins wie das andere. Dann war ich fertig und bin gegangen.

Und danach hast du ihn nicht mehr gesehen?

Jón schüttelte den Kopf.

Hast du ihn davon reden hören, dass er nach Skor hinüberwollte?

Nein, und das wäre auch gar nicht möglich gewesen, bei den Wegverhältnissen. Man hätte es probieren können, wenn man dumm genug dazu gewesen wäre. Aber die Hänge waren glatt, alles war vereist, jeder Stein und jeder Steig. Da durchzuwollen, wäre der sichere Tod gewesen.

Hast du auch andere nicht davon reden hören, dass Jón nach Skor wollte?

Keinen außer Bjarni.

Wann hörtest du ihn das äußern?

Am gleichen Tag, nachdem Jón gegangen war.

Wie lange danach?

Oh, eine ganze Weile ... Wir trafen uns an der Haustür. Er kam von draußen. Ich erinnere mich daran, weil er freundlicher aufgelegt war als sonst und noch einmal mit mir auf den Hofplatz hinaustrat. Ich glaube, er sagte: Der Sturkopf will unbedingt nach Skor rüber. Dann meinte er auch noch, Jón hätte die Steilklippen noch nicht richtig kennengelernt und er würde da nie durchkommen. Er kann von Glück sagen, wenn er mit heiler Haut davonkommt, sagte er und hielt die Hand über die Augen. Sieh mal an, er ist schon bei der Schneeverwehung angekommen und geht noch weiter, sagte er, aber ich konnte nichts sehen.

Du konntest nichts sehen? Wie war denn das Wetter?

Das Wetter war ganz gut. Aber die Sonne stand direkt darüber.

War der selige Jón ein waghalsiger Mensch? Ich meine, setzte er sich gern irgendwelchen Gefahren aus?

Wieder zuckte es in Jón Bjarnasons Mundwinkel.

Jón Þorgrímsson war ein Jammerlappen, in jeder Hinsicht.

Richter Scheving ließ Monsieur Einar wieder übernehmen.

Hat Jón niemals mit dir darüber gesprochen, dass er beunruhigt war oder befürchtete, Bjarni könne ihm etwas antun?

Nein, nie. Ich glaube nicht, dass er in dieser Hinsicht Angst vor Bjarni hatte. Es fuchste ihn gewaltig, wie Bjarni und Steinunn sich aufführten, und daraus machte er kein Hehl. Auch mir gegenüber nicht. Obwohl ich davon am liebsten gar nichts wissen wollte und ihm nie eine Antwort darauf gab ... Er war eben ein Jammerlappen.

Anschließend fragte die Anklage den Zeugen Jón Bjarnason, ob er nicht gewusst oder zumindest den Verdacht gehabt hätte, dass Bjarni den seligen Jón Þorgrímsson umgebracht habe, was der junge Mann entschieden zurückwies. Ebenso verneinte er, den seligen Jón seit dem Tag, an dem er verschwunden war, noch einmal tot oder lebendig gesehen zu haben. Auf die Frage, inwieweit Bjarni am Tag von Jóns Ausbleiben nach diesem gesucht habe, gab er zur Antwort:

Ich habe von anderen gehört, dass Bjarni losgegangen sei, um nach Jón zu sehen. Genaueres wusste ich darüber nicht, bis Bjarni zurückkam und mir und den anderen erzählte, Jón sei am Morgen nach Skor aufgebrochen und er selbst sei jetzt draußen unterwegs gewesen, um zu sehen, wo Jón denn bleibe, aber er habe ihn nicht finden können. Aber er habe Anzeichen dafür gefunden, dass Jón bei den Rauðuskriður abgestürzt sei. Und das war ja auch ziemlich gut möglich.

Ist im Anschluss auf Sjöundá viel über Jóns Verschwinden geredet worden?, fragte der Ankläger weiter.

Soweit ich es mitbekommen habe, haben weder Bjarni noch Steinunn seinen Namen seit jenem Tag jemals wieder in den Mund genommen. Guðrún selig dagegen und Málfríður haben nicht selten über seinen Tod geredet.

An dieser Stelle unterbrach Richter Scheving den Ankläger:

Diese Schuhe aus Fischhaut, die Steinunn für Jón nähte – hast du gesehen, wie sie sie gemacht hat? Oder hast du gehört, dass Jón sie um Schuhe bat?

Ich habe sie an dem Tag keine Schuhe nähen sehen, und ich habe auch nicht gehört, dass Jón sie um Schuhe gebeten hätte.

Sag mal, konntest du es wirklich vermeiden, auch nur den Funken eines Verdachts zu fassen, dass Bjarni den Jón umgebracht hatte?, forschte der Sýslumaður freundlich.

Es ist mir überhaupt nicht in den Sinn gekommen, gab Jón Bjarnason gedämpft zurück und wurde eine Spur blasser.

Darauf bist du tatsächlich nicht gekommen?

Ich habe nicht einen Gedanken daran gehabt, bis ich im Sommer irgendwann davon munkeln hörte.

Was glaubst du, wer das Gerede in Umlauf gesetzt hat?

Das ist mir nicht bekannt.

Als du von dem Gerücht hörtest, hast du da geglaubt, es sei wahr?

Das habe ich nicht, nein. Aber es war schon schlimm genug, dass es überhaupt aufkam.

Richter Scheving lehnte sich enttäuscht auf seinem Stuhl zurück und bat den Ankläger fortzufahren. Monsieur Einar las von seinem Papier eine Frage nach der verstorbenen Guðrún ab, ob sie Tag für Tag krank gewesen sei und wie das mit ihren Brechanfällen zusammenhing, die sie kurz vor ihrem Tod hatte.

Jón Bjarnason antwortete erschöpft:

Sonderlich krank war sie nicht, abgesehen von ihrem Husten. Obwohl sie ja gern über Schmerzen in der Brust klagte; aber ich glaubte fast, das sei bloß Anstellerei. Doch eines Abends zu Beginn des Sommers fing sie plötzlich an zu brechen und hielt sich dran und hielt sich dran. Es wollte überhaupt nicht mehr aufhören.

Woher kam das?

Darüber weiß ich nichts. Nicht mehr jedenfalls als das, was sie mir am nächsten Morgen selbst sagte, nachdem ich ihr auf ihre Bitte hin etwas Wasser zu trinken geholt hatte. Da meinte sie: Jetzt bin ich mir sicher, dass sie mir gestern Abend mit Steinunns Grütze den Garaus machen wollten. Irgendetwas war da drin. Es fühlte sich an wie Sand am Boden der Kelle. – Mehr oder anderes hat sie nicht gesagt. Und auch ich bin später nicht mehr darauf zurückgekommen.

Hat sie es überstanden?, fragte der Ankläger weiter.

Ja, das hat sie. Denn als ich am Abend ins Haus kam, war sie auf den Beinen, und es schien ihr wieder ganz gut zu gehen.

Sowohl der Ankläger wie auch der Richter versuchten Jón anschließend in Widersprüche zu verwickeln, was sein Wissen über die besagte Graupengrütze anbetraf, von der Guðrún angenommen hatte, sie sei vergiftet gewesen. Aber es gelang ihnen nicht. Der junge Mann war von einer derartigen Offenherzigkeit und Arglosigkeit, dass er die Fallen, die man ihm stellte, nicht einmal bemerkte, und über sie hinwegging, ohne im Mindesten beunruhigt zu werden. Als sie ihn schließlich direkt angingen und ihn auf den Kopf zu fragten, ob ihm nicht bekannt sei, dass Bjarni und Steinunn Guðrún ermordet hätten, da hob er zum ersten Mal während des langen Verhörs seine schweren Wimpern, blickte mit traurigen, blauen Jünglingsaugen von einem zum anderen und gab mit Erleichterung zur Antwort:

Davon weiß ich nichts, überhaupt nichts, denn zu der Zeit, als die selige Guðrún starb, war ich längst beim Fischen. Und seitdem habe ich keinen Fuß mehr auf Sjöundá gesetzt.

Richter Scheving rümpfte die Nase:

Sag mir, wo hielt sich Steinunn auf, nachdem Jón an jenem Tag gegangen war?

Jón Bjarnason runzelte nachdenklich die Brauen.

Gleich nachdem ich sie unten an der Tür gehört hatte, kam Steinunn in die Stube und setzte sich hin, um Wolle zu kämmen und zu spinnen. Da saß sie noch immer, als ich ging.

Ist sie in der Zwischenzeit nicht nach unten gegangen?

Nein, sie saß die ganze Zeit da und arbeitete mit ihrer Wolle.

Was tatest du?

Ich hatte mich um meine Arbeit in Stall und Scheune zu kümmern.

Bist du ganz sicher, dass das alles ist, was du weißt? – Denk an deinen Eid!

An den denke ich.

Das war nicht viel, seufzte Scheving, nachdem sich die Tür hinter Jón Bjarnason geschlossen hatte. Sollte das denn wirklich alles sein?

Monsieur Einar schob ungläubig die Unterlippe vor. Als die anderen schwiegen, erklärte Árni Þórðarsson mit viel Nachdruck:

Jón Bjarnason arbeitet seit dem Frühjahrsfischen als Knecht bei mir. Außerdem kenne ich ihn von früher. Ein durch und durch verlässlicher junger Mann. Dafür, dass seine Aussage bis aufs i-Tüpfelchen der Wahrheit entspricht, dafür verpfände ich freiwillig *meinen* Kopf.

Nicht so hitzig, bester Árni, beschwichtigte der Bezirksrichter lächelnd. Selbstverständlich hat der junge Mann die Wahrheit gesagt. Trotzdem ist es bedauerlich, insoweit er die Wahrheit gesagt hat. Andererseits hat er ein starkes und entschuldbares Motiv, besser nicht zu viel wissen zu wollen, da immerhin der Kopf seines Bruders auf dem Spiel steht.

Die nächste Zeugin war Málfríður, die früher als Magd bei Bjarni und Guðrún auf Sjöundá in Stellung gewesen war.

Málfríður kam, rot im Gesicht und schnelle Blicke hier- und dorthin um sich werfend, hereingescharwenzelt, ein wenig befangen vielleicht noch, aber ansonsten ganz in ihrem Element und obenauf. Vielleicht zum ersten Mal in ihrem Leben. Der Ankläger stellte ihr ungefähr die gleichen Fragen wie Jón Bjarnason – soweit er dazu kam; denn ihr Redefluss war nicht leicht einzudämmen.

Ach ja, das war ein seltsames Leben und Treiben auf Sjöundá, das kann man wohl sagen, begann sie. Und für diese Worte will ich gern vor meinem Gott die Verantwortung übernehmen, jederzeit. Und vor Euch, Scheving. Alle haben sie sich gestritten, und das war noch das Wenigste. Aber gestritten haben sie, alle! Abgesehen von mir und diesem netten Jón Bjarnason. Wir zwei haben nie ein Wort gesagt. Nie ein Wort! Außer im Guten. Es gab ja auch genügend andere, die das Maul aufgerissen haben, will ich meinen. Und immer kam etwas Neues. Andauernd. Bjarni suchte sich ein anderes Bett zum Schlafen als das seiner Frau. Und auch Steinunn wollte mit ihrem Mann nicht mehr das Bett teilen. Es wäre zu eng in den Betten, hieß es. So schieden sie leichtsinnig, was Gott zusammengefügt hatte. Aber die Zänkereien hörten deswegen nicht auf. Und die Sticheleien auch nicht. Der Grund, fragt Ihr, Sýslumaður? Nun ja, Ihr fragt, so gut es Euer Verstand erlaubt, hätte ich beinah gesagt. Welchen anderen Grund sollte es wohl geben als den, dass Bjarni und Steinunn nicht die Finger voneinander lassen konnten? Dazu kam noch, dass Bjarni in den Streitereien mit ihrem Mann ewig Steinunns Partei ergriff, jedes Mal. Das war ja nicht mehr zum Aushalten, weder für Jón noch für Guðrún, wenn ich meine Meinung dazu sagen soll. Versetzt Euch doch mal an ihre Stelle! Nein, Sýslumaður, dass Jón und Guðrún unzufrieden waren, das ging in Ordnung. Hat man denn nicht gefälligst in seinem gesetzlichen Ehebett zu bleiben, möchte ich fragen, Scheving. – Na also, da seht Ihr es selbst … Also, Einar Jónsson, du bist mir vielleicht einer! Nach Schlägereien fragt er. Zwischen Jón Þorgrímsson und

Bjarni?! Hört euch das an! Wenn er gewollt hätte, hätte Bjarni ihn an den Hammelbeinen nehmen können, wie man einen Fisch beim Schwanz packt, und seinen Kopf gegen einen Stein geklatscht. Ich sage ja nicht, dass er's getan hat. – Drohungen, sagst du? Wie man das nennen soll, weiß ich nicht, aber einmal habe ich gehört, wie Bjarni zu Jón sagte: Lange sollte sich Steinunn deine Beschimpfungen nicht mehr gefallen lassen. Wort für Wort hab ich's gehört, mit diesen meinen Ohren. – Was Jón geantwortet hat? Der hat tatsächlich zurückgegeben, er hätte nicht vor, noch einen solchen Winter mitzumachen. Das hat die Kreatur wirklich geantwortet. Und nun muss man anerkennen, er hat nicht zu viel versprochen!

In ihrem Eifer vergaß Málfríður ihren Schal. Langsam rutschte er von ihren Schultern, und sie brauchte eine Weile, ihn vom Boden aufzuheben und wieder ordentlich zu drapieren. Die Anklage nutzte die sich bietende Gelegenheit, um die Frage einzuschieben, ob es nicht just an dem Tag, an dem Jón verschwunden war, Streit zwischen den Männern oder den Eheleuten gegeben habe.

Streit oder nicht Streit, erwiderte Málfríður und lief wieder zu ihrer vorigen Form auf: Jón und Steinunn hatten sich jedenfalls an der Haustür wieder einmal in der Wolle. Mehr weiß ich nicht. Man konnte ihr ewiges Maulfechten ja kaum mehr mitanhören! Ich saß zusammen mit den Kindern und Guðrún selig in der Stube und versah meine Arbeit ... Ein anstößiges Verhältnis? Pf! Dass die zwei ineinander verliebt waren, konnte man gar nicht übersehen. Das sah ein Blinder mit dem Krückstock. Jedes Mal, wenn Bjarni am Abend nach unten ging, was meint Ihr, wie schnell Steinunn ihm nachrannte? Und er genauso ihr. Oder glaubt Ihr, dass sie brav sitzen blieben? Von wegen! Nicht auf Sjöundá. Und dann konnte es auch ein gehöriges Weilchen dauern, bis sie wieder zum Vorschein kamen. Und so was war tägliches Brot auf Sjöundá! Ja, ja, das will ich wohl meinen. Kam man an einem dunklen Winkel vorbei, hörte man es darin tuscheln und mauscheln, um nur das Geringste zu nennen. Der Herr hüte meine Zunge! Aber man brauchte sich ja bloß den armen Jón anzusehen oder Guðrún – es war zum Herzerweichen! ... Wann ich den seligen Jón zum letzten Mal gesehen habe? An dem Tag, an dem er verschwand, natürlich. Ich habe schließlich Augen im Kopf. Er war an dem Morgen ungewöhnlich früh aufgestanden. Und nachdem er eine Weile draußen gewesen war, kam er wieder herein und wünschte einen guten Morgen ...

Scheving, der sich bislang still amüsiert hatte, unterbrach auf einmal ungeduldig:

Nein, pass auf, jetzt hältst einmal für einen Moment die Luft an.

Ach, bin ich etwa hier, um meinen Mund zu halten?, erwiderte Málfríður spitz.

Du bist hier, um Antwort auf das zu geben, was du gefragt wirst.

Aha, so ist das. Antwort geben, na bitte.

Von da an gab sie wirklich nur noch einsilbige Antworten. Der Ankläger forderte sie auf, zu berichten, sie hielt dagegen, er solle sie doch fragen. Worauf sie auf jede Frage nur mit Ja oder Nein antwortete. Bis Monsieur Einar sie fragte, ob sie den seligen Jón nach seinem Tod nie wiedergesehen hätte.

Doch, als Gespenst.

Da schaltete sich Richter Scheving wieder in die Vernehmung ein, redete ihr freundlich zu und lockerte ihr vorübergehend auch wieder ein wenig die Zunge, bis sie erneut innehielt und kurz angebunden erklärte, im Grunde wisse sie gar nichts. Und danach sah es auch aus. Sie hatte nicht gesehen, ob Steinunn für Jón Schuhe genäht hatte; sie hatte auch nicht gehört, ob Jón von seinem Vorhaben, nach Skor zu gehen, gesprochen hatte; jedenfalls nicht an jenem Tag. Ansonsten wäre ja häufig von diesem Heu dort die Rede gewesen, das sie nicht herbeischaffen konnten. Als Richter Scheving fragte, ob Jóns Verschwinden auf Sjöundá Trauer ausgelöst hätte, sagte sie aus:

Trauer, wie man's nimmt. Die arme Guðrún kam jedenfalls in der Dämmerstunde weinend zu mir in die Stube. Ich fragte: Was ist los? Und sie antwortete: Wir sind jetzt einer weniger.

Und Bjarni und Steinunn? Zeigten die keine Trauer?

Steinunn war sehr still …

Wurde denn an dem Abend nicht über den Vorfall geredet?

Sehr wenig.

Über Guðrúns Erkrankung wusste sie nichts mitzuteilen, denn als Guðrún krank geworden war, hatte sie sich nicht mehr auf Sjöundá aufgehalten.

Bezirksrichter Scheving erkundigte sich bei den Bauern, ob es zuträfe, dass die Zeugin um die fragliche Zeit die Stellung gewechselt hätte. Sie bestätigten es. Doch das war für Málfríður zu viel:

Wenn man mir hier nicht glaubt, dann sage ich gar nichts mehr, säuselte sie gekränkt.

Der Ankläger stellte ihr noch einige weitere Fragen, auf die sie allerdings nur mit Kopfschütteln reagierte.

Der Sýslumaður beugte sich über den Tisch und sagte mit freundlichem Nachdruck:

Jetzt nimm mal wieder Vernunft an, Málfríður, und beantworte meine einfache Frage: Hast du keinerlei Verdacht gefasst, dass Bjarni den seligen Jón umgebracht haben könnte?

Málfríður schüttelte den Kopf und antwortete ohne Zögern:

Nein. Ich war fest davon überzeugt, dass er bei den Rauðuskriður abgestürzt war.

Als sie den Raum verlassen hatte, stöhnte Richter Scheving verzweifelt:

Das waren unsere Hauptzeugen! Was meint ihr, meine Herrn?

Faktor Thorberg ließ die Flasche kreisen. Er war ein gemütlicher Mensch und wusste aus Erfahrung, dass der billiger davonkommt, der mit Schnaps bezahlt. Monsieur Einar schob die Unterlippe vor, die anderen übten sich in Schweigen.

Gísli aus Skápadalur wurde hereingeholt. Er hatte offensichtlich ein Nickerchen gehalten und weigerte sich, richtig aufzuwachen. Er war auch bei weitem nicht mehr so leutselig wie vorher. Auf die Frage der Anklage nach den Zwistigkeiten auf Sjöundá knurrte er verschlafen und mürrisch:

Fragt mich etwas, was ich weiß, oder lasst mich in Frieden!

Was weißt du über den Tod des Jón Þorgrímsson?

Nichts. Außer dass mir Bjarni erzählt hat, er wäre beim Versuch, Heu aus Skor zu holen, von den Rauðuskriður gefallen.

Welche Tatsachen oder wahrscheinlichen Umstände kannst du für die Annahme anführen, dass Jón von Bjarni ermordet wurde?

Keine. Ich weiß bloß ...

Früher bist du in der Angelegenheit schon mitteilsamer gewesen.

Ich habe bloß gesagt, was alle gesagt haben, nämlich dass Jón stabile Knochen gehabt haben muss, um von diesen Klippen zu fallen, ohne sich etwas zu brechen. Und dabei bleibe ich. Ich kenne das Ufer unterhalb davon.

Und wenn es bei Flut passiert ist?

Die Flutlinie bei den Rauðuskriður kann sich jeder, der will, mit eigenen Augen ansehen.

Was weißt du über den Tod der seligen Guðrún?

Nichts.

Hast du nicht gehört, dass Bjarni und Steinunn sie ermordet haben sollen?

Man hört so vieles.

Schon. Aber du hast es wohl auch geglaubt?

Das tue ich noch immer.

Du hast den verstorbenen Jón im letzten Winter getroffen, nicht wahr?

Ja, eine gute Woche vor seinem Tod.

Wo war das?, warf Richter Scheving beiläufig ein.

Auf Sjöundá. Ich war in der Nähe und habe ihn kurz besucht. Wir waren schließlich alte Nachbarn, wie der Bezirksrichter vielleicht weiß.

Kannst du dich erinnern, was er zu dir gesagt hat?

Er hat nicht viel gesagt.

War er in guter Stimmung?

Er war mürrisch, wie üblich. Im Übrigen sagte er etwas in der Art, er würde sich wünschen, nie aus Skápadalur weggezogen zu sein. Es schien ihm auf Sjöundá nicht zu gefallen. Da sagte ich zu ihm, er wäre doch so erpicht darauf gewesen, meine Nachbarschaft gegen die Bjarnis einzutauschen. Und er erwiderte, Bjarni sei kaum schlimmer als Steinunn. Ich konnte einfach nicht glauben, dass es Schwierigkeiten mit Steinunn geben konnte. In Skápadalur war sie immer ein ganz ruhiger Mensch gewesen. Aber dann wollte er plötzlich nicht weiter darüber reden.

Wie kam man denn mit Jón als Nachbar aus?

Oh, er war ein alter Miesepeter. Bei dem hat man nicht ein einziges Mal einen Tropfen angeboten bekommen.

Hast du auch mit der seligen Guðrún gesprochen?

An dem Tag nicht. Aber ich bin ihr im Winter einmal auf dem Eis vor Máberg begegnet. Es war am ersten Sommersonntag nach unserem alten Kalender, Mitte April. Sie kam von der Kirche, und ich wollte zum Fischen ausrudern. Ich sagte: Was für ein Winter, Guðrún! Unsere Schafe krepieren vor Hunger wie die Fliegen. Es endet noch damit, dass wir alle sterben. Sie antwortete, so etwas dürfe ich nicht sagen, und außerdem wäre es Sünde, sich am Feiertag zu betrinken. Wir standen ein Weilchen zusammen und tratschten, bis sie auf einmal meinte: Es ist besser, ich halte mich hier nicht so lange auf, sonst läuft mir der Tag davon, und außerdem hat man mir befohlen, bis zum Abend wieder zu Hause zu sein. – Nimmst du jetzt von deinem Mann Befehle entgegen?, fragte ich. Ach, nicht nur von ihm, gab sie mir zur Antwort. Auf Sjöundá habe ich gleich zwei Herren, und von denen ist Steinunn der schlimmere. Da fragte ich, ob sie denn jetzt auf einmal zum Gesinde gehöre, und sie antwortete: Ja, das könnte man glauben. Aber darüber würde ich mich nicht einmal beklagen, wenn ich nicht noch schlechter behandelt würde als eine Magd. Darauf ging sie, und ich habe sie seitdem nicht wiedergesehen, jedenfalls nicht lebend.

Und auf Sjöundá hast du nie mit ihr geredet?

Nein, die wenigen Male, die ich dort war, habe ich bloß mit Jón gesprochen. Aber ich habe schon mitbekommen, dass sie nicht gerade fröhlich war, und ich habe auch gesehen, wie sie weinte.

Ist das alles, was du über die Angelegenheit weißt?

Was ich sonst noch weiß, habe ich bloß gehört. Aber es wird schon stimmen.

Ja, ja, unterbrach Richter Scheving, ihn abfertigend. Dazu kommen wir ein andermal.

Als vierte Zeugin trat Gíslis Frau Jartrúður auf, eine hochgewachsene, etwas schüchterne Frau mit finster verschlossenem Blick, aber auch einer gewissen Ausdauer, wenn sie erst einmal in Schwung gekommen war. Nach dem inzwischen bekannten Zank und Streit auf Sjöundá befragt, erklärte sie knapp, davon habe sie nichts bemerkt.

Was weißt du über den Tod von Jón Þorgrímsson?, fragte der Ankläger weiter.

Nichts anderes, als dass er bei den Steilklippen von Skor abgestürzt sein soll.

Ist dir bekannt, dass Guðrún vergiftet wurde?

Bloß das, was sie mir selbst dazu erzählt hat.

Lass hören!, schnarrte Scheving unmutig dazwischen.

Jartrúður warf ihm einen verschreckten Blick zu, trippelte ein paar Schritte zur Seite und begann:

Ich hatte Guðrún einen von mir gestrickten Pullover versprochen und brachte ihn ihr selbst vorbei; das war am zweiten Sommersonntag, Ende April. Sie war mit den Kindern allein zu Haus, denn Jón Bjarnason und Málfríður waren fort, und Bjarni und Steinunn besuchten an dem Tag den Gottesdienst in der Kirche von Bær. Ich gab ihr meine Arbeit, und sie betrachtete sie ausgiebig und sagte: Du kannst Gott für deine Hände danken, Jartrúður! Man kann an jeder Masche sehen, wer sie gestrickt hat. Das hat sie gesagt. Und sie gab mir auch noch etwas mehr Wolle, seufzte aber dazu und sagte: Bald kann es mir ja egal sein, wie Bjarni angezogen ist. – Darauf schwieg sie lange. Dann meinte sie noch: Donnerstagabend wäre es mit mir beinah aus gewesen, liebe Jartrúður. Wie das denn?, fragte ich erschrocken. Sie antwortete: Oh, ich musste dermaßen brechen, dass ich dachte, meine Eingeweide würden gleich mitkommen. Was hast du denn gegessen?, fragte ich ganz ohne Hintergedanken. Das traue ich mich nicht, dir zu sagen, antwortete sie. Bjarni und Steinunn können jeden Moment zurück sein und uns hören. Dann stellen wir uns an die Hoftür, schlug ich vor, so können wir sehen, wenn sie kommen. Das taten wir auch, und da erzählte mir Guðrún, flüsternd, damit die Kinder sie nicht hörten, Steinunn hätte ihr an dem Abend eine Kelle voll Graupensuppe gegeben, die sie auch gegessen hätte. Ich sah, dass sich am Boden der Kelle etwas abgesetzt hatte, sagte sie. Es fühlte sich an wie Sand und war deutlich zu sehen. Als ich es schluckte, schmeckte es bitter, und es kratzte im Hals. Als ich Steinunn darauf aufmerksam machte, meinte sie, das müsse vom Topf sein, in dem sie die Grütze gekocht hätte. Sie hätte ihn wohl nicht richtig ausgescheuert, seit sie den Butt gekocht hatte, der kurz davor angetrieben worden war. Darum habe ich mir nicht mehr dabei gedacht, berichtete Guðrún, und ich fragte sie: Sag, Guðrún, willst du wirklich behaupten, dass die Grütze vergiftet war? Darauf antwortete sie, in der Nacht, in der sie sich plötzlich so elend gefühlt hätte, sei ihr der Verdacht gekommen. Und weiter: Kaum hätte sie die Grütze aus der Kelle

176

gegessen, wäre es mit ihren Schmerzen in der Brust wieder losgegangen. Jawohl, genau das hat sie gesagt. Es ist die reine Wahrheit.

Sprich weiter, forderte der Richter sie leise auf.

Mehr war nicht, sagte Jartrúður und ließ ihre ansonsten vorwitzigen Augen eingeschüchtert durch den Raum wandern. Mehr konnten wir nicht miteinander reden, weil wir in dem Moment Bjarni und Steinunn über das Eis kommen sahen. Da wollte ich lieber gehen, und ich merkte, dass auch Guðrún mich loswerden wollte.

Auf die Frage des Anklägers, ob sie nicht auch mit Jón Þorgrímsson gesprochen habe, erwiderte sie, das habe sie nicht, denn sie habe ihn gar nicht gekannt.

Du hast ihn nicht gekannt?, wunderte sich Bezirksrichter Scheving ungläubig. Er war doch euer Nachbar in Skápadalur.

Das war vor meiner Zeit, schluckte Jartrúður, und das Weiße in ihren Augäpfeln rötete sich; mehr nicht.

Vor deiner Zeit? Was soll das heißen?

Ich wohne erst seit anderthalb Jahren in Skápadalur.

Ach, du bist noch *so* frisch verheiratet, lachte Scheving.

Wir haben im Sommer geheiratet, bestätigte Jartrúður und schlug die Augen nieder.

Lasst die Braut gehen!, ordnete der Richter belustigt an. Hinaus mit ihr zu ihrem Bräutigam!

Nächster Zeuge war Björg auf Skógur, eine ehrwürdige und leutselige Matrone, doch schon allein durch ihr Dasein leicht außer Atem. Auf die Fragen, was sie über die Zwietracht auf Sjöundá, über Jóns Tod, über Bjarnis mögliche Ermordung Jóns, über den

Tod der seligen Guðrún und deren vorausgehende Erkrankung wisse, antwortete sie jedes Mal:

Rein gar nichts. Und schnaufte vernehmlich.

Weißt du denn überhaupt nichts in der Sache?, fragte Richter Scheving müde und verdrossen nach.

Rein gar nichts, antwortete sie so gelassen wie zuvor. Abgesehen von ein paar unappetitlichen Gerüchten, die durch die Gemeinde schwirrten.

Ich weiß allerdings, dass du letzten Winter einmal auf Sjöundá gewesen bist, knurrte der Ankläger.

Das ist richtig, sagte Björg würdevoll. Völlig richtig. Das war gegen Ende des Winters, ja, das war's. Ich traf Guðrún oben in der Stube, und wir unterhielten uns. Sie klagte sehr. Bjarni sei nicht mehr gut zu ihr, sagte sie. Von Steinunn ganz zu schweigen. Mit welchen Worten sie sich genau ausdrückte, weiß ich nicht mehr. Ich mochte dieses Gerede nicht. Wir wohnten damals noch auf Melanes, und Nachbarn sollen einander in Frieden lassen; auch mit ihren Problemen. Warum wendest du dich nicht an die Behörden?, habe ich sie gefragt. Das traue sie sich nicht, gab sie zur Antwort, weil man ihr gedroht habe, wenn sie etwas melde, würde sie dafür mit dem Leben büßen. Sie bat mich auch, leise zu sprechen, denn unten könne jemand lauschen, meinte sie, das wäre schon vorgekommen. Eine Weile später kam sie einmal kurz auf Melanes vorbei, auf dem Heimweg von der Kirche. Aber da wagte sie es nicht, sich aufzuhalten, behauptete sie, denn man habe ihr gesagt, wenn sie bis zum gleichen Abend nicht wieder zu Hause sei, könne sie gleich ganz wegbleiben. Dann bleib doch weg, habe ich ihr geraten. Ja, wenn es das Gesetz bloß erlaubte, hat sie darauf geantwortet. Aber es lag wohl kaum allein am Gesetz. Sie meinte auch, wenn alle Tränen, die sie in diesem Winter vergossen hätte, an einem Ort zusammenflössen, würden sich viele wundern. Aber einmal wird das alles herauskommen, sagte sie noch, doch mehr haben wir über diese Dinge nicht gesprochen. Und seitdem habe ich sie nicht mehr lebend gesehen.

Wer hat ihr gedroht, sie müsse mit dem Leben zahlen?, erkundigte sich Richter Scheving.

Sie hat keinen Namen genannt, aber ich ging davon aus, dass sie Bjarni und Steinunn meinte.

Hast du den beiden nicht dabei geholfen, die verstorbene Guðrún in den Sarg zu betten?

Doch.

War an der Leiche nichts Auffälliges zu sehen?

Als ich kam, trug die selige Guðrún schon ihr Totenhemd. Und weil ihr Gesicht im Tod so friedlich wirkte, kam ich gar nicht auf den Gedanken, genauer nachzusehen.

Fiel dir überhaupt nicht ein, dass sie eines unnatürlichen Todes gestorben sein konnte?

Vielleicht, bevor ich dort ankam. Aber nachdem ich sie gesehen hatte, bedauerte ich die Verdächtigung. Ich fand, es war auch das Beste für sie, von all ihren Qualen erlöst zu sein. Gott sei mein Zeuge, dass sie aussah, als hätte sie endlich Ruhe und Frieden gefunden.

XXII

Lasst uns einen Moment Luft holen!, rief Sýslumaður Scheving
aus, nachdem Björg auf Skógur den Raum verlassen hatte. Darauf
durchmaß er mit Tanzschritten das Zimmer, reckte und streckte
sich, dass es knackte, und lockerte sich, indem er Arme und Beine
ausschüttelte.

Man wird alt und rostet. Zu jagen gäbe es hier ja genug, aber es
bleibt fraglich, ob es sich bei den beiden um Edelwild handelt. Das
Ganze ähnelt mehr einer Schleichjagd. Ist mir zuwider …

Guðmundur auf Vaðall, der Verteidiger, der bis dahin noch
kein Wort vorgebracht hatte, räusperte sich verlegen:

Mir ist der Fall seinerzeit so dargelegt worden, als ob Gott und
die Welt wüssten, dass Bjarni und Steinunn Jón und Guðrún umgebracht haben.

Scheving unterbrach seine Gymnastik und wandte sich ihm,
aufmerksam geworden, zu. Als der Verteidiger zögerte, fragte er:

Und jetzt?

Tja, jetzt scheint mir fast alles darauf hinzudeuten, dass es
nicht viele gibt, die überhaupt etwas *wissen*.

Du wirst also mit anderen Worten in deiner Überzeugung
wankend, dass die Angeklagten schuldig sind. Sag mal, was hältst
du denn von Bjarnis Behauptung, Jón könnte die Rauðuskriður
hinabgestürzt sein, ohne sich etwas zu brechen?

Ich kenne die Stelle nicht. Aber Bjarni hat auch nicht behauptet, gesehen zu haben, dass er dort runtergefallen ist. Er hat lediglich ausgesagt, dass er seiner Spur nicht weiter als bis dorthin folgen konnte. Das ist alles. Er hat also mit anderen Worten lediglich
eine Vermutung geäußert, dass der Mann an dieser Stelle abge-

stürzt sein könnte. Ist das juristisch nicht eine etwas dünne Grundlage für eine Mordanklage? Ich habe hier im Gericht schon mehrfach das Wort Block gehört und mich gewundert, denn der Richtblock ist ein sehr ernstes Instrument, und bislang verurteilt man Menschen doch sicher nicht allein aufgrund ihrer abwegigen Vermutungen zum Tode.

Bravo!, rief Bezirksrichter Scheving aus. Das nenne ich einen Verteidiger! Hab ich dir nicht gleich gesagt, Monsieur Einar, dass du in deinem Bestreben, die Zangen zum Einsatz zu bringen, noch ganz schön in die Klemme kommen wirst, wenn du kein Geständnis beischaffen kannst? – Lass weiterhören, Monsieur Guðmundur! Was ist mit dem Pulver, das Bjarni mit der Graupensuppe kredenzt hat?

Zunächst einmal kann man Steinunns Erklärungen in diesem Punkt kein sonderliches Gewicht beimessen, zumal sie selbst es für einen Scherz hielt und nicht wusste, was Bjarnis Briefchen enthielt, erklärte Monsieur Guðmundur vorsichtig. Solange Bjarni nicht gesteht, werde ich diese Aussage für zweifelhaft halten. Zum Zweiten: Selbst wenn Bjarni bei der Gelegenheit versucht haben sollte, seine Frau mit Gift aus dem Weg zu räumen, würde eine solche Tat nicht die Wahrscheinlichkeit mindern, dass sie drei Wochen später eines natürlichen Todes gestorben sein kann – worauf die Aussagen der letzten Zeugin unzweideutig hinweisen, und was auch der Befund der Leichenschau im Großen und Ganzen attestiert. Bis jetzt habe ich in diesem Gerichtssaal noch nichts gehört, was über Gemeindeklatsch hinausgeht. Ist an dem ganzen Fall überhaupt mehr dran? Zudem finde ich den Versuch des Richters höchst verwerflich, einen Angeklagten, der allein schon durch einen so schrecklichen Verdacht und durch Einzelhaft zutiefst erschüttert ist, dadurch noch weiter aus der Fassung zu bringen, dass er ihm ein Geständnis der Mitangeklagten vorspiegelt, ein Geständnis, von dem wir alle wissen, dass es *nicht* vorliegt. Ein Gericht sollte einem Angeklagten nicht mit unwahren Behauptungen zusetzen.

Nicht schlecht, wirklich nicht schlecht, erkannte Richter Scheving an und begab sich nachdenklich an seinen Platz zurück. Aber wenn nun der eine sagt, Guðrún sei beim Schafpferch gestorben, und der andere, sie sei auf dem Weg dorthin gestorben – was schließt du daraus?

Daraus schließe ich vorerst gar nichts, denn man kann denselben Sachverhalt höchst unterschiedlich beschreiben. Am allerwenigsten aber deutet eine solche Nicht-Übereinstimmung darauf hin, dass sie sich untereinander abgesprochen hätten, wenn sie sich nicht einmal über den Ort geeinigt haben. Am oder auf dem Weg zum, kann es nicht dasselbe meinen? Steinunn hat sich in ihrer Aussage etwas verworren ausgedrückt, aber es ist ja auch keine Kleinigkeit, wegen Mordes angeklagt zu sein, nachdem man schon monatelang von jedem Menschen, dem man begegnete, verdächtigt wurde, nachdem man mit Gewalt von zu Hause in eine fremde Gegend verschleppt wurde und die letzte Zeit in Ketten in Haft saß.

Na, na, die Anklage geradezu umzudrehen, das geht denn doch wohl ein bisschen zu weit, drohte Scheving und zog ironisch die Brauen zusammen. Vielleicht sollten wir besser weitermachen. Der nächste Zeuge!

Eingelassen wurde Guðmundur Einarsson, der junge Mann, der dabei gewesen war, als man Jón Þorgrímssons Leiche gefunden hatte.

Er war sehr unglücklich darüber, als Zeuge vorgeladen worden zu sein. Ich hatte den Eindruck, er könnte jeden Moment in Tränen ausbrechen. Kleine Andeutungen, die ich hier und da mitbekommen, aber nie beachtet hatte, fielen mir wieder ein. Es hieß, der junge Mundi könne so gut wie keinen Blick von Steinunn lassen, wenn sie sich irgendwo begegneten.

Als er gefragt wurde, was er über die Streitereien auf Sjöundá wisse, antwortete er flüsternd:

Nicht das Geringste.

Also verlegte sich Monsieur Einar darauf, ihn nach Jóns und Guðrúns Tod sowie Guðrúns Krankheit zu befragen. Aber auch davon hatte er keine Ahnung. Als der Ankläger nicht lockerließ, sagte er plötzlich heftig:

Ich habe in den letzten beiden Jahren nicht einen Fuß nach Sjöundá gesetzt. Ich weiß *nichts* von all diesen Dingen. Ich wohne weit, weit entfernt.

Du hast dich aber im Winter einmal mit Jón Þorgrímsson unterhalten, das weiß ich, bohrte Einar Jónsson nach.

Guðmundur zögerte eine Weile, dann antwortete er:

Das stimmt wohl. Es war an einem Dienstagabend zu Beginn der Fastenzeit, da kam er nach Stakkar, wo ich bei meiner Tante zu Besuch war. Wir blieben eine Zeit lang allein in der Wohnstube, Jón und ich, und ich fragte ihn, ohne mir etwas dabei zu denken, so unter Männern, wie er denn auf Sjöundá zurechtkäme. Er antwortete: Darüber will ich lieber nicht reden, aber ich würde mich am liebsten da wegwünschen, mit zweien meiner Kinder, und dann wollte ich am liebsten keinen von Sjöundá mehr sehen.

Guðmundur Einarsson verstummte. Jóns Worte hatte er mit verdächtig zuckenden Mundwinkeln wiedergegeben.

Weiter hat er nichts gesagt?, erkundigte sich der Richter interessiert.

Nein, denn ich bin aufgestanden und habe so getan, als hätte ich es eilig.

Bist du sicher, dass nicht er das Thema angeschlagen hat?

Nein, ich war's. Ich hatte in dem Moment völlig vergessen, dass einem schon so das eine oder andere zu Ohren gekommen war.

Er sagte auch nicht, welche zwei seiner fünf Kinder er von Sjöundá mit sich nehmen wollte und weshalb?

Nein. Ich bin ja gleich gegangen.

Mit der seligen Guðrún hast du auch gesprochen, nicht wahr?, erkundigte sich der Ankläger, als Richter Scheving keine Miene machte, fortzufahren.

Ja, ein einziges Mal, in größter Eile. Das war gegen Ende des zweiten Wintermonats da im Gelände unterhalb von Kirkjuhvammur. Sie war in der Kirche gewesen und auf dem Heimweg. Sie bat mich, einmal vorbeizukommen und sie zur Ader zu lassen. Gegen Rückenschmerzen.

Bist du etwa Arzt?, platzte Scheving staunend dazwischen.

Zum ersten Mal hob Guðmundur seine versonnenen Jünglingsaugen und blickte dem Bezirksrichter gerade ins Gesicht.

Nein, Arzt bin ich leider nicht. Aber ich habe eine Menge Bücher gelesen, mir Instrumente zugelegt und helfe den Leuten, so gut ich kann.

Die reine Quacksalberei also!

So darf man es wohl nennen.

Nun, Guðrún aber wolltest du also nicht helfen. Sagtest du nicht vorhin, du seist nicht auf Sjöundá gewesen?

Ich habe zu Guðrún gesagt, und das stimmte auch, dass ich keine Zeit hätte, weil ich die Tiere hüten müsse, fuhr Guðmundur nun etwas selbstsicherer fort. Aber wenn sie nach Bær zurückgehen und dort übernachten wolle, dann könnte ich am nächsten Morgen dort hinkommen und sie zur Ader lassen. Darauf meinte sie, das würde sie sich nicht unterstehen, denn Bjarni und Steinunn hätten ihr verboten, auswärts zu übernachten. Sie hätten Angst, dass sie herumlaufen und erzählen könnte, wie sie mit ihr umsprängen, hat sie gesagt. Ich wollte davon lieber nichts wissen; es ging mich ja nichts an. Aber ich habe dann trotzdem gefragt: Dann stimmt es also, was sich die Leute erzählen, dass die beiden ein Auge aufeinander geworfen haben? Darauf antwortete sie: Das ist noch zu gelinde ausgedrückt. Und dann ging jeder seiner Wege.

Erwähnte Guðrún nicht, dass Bjarni und Steinunn gedroht hätten, sie umzubringen?, fragte Sýslumaður Scheving.

Was genau ihre Worte waren, weiß ich nicht mehr über das hinaus, was ich schon gesagt habe. Die selige Guðrún hat ihre Zunge nicht immer im Zaum gehabt, manches Mal hat sie ganz schön übertrieben. Es ist möglich, dass sie etwas in der Richtung geäußert hat, die beiden wollten sie umbringen, wenn sie zu viel ausplaudere.

Was durfte sie denn nicht erzählen?

Zu mir hat sie nicht mehr gesagt. Ich weiß nicht mehr, murmelte Guðmundur Einarsson unglücklich und durfte endlich gehen.

Sieh an, da haben wir ja tatsächlich Jón Jónsson aus Stakkadalur höchstpersönlich, rief Sýslumaður Scheving aus, als, klein und dick, Jón aus Stakkadalur hereingetrippelt kam, ein holdseliges Lächeln im Kranz seines graumelierten Haupt- und Barthaars verborgen wie in einem Nest. Willkommen, Monsieur Jón!

Willkommen, Sýslumaður! Willkommen, willkommen!, wieherte Jón vergnügt und versuchte, nur ein Stück weit von Erfolg gekrönt, seine Hand über den Tisch zu strecken. Obwohl es wünschenswert gewesen wäre, wir hätten uns aus einem freundlicheren Anlass treffen können, setzte er mit einem Seufzer hinzu. Ach ja, der eine ist zum Aufstieg bestimmt, der andere zum Fall.

Wahr genug! Aber was weißt du nun, mein Freund, über diese betrüblichen Angelegenheiten?

Jón Jónsson fand erst einmal eine Nase auf dem Grund seines Nests, schneuzte diese Nase, schüttelte energisch den Kopf und beschied erleichtert:

Nichts, Sýslumaður, gar nichts. Gott sei Lob und Dank dafür! Aber wir Zeugen haben es ja gut hier in Sauðlauksdalur. Da kann man nicht klagen. Wir sollen den Aufenthalt hier vergütet bekommen und für unsere Unannehmlichkeiten entschädigt werden, hört man. Ich für mein Teil schätze mich glücklich, dass ich dabei sein darf. Man braucht zwischendurch einfach ein wenig Trost und Aufmunterung, Sýslumaður. Meine Frau sagt das Gleiche. Wir beide sind keineswegs böse, dass du uns vorgeladen hast, Richter, sondern im Gegenteil dankbar und erfreut.

Von dir konnte man das erwarten, bester Jón – aber sag mir, Kollege Einar, zu welchem Zweck hast du diesen ehrbaren und bescheidenen Mann vorgeladen?

Soweit ich weiß, hat Jón auf Stakkadalur mit der verstorbenen Guðrún gesprochen. Außerdem war er einer der Letzten außerhalb von Sjöundá, der mit dem seligen Jón ein Wort gewechselt hat.

Das ist eine faustdicke Lüge, Einar auf Kollsvík, dass ich mit der seligen Guðrún gesprochen haben soll, entgegnete Jón fröhlich. Ich bin seit Jahr und Tag nicht auf Sjöundá gewesen, und Guðrún habe ich wohl in der Kirche gesehen, aber nie mit ihr ein Wort gewechselt. Guðrún selig gehörte nun wahrhaftig nicht zu den Menschen, zu denen man hingeht und sagt: Kuckuck, kille-kille! Aber, wenn es denn unbedingt sein muss, es ist schon richtig, dass Jón Þorgrímsson eine Woche vor seinem Ende zu mir nach Stakkadalur kam und mich fragte, ob ich ihn nicht bei mir aufnehmen wolle. Ihn und drei seiner Kinder. Ich fragte, warum er von Sjöundá wegwollte, doch er meinte, es ginge mich nichts an, weshalb er von dort wegwolle, fort aber wolle er. Und da ihn seine Frau nicht begleiten wolle, müssten sie sich eben trennen. Würde Steinunn dann etwa auf Sjöundá bleiben, fragte ich, und als er das bejahte, sagte ich, und das stimmte auch, ich wäre zu arm, um mir das vorstellen zu können, und hätte außerdem zu wenig Platz im Haus. Dann sprachen wir nicht weiter darüber.

Ist das alles?, fragte Scheving.

Wie ich schon gesagt habe, Sýslumaður, ich kann in dieser Sache nichts bezeugen.

Du weißt nicht, um welche drei Kinder es sich handelte?

Nein, das weiß ich nicht.

Nun, dann können wir Monsieur Jón wohl entlassen. Vielleicht hat seine bessere Hälfte uns etwas mehr zu erzählen.

Dazu war seine Frau Guðrún, rundlich und freundlich wie er, auch zu gern bereit, aber sie hatte ebenfalls nur wenig mitzuteilen.

Wenn ich mich an das halten soll, was ich selbst gesehen und gehört habe, begann sie vorsichtig, aber mit einem Eifer, der erkennen ließ, dass sie das für gänzlich überflüssig hielt, dann ... weiß ich eigentlich nicht sehr viel.

Es ist trotzdem das Beste, wenn du dich daran hältst, empfahl Richter Scheving.

In Guðrúns Augen erlosch etwas, und das Glänzen ihrer strahlenden Bäckchen wurde eine Spur matter. Sie schluckte herunter, was sie so gern losgeworden wäre, und bekannte kurz:

Ja, dann weiß ich so gut wie gar nichts.

Hast du dich denn gar nicht mit Jón Þorgrímsson unterhalten, als er deinen Mann aufsuchte, um sich bei euch zu verdingen?

Nicht mehr als Guten Tag und Lebwohl. Außerdem hat er sich noch für den Trockenfisch bedankt, den ich ihm mitgab.

Du sollst letzten Winter einmal auf Sjöundá gewesen sein? äußerte der Ankläger bedeutungsvoll.

Das stimmt. Doch so wahr Gott lebt, habe ich bei der Gelegenheit kein einziges Wort mit dem seligen Jón gewechselt. Aber dafür habe ich mit Guðrún gesprochen ... Sobald wir einen Augenblick unter uns waren, sagte sie: Dieser Winter, liebe Namensschwester, ist der schlimmste Winter, den ich je durchgemacht habe. O ja, erwiderte ich, er muss wirklich schlimm sein, da sich jeder über ihn beklagt. Ich habe nicht das Wetter gemeint, entgegnete sie, sondern die Menschen. Geht es um Bjarni, ist er nicht gut zu dir, fragte ich. Steinunn ist noch schlimmer, gab sie zurück, denn sie hat ihn von mir weggelockt und ihm den Kopf verdreht. – Dann kam jemand, und wir konnten nicht weiter miteinander sprechen.

Wann hast du dich auf Sjöundá aufgehalten?

An einem Sonntag im Wintermonat Góa, so wahr mir Gott helfe.

Als Nächstes kam die Reihe an Rögnvaldur Ólafsson, Bjarnis Schwager, der mit Guðrúns Schwester Ingibjörg verheiratet war. Vor Nervosität und Befangenheit stolperte er im Türrahmen fast über seine eigenen Beine, und die erste Frage des Bezirksrichters beantwortete er mit einer Gegenfrage:

Wird Bjarni erfahren, was ich hier erzähle?

Richter Scheving ließ aufgebracht die Faust auf den Tisch krachen und erklärte streng:

Deine Aussage kann Bjarni gegebenenfalls zur Kenntnis gebracht werden, jawohl. Aber denk daran, dass du einen Eid auf dein Seelenheil geleistet hast, die Wahrheit und nichts als die Wahrheit zu sagen. Lügst du, wird es für dich auf jeden Fall schlimmer, als wenn du die Wahrheit sagst. Ertappe ich dich beim Meineid oder auch nur einer wissentlichen Falschaussage, werde ich dich noch an Ort und Stelle vor diesem Bezirksgericht zu der vom Gesetz dafür vorgesehenen strengsten Strafe verurteilen!

Jaa, dann also in Gottes Namen, stammelte Rögnvaldur.

Das kannst du wohl sagen!

Doch dann stellte sich heraus, dass er weder von den Händeln auf Sjöundá noch von den Umständen um Jóns oder Guðrúns Tod die leiseste Kenntnis hatte. Erst als auch ihn der Ankläger fragte, ob er denn im vergangenen Winter niemals mit dem verstorbenen Jón geredet hätte, wusste er etwas zu sagen.

Doch, sagte er und machte eine Pause. Wahr muss wahr bleiben. Jón selig kam gegen Ende des Monats Þorri, also Mitte Februar, zu mir nach Krókshús und fing an, davon zu reden, dass er eine neue Bleibe suche. Er wolle weg von Sjöundá. Steinunn aber wolle bleiben. Du machst doch Scherze, Jón, sagte ich. Kann es denn wirklich sein, dass es dir auf Sjöundá nicht gefällt? – Ich war selten so wenig zu Scherzen aufgelegt, erwiderte er bitterernst. Da bin ich der Sache lieber nicht weiter auf den Grund gegangen, und er hat von sich aus auch nicht mehr erzählt.

Ist das alles, was du von Jón weißt?, fragte der Richter, und als Rögnvaldur nickte, fuhr er fort: Und was ist dir über den Tod Guðrúns bekannt?

Von ihrem Tod weiß ich nichts, aber ich habe Ende des Winters einmal kurz mit ihr gesprochen. Oder war es schon zu Sommeranfang? Da meinte sie, so arg wie in diesem Winter hätte sie es in ihrem ganzen Leben noch nicht gehabt. Wohl hätte sie auch früher schon Schmerzen aushalten müssen, aber das wären bloß körperliche Leiden gewesen. Jetzt aber wüsste sie bald nicht mehr, ob sie lebendig oder tot sei, Mensch oder Tier, denn sie dürfe mit keinem Menschen ein Wort reden, ob nun unterwegs oder wenn sie zu Hause Besuch erhielten. Bjarni und Steinunn hätten es ihr verboten. Doch wäre es wirklich nicht einfach, eine Lage wie die ihre einsam und schweigend zu ertragen. Und sie würde diejenigen kennen, sagte sie, die überhaupt nicht traurig wären, wenn sie eines schönen Tages den gleichen Weg ginge wie der selige Jón. Bald wäre es ihr schon selbst gleichgültig, wie es mit ihr weiterginge, gut würde es ihr sowieso nie wieder gehen, und dann könnte ihr ja auch alles egal sein.

Rögnvaldur machte eine Pause und wischte sich die Stirn ab. Doch keiner machte Miene, ihm mit einer Frage weiterzuhelfen, und so fuhr er von allein fort:

Seht, an dem Tag haben wir nicht weitergeredet … Aber ich bin noch mal wiedergekommen, ein paar Tage später. In der Zwischenzeit war Guðrún eines Abends sehr krank geworden, weil, wie sie glaubte, Steinunn sie mit einer Kelle Grütze vergiftet hatte, in die sie etwas Schädliches eingerührt hatte. Es sei ihre Rettung gewesen, meinte sie, dass sie das Gift ausbrechen musste, doch Gott allein wisse, ob sie jemals wieder ganz gesund werde – vor dem einen Mal, wo man ganz schnell sämtliche Leiden los ist. Ich glaubte zu spüren, dass sie sehr viel Angst hatte, und als mir das klar wurde, bekam ich es selbst mit der Angst zu tun. Ich weiß nicht, warum. Das Ganze war so unheimlich. Als ich sie fragte, an welchem Abend das gewesen war, gab sie mir keine Antwort, sondern bekam einen roten Kopf. Sie stand mit einem Mal völlig unbeweglich da und hielt den Atem an, als würde sie auf etwas lauschen. Da habe ich zugesehen, dass ich Land gewann, denn mir war echt unheimlich. Keine Macht der Erde hätte mich dazu gebracht, noch länger dazubleiben. Ich ging langsam, bis ich außer Sicht war, dann bin ich losgerannt, gelaufen, bis ich hingefallen bin …

Was hat dir solche Angst eingejagt?

Keine Ahnung. Das habe ich mir überhaupt nicht klargemacht.

Vor wem bekamst du denn Angst?

Das weiß ich auch nicht.

Bist du bedroht worden?

Nein … nein.

War da jemand, dem du anzumerken glaubtest, er könne dir Böses wollen?

Nein, davon war gar nicht die Rede.

Weitere Fragen und Antworten folgten, aber Rögnvaldur war im Grunde nicht bereit, Genaueres zu erzählen.

Und ging es den anderen nicht genauso wie mir, fuhr uns nicht allen etwas von dem Schrecken in die Knochen, der Rögnvaldur an jenem Tag dazu gebracht hatte, die Beine in die Hand zu nehmen?

Als seine schmächtige Frau Ingibjörg Egilsdóttir, Guðrúns Schwester, mit einem Wolltuch um den Kopf und in einen großen Schal gewickelt hustend eintrat, sah es fast so aus, als sei die selige Guðrún selbst aus ihrem Grab auferstanden, um Zeugnis abzulegen. Mir war vorher nie aufgefallen, wie ähnlich die beiden Schwestern einander waren – sogar bis auf den Tonfall, der aus den Tüchern drang. Vielleicht war es meiner Müdigkeit und dem fehlenden Schlaf geschuldet, jedenfalls fühlte ich mich derart verunsichert und verwirrt, dass ich sogar nachsah, ob es die Hände eines lebenden Menschen waren, die den Schal zusammenhielten.

Auf die erste Frage der Anklage, die zu meiner Überraschung Jón Þorgrímsson betraf, antwortete die vermummte Gestalt hustend:

Das letzte Mal kam er in mein Haus im Þorri, etwa einen Monat, bevor er starb, der arme Mann.

Es war seltsam, Ingibjörg Egilsdóttir von ihrem Haus sprechen zu hören und zu wissen, dass sie und ihr Mann in ein paar elenden Hütten am Rande des eigentlichen Krókshofs wohnten, eher Ställe als menschliche Behausungen. Ging es ihr in jeder Hinsicht so elendiglich, weil sie Guðrúns Schwester war? Vererbte sich Unglück? Oder war es ansteckend? Wie Husten oder wie andere, äußerliche Krankheiten des Menschen?

Jón vertraute mir an, dass ihm jeder Tag auf Sjöundá Qual

bereite, jede Nacht Kummer, berichtete Ingibjörg tonlos und hustete, hustete. Aber es sah so aus, als würde er von dort nicht wegkommen. Niemand wollte ihn aufnehmen. Er hat auch einmal gesagt: Der Tod lauert hier und lauert da, und wenn er nicht von selber kommt, muss man ihn zu Hilfe rufen wie einen verschlafenen Fährmann. – Ja, das hat er gesagt. Was er damit meinte, weiß nur Gott.

Was glaubst du, was er meinte?

Weiß ich nicht.

Über die Zustände auf Sjöundá gab sie vor, nicht näher Bescheid zu wissen. Sie hätte sich dort ferngehalten – in letzter Zeit, sagte sie aus. Seit dem Viehabtrieb im letzten Herbst sei sie nicht mehr dort gewesen.

Den Tag werde ich nicht vergessen, stieß sie mit einem Seufzer hervor. Ich traf meine Schwester oben bei der Scheune. Sie war gerade dabei, Torf für den Herd zu sammeln und stapelte ihn zu einem Haufen. Wir gingen zum Hof zurück, und ich folgte ihr ins Haus, weil ich sie um einen Schluck zu trinken gebeten hatte. Als wir da so beieinanderstanden, kam gleich Bjarni an und rief: So, stehst du da also rum und hältst Maulaffen feil anstatt deine Arbeit zu tun! Findest du nicht, du bist ein bisschen zu alt, um dich zu drücken wie eine junge Magd? Sollen wir erst noch ordentlich Regen auf den Torf kriegen? Du alte Vogelscheuche wirst wohl kaum schöner davon, wenn du einen ganzen Winter mit feuchtem Torf feuern musst. Außerdem wär's mir lieb, wenn wir mein Haus mit Lügen und Klatschgeschichten verschonen könnten. – Ja, so schimpfte er los. Ich hatte ihn vorher noch nie so erlebt und stand wie vom Donner gerührt dabei.

Wie reagierte Guðrún auf das alles?

Sie sagte so gut wie nichts, das arme Ding. Bloß, dass er sich ein bisschen beherrschen solle und sie als Hausfrau wohl noch das Recht habe, ihrer Schwester einen Schluck Molke anzubieten und auch selbst einen zu trinken, wenn ihr danach sei. Er aber schrie zurück: Ja, kippt nur Molke in euch rein, ihr beiden Hexen, bis ihr platzt. Dann kommt vielleicht endlich mal der ganze Geifer aus euch raus!

Da bin ich gegangen. Das hat mir gereicht. Sie hatte mir vorher erzählt, er sei nicht mehr so nett zu ihr wie früher. Jetzt hatte ich selbst gesehen und gehört, wie er sich aufführte. Ich bin zwar eine arme Frau, aber doch nicht so arm, dass ich mich nicht irgendwo fernhalten könnte, wo man mich beleidigt hat.

Erwähnte Guðrún, dass Steinunn an dem veränderten Verhalten Bjarnis ihr gegenüber schuld sei?

Nein, zu mir hat sie das nicht gesagt. Das habe ich erst später gehört; von anderswoher. Wie einem ja überhaupt letzten Winter Sachen zu Ohren gekommen sind, die man gar nicht glauben konnte und die sich nicht wiederholen lassen. Zumal alles pure Vermutungen waren, bis zu diesem Herbst, als Jóns Leiche an Land trieb.

Was willst du damit sagen?, fragte Richter Scheving brüsk.

Die Gestalt in den Tüchern schwieg.

Ein toter Körper ist doch für sich genommen noch kein Beweis.

Die Tücher gerieten in Bewegung, begannen zu zittern. Eine halberstickte Stimme drang aus ihnen hervor:

Wenn nicht einmal ein kahlgefressener Schädel und ein leerer Mund nach Gerechtigkeit schreien, dann … – Nein, mehr sag ich nicht.

Ja, aber, gute Frau, was ist denn mit der Leiche deiner Schwester? Du warst doch selbst dabei und hast sie gesehen. Da hast du allerdings keinen Alarm geschlagen, nicht wahr?

Ja, ich habe sie gesehen.

Du warst auch bei ihrer Beerdigung anwesend?

Ja, ich war da.

Hat irgendetwas darauf hingedeutet, dass sie durch menschliche Einwirkung gestorben ist?

Ich hab noch keinen umgebracht. Woher soll ich wissen, wie Ermordete aussehen? – Sie hatte einen blauen Fleck über der Brust.

Hast du geglaubt, er käme daher, dass jemand sie totgeschlagen hat?

Man nimmt nicht gern gleich das Schlimmste an. Außerdem waren klügere Leute als ich zugegen, und die sagten, der Fleck könnte auch von inneren Schmerzen herrühren und dass man ohne triftigen Grund seine Mitmenschen nicht verdächtigen solle.

Wer hat das gesagt?

Unser Propst, Séra Jón Ormsson.

Monsieur Einar auf Kollsvík gab mit seinen fülligen Lippen ein hörbares Schmatzen von sich, ein ganz und gar nicht unzufriedenes Schmatzen.

Ist es Séra Jón zuzuschreiben, dass du deinen Verdacht nicht gemeldet hast?, setzte Richter Scheving nach.

Ich wollte doch am liebsten nicht glauben, was ich befürchtete … und was alle Leute sagten. Darum habe ich versucht, es zu vergessen. Ich wollte einfach nicht daran denken. Aber Gott ist mein Zeuge, dass ich seitdem nicht eine ruhige Nacht gehabt habe.

Die vermummte Gestalt krümmte sich weinend zusammen.

Du hast allerdings keinen Einspruch dagegen erhoben, sie zu begraben, hielt ihr der Richter in sanftem Ton vor.

Ich dachte, wenn sie an Gift gestorben ist, muss sie doch überall grün und blau sein, schluchzte Ingibjörg. Und dann sah ich ihr friedliches Gesicht …

Der Sýslumaður bebte, und mit fahrigen Händen blätterte und blätterte er in seinen Unterlagen.

Hast du uns noch mehr zu erzählen, gute Frau?, fragte er um Freundlichkeit bemüht.

Doch Ingibjörg hatte nichts mehr zu erzählen.

Nachdem sie gegangen war, unterbrach der Richter für eine Pause, kam zu mir und zog mich mit sich zu einem Fenster.

Wisst Ihr was, werter Kaplan?, begann er und wippte mit den schmalen Schultern, als wollte er etwas abschütteln. Ich bin bald so weit zu glauben, dass grausamer noch als das verübte Verbrechen die Phantasien sind, die der Verdacht über dieses Verbrechen ausgelöst hat. Die schwarzen Träume und Gedanken, die hier geweckt wurden, können nur mit einem reingewaschen werden. Diese beiden Menschen müssen sterben! Ich hätte beinah gesagt, ob sie gemordet haben oder nicht.

Ich schwieg.

Sie müssen sterben, wiederholte Bezirksrichter Scheving weniger hitzig, aber noch immer durch und durch entschlossen. Wenn Ihr nicht mit ihnen reden und sie auf zivilisierte Weise dazu bringen wollt, die Wahrheit auszusagen, vorläufig bloß die Wahrheit, weiß Gott, dann bekommen sie es mit mir zu tun, dann hetze *ich* sie. Das schwöre ich Euch! Und zwar, bis ich sie zur Strecke gebracht habe. Denn schuldig sind sie. Um das zu wissen, braucht man sie bloß anzusehen. Nur wessen haben sie sich schuldig gemacht? Das ist die Frage. Die Wahrheit wäre natürlich das Allerschönste. Aber sie ist durchaus nicht zwingend nötig. Durchaus nicht. Ich werde sie schon dazu bringen, zu gestehen – irgendetwas, das sie den Kopf kostet.

Darauf schwieg er. Ich schwieg. Ich fand nicht ein Wort. War die Hetzjagd denn nicht schon längst eröffnet? Wir können einander nicht helfen, wir können uns nur gegenseitig umbringen, hatte Bjarni gesagt. Ob ihm schwante, wie wahr er damit gesprochen hatte?

Denkt darüber nach, schloss Richter Scheving, nachdem er eine Weile lang ein Guckloch in die von Eisblumen überzogene Fensterscheibe gehaucht hatte. Ihr könntet vielleicht auf gewisse Weise ein gutes Werk vollbringen. Letzten Endes ist es doch nicht einmal gleichgültig, wie Mörder sterben. Schließlich sollten wir möglichst alle als das sterben, was wir *nicht* sind: Menschen.

Er war schon auf dem Weg zurück zu seinem Richterstuhl, drehte sich aber noch einmal um und flüsterte mir mit einem verstohlenen Grinsen zu:

Seht Euch bloß meine Tafelrunde an!

Noch einmal kam er zu mir zurück.

Wie habt Ihr es nur in dieser Hölle ausgehalten? Monat für Monat in dieser Schlangengrube von Teufeleien und bösen Geistern!, wisperte er. Das ist mir ein Rätsel. Ihr seid doch nicht etwa selbst schon infiziert, oder doch?, fragte er und musterte mich eingehend. Ein heimliches Erschrecken glomm in seinen scharfen, aber nicht ganz sicheren Augen auf. Ich für mein Teil, das kann ich Euch versichern, laufe ständig Gefahr … desperat zu werden. Dagegen versuche ich mich zu amüsieren, um es auf Abstand zu halten. Aber finden sie das hier lustig? Manchmal wird mir schwindlig davon. Diese ganze unselige Versammlung von Schuld und Schande und Schrecken. Das ist mehr, als ein Mensch respirieren kann. – Sie müssen sterben!

Egal, ob sie schuldig sind oder nicht?

Sie sind schuldig. Sogar, wenn sie möglicherweise nicht gemordet haben. Aber sie haben es. Und was noch schlimmer ist, sie haben's verpfuscht.

Damit ging er an seinen Platz und rief grimmig:

Jetzt wollen wir zusehen, dass wir mit diesen idiotischen Zeugen fertig werden! Einen ganzen Tag haben wir damit verplempert, uns ihr Gewäsch anzuhören. Eine alte Vettel haben wir noch, sehe ich hier, und dann bleibt noch Monsieur Jón Pálsson. Also lasst die Alte herein!

Guðrún Bjarnadóttir, eine bedauernswerte alte Frau mit zittrigen Lippen, wurde hereingeführt. Sie musste sich über den Tisch beugen und eine Hand hinter ihr blutleeres Ohr halten, um überhaupt zu verstehen, was die Fragen des Anklägers von ihr wollten. Ihre Antworten rief sie laut zurück, und je lauter sie rief, desto schlechter war sie zu verstehen, weil sie keine Zähne mehr im Mund hatte und mit Zunge, Gaumen und Lippen eine Unzahl ungehöriger Schmatzlaute hören ließ.

Während ihres Verhörs betrachtete ich mir Richter Schevings »Tafelrunde« ein wenig näher. Faktor Thorberg saß unbeweglich in seinen Pelz versunken, gutmütig, aber auch stumpfsinnig. Er wartete lediglich darauf, sich in der Pause vor dem nächsten Zeugen wieder eine »Erfrischung« genehmigen zu dürfen. Monsieur Einars Unterlippe war nicht mehr so forsch vorgeschoben, sondern hing ein wenig, was ihm mehr das verdrossene Aussehen eines alten Kleppers verlieh, der seine Traglast als zu schwer empfindet. Der Verteidiger hielt seinen schmalen Kopf vorgereckt und verfolgte alles wachsam mit seinen großen, blaugrauen Augen, die abwechselnd aufleuchteten und erloschen, als schwanke er immer wieder zwischen zwei gleich starken Überzeugungen. Die übrigen drei Schöffen saßen still mit wachen Augen da und waren bereit, am Abend ihre Namen unter das Protokoll zu setzen. Und es wurde bald Abend.

Jetzt haben wir aber oft genug gehört, was du nicht weißt, brüllte Scheving mit puterrotem Gesicht die alte Frau an.

Sie verstand ihn trotzdem nicht, rückte aber freundlich näher und legte die Hand als Trichter hinters Ohr.

Er wiederholte es noch einmal und setzte ungeduldig hinzu:

Was *weißt* du über den Fall?

Nichts, brüllte sie zurück und schmatzte. Rein gar nichts.

Hast du denn nicht vorhin erst erklärt, du hättest mit Guðrún gesprochen?

Ja, doch, ja. Das ist richtig. Das war in der Kirche. Sie nahm das Abendmahl. Bjarni und Steinunn auch. Das ist die heilige Wahrheit. Das war ..., lasst mich nachdenken ... das war am dritten oder vierten Sonntag nach Ostern. Ich bin gleich vom Altar aus der Kirche gegangen. Ein kleines Geschäftchen. Guðrún kam mir nach. Du bist ja so krank gewesen, habe ich gehört, sagte ich zu ihr. Ach ja, hat sie geseufzt und gesagt, sie könne gar nicht begreifen, dass sie noch am Leben sei, so sehr hätte sie sich erbrochen, Blut und Schleim und ... Festes. Aber das war nichts, hat sie noch gesagt. Nichts im Vergleich damit, dass sich ihr Bjarni überhaupt nichts mehr aus ihr mache. Aber, meine Ärmste, er ist doch dein

Mann. Nein, er ist nicht mehr mein Mann, gab sie zurück. Ich glaube, er schätzt mich nicht mehr als seinen Hund. Am liebsten sähe er es wohl, wenn ich ins Wasser gehen würde, und eines Tages tu ich's vielleicht auch. Wie ist denn Steinunn zu dir?, erkundigte ich mich. Sie verhält sich jetzt ganz anständig mir gegenüber, seit dem Tag, an dem ich krank gewesen bin, sagte sie. Aber sie hat mir doch das Allerschlimmste von allem angetan! Mir meinen Mann weggenommen und ihn gegen mich aufgehetzt. Das hat sie gesagt. Es ist die heilige Wahrheit.

Der Bezirksrichter entließ sie eilig und forderte den letzten Zeugen auf: Monsieur Jón Pálsson.

Im Vorbeigehen raunte mein Schwiegervater mir zu:

Bjarni will mit dir reden ...

Das war es, worauf ich gewartet hatte, von dem ich wusste, dass es kommen würde. Aber ich begriff nicht, wieso ich trotzdem auf meinem Stuhl sitzen bleiben und so tun konnte, als wäre nichts geschehen. Dass ich nicht von diesem Stuhl sank, zu Boden und in die Erde. Denn jetzt führte kein Weg mehr daran vorbei. Es würde geschehen, und zwar durch mein Dazwischentreten. Der Glaube an die Kraft und den Sieg der Wahrheit, an ihre Gnade und Heilkraft war mir in diesem Augenblick wie verflogen. Wahrheit! War der Drang zur Wahrheit nicht einer der unzähligen blutdürstigen Werwölfe des Geistes? Vielleicht sogar einer der gerissensten von allen. Die Wahrheit! War sie etwa nicht einer der schwarzen, heiseren und gierigen Geier des Daseins?! Und war ihr Gesetz nicht auch das des Lebens sonst: sich vermehren und verschlingen.

Einar Jónsson und seine Unterlippe hatten sich mit neuer Kraft belebt. Monsieur Pálsson war alles andere als sein Freund und noch weniger einer seiner Bewunderer. Dessen war er sich bewusst, und er entgalt es, so gut er es vermochte.

Nach der Zwietracht auf Sjöundá gefragt, entgegnete Monsieur Jón, dass sein Hof, wie Ortskundigen bekannt sei, fünf Meilen oder fast einen Tagesritt von Sjöundá entfernt liege.

Ich war zu keiner Zeit täglicher Gast dort.

Soll das heißen, du bist im fraglichen Zeitraum nicht auf Sjöundá gewesen?, vergewisserte sich der Betreiber der Anklage.

Das soll heißen, ich fühle mich nicht befugt, Zeugnis über den Ton dort im Haus abzulegen, antwortete Jón Pálsson ruhig.

Du bist dir aber bewusst, dass du hier unter Eid aussagst?

Jón blickte lächelnd um sich. Und schwieg.

Sýslumaður Scheving griff mit einer Frage ein:

Habe ich dich falsch verstanden, Monsieur Jón, oder war mein Eindruck richtig, dass du persönlich überzeugt bist, hier liege ein Mord vor?

Nein, das hast du nicht, Sýslumaður. Mord oder Totschlag, das glaube ich. Nur sehe ich mich leider außerstande, dir bei der Aufklärung der hier vermutlich vorliegenden Verbrechen von sonderlicher Hilfe zu sein. Aber dazu hast du ja auch meinen verehrten Kollegen und Freund Einar auf Kollsvík auserkoren.

Widerstrebt es dir, mir zu erklären, worauf deine private Überzeugung beruht, Monsieur Jón?

Keineswegs. Sie gründet sich hauptsächlich auf das Gespräch, das ich eines Sonntags mit Bjarni und Steinunn vor der Kirche geführt habe. Da sagte ich Bjarni auf den Kopf zu, dass doch Gift in der Graupensuppe gewesen sei, die Steinunn seiner Frau an dem Abend verabreicht hatte, an dem sie die Brechanfälle bekam, von denen du sicher gehört hast. Und darauf hat er mir zur Antwort gegeben, dass sie nicht *daran* gestorben sei. Davon hat sie sich doch wieder erholt, sagte er. Da wusste ich, was da vor sich ging und dass tatsächlich Gift in der Suppe gewesen war.

Hast du ihn dir daraufhin ernsthafter vorgeknöpft?

O ja, aber er hat den Kopf aus der Schlinge gezogen. Die sind mit allen Wassern gewaschen, alle beide. Aber du wirst sie schon kriegen.

Ein Geständnis wird nicht leicht aus ihnen herauszuholen sein.

Mit Monsieur Einar an deiner Seite stellst du noch schlaueres Wild.

Hat dich Jón Þorgrímsson nicht aufgesucht und gebeten, ihm von Sjöundá fortzuhelfen?

Wenn er's doch nur getan hätte! Ich hätte ihn auf der Stelle da rausgeholt, und wenn es bedeutet hätte, dass ich das liederliche Frauenzimmer ebenfalls in mein Haus hätte aufnehmen müssen. Für eine gewisse Zeit. – Nein, aber die verstorbene Guðrún kam einmal zu mir und sagte, sie würde sich wünschen, ich wäre imstande, sie aus Sjöundá zu erretten. Ihr Mann hätte angefangen, sie zu prügeln und an den Haaren zu ziehen, behauptete sie. Ich habe geglaubt, dass sie lügt; oder zumindest übertreibt. Und das glaube ich immer noch. Bjarni hat sie möglicherweise umgebracht, aber ich kann mir nicht vorstellen, dass er sie verprügelt oder sonstwie misshandelt hat. Zu der Zeit war mir von den … Zuständen dort noch nichts zu Ohren gekommen. Deshalb erklärte ich ihr, da könne ich nichts tun, sie müsse sich in jedem Fall erst einmal an ihren Propst wenden. Eheangelegenheiten fielen noch am ehesten in die Zuständigkeit der Geistlichkeit. So war es jedenfalls mein ganzes Leben über in unserem Landesteil. Ob sie damals mit Séra Jón gesprochen hat, kann ich nicht sagen.

Warum hast du Steinunn letzten Sommer von Sjöundá wegbringen lassen?

Dazu war ich voll und ganz berechtigt. Ich wusste schließlich, was ich wusste. Auch wenn ich nichts beweisen konnte oder kann. Hätte ich weiter gezögert, wären sie und ihre Brut noch irgendwann der Fürsorge der Gemeinde Rauðasandur anheimgefallen. Das war auch einer der Gründe. Ich bin sehr früh aufgebrochen, wollte sie in flagranti im Bett ertappen, in Bjarnis. Tja, das hat leider nicht geklappt. Und doch hat sie darin geschlafen! Sie war gerade in dem Moment, in dem ich in die Stube kam, aus einem Bett aufgestanden, und es muss seins gewesen sein. Aber so lassen sich Füchse nicht fangen, nicht mit der bloßen Hand. Ich werde wohl auch langsam alt.

Mehr hatte Monsieur Jón nicht zu berichten, und Richter Scheving wollte gerade die Verhandlung für diesen Tag schließen, als der Verteidiger einwarf, er müsse die Glaubwürdigkeit einiger der gehörten Zeugenaussagen anfechten, wenigstens, was ihre Zeitangaben betreffe. Guðrún Egilsdóttir könne schlichtweg nicht an ein und demselben Tag zu Hause und unterwegs gewesen sein, und erst recht hätte man sie nicht an Tagen in der Kirche gesehen haben können, an denen auf Saurbær gar kein Gottesdienst stattgefunden habe.

Hatte im Gericht vorher noch keine Verwirrung geherrscht, so trat sie jetzt ein. Richter Scheving ließ alle Zeugen gemeinsam hereinholen und fuhr mit ihnen wie ein Wildgewordener Schlitten, bis er zu aller Erstaunen sämtliche Zeitangaben zur Übereinstimmung gebracht hatte.

Als sie wieder hinausgeführt worden waren, wandte er sich übergangslos an mich und fragte:

Nun, Herr Kaplan, habt Ihr Euch entschlossen, mit den Angeklagten zu sprechen?

Sofern das unter vier Augen und ohne Zeugen geschehen kann, und soweit das Gericht sie mir anvertraut, ohne sich einzumischen, erklärte ich zu meiner eigenen Überraschung mit fester Stimme.

Ich werde Order erteilen, dass Ihr die Angeklagten jederzeit übernehmen könnt, auf Eure Verantwortung, sagte der Sýslumaður und klappte zufrieden das gegengezeichnete Protokollbuch zu. Damit war die Verhandlung für diesen Tag geschlossen.

XXIII

Mit einer Laterne in der Hand begab ich mich hinaus in die schwarze Nacht. Ist man ohne ein Licht in der Dunkelheit unterwegs, dann schließt sie sich dicht um einen, ja, dringt in einen ein, dass man selbst dunkel wird und sich an die Helligkeit nur wie an einen fernen und unwirklichen Traum erinnern kann. Hat man aber ein Licht bei sich, dann bleibt man im Umkreis dieses Scheins, während das Dunkel ohnmächtig auf Abstand bleiben muss, dafür aber noch undurchdringlicher wirkt.

Ehe ich Bjarni aufsuchte, begab ich mich zu der Scheune, in der zwei Mann Steinunn bewachten. Sie hockte zusammengekauert im Heu, die Arme auf die Knie gestützt und das Gesicht auf die Hände gelegt. Sie sah nicht auf, als ich eintrat, sagte nichts. Vielleicht schlief sie. Doch als ich sie etwas genauer ins Auge fasste, sah ich schnell, dass ihre Stellung nicht die einer Schlafenden war.

Ich verwies auf die Instruktion, die die Wächter vom Bezirksrichter erhalten hatten, bat sie, ihr die Handschellen abzunehmen und zu gehen. Während sie der Anweisung Folge leisteten, warfen sie mir scheele Blicke zu und verständigten sich auch untereinander mit den Augen. Dann gingen sie. Ich hörte sie vor der Scheune flüstern und lachen. Der Schnee unter ihren Schuhen knirschte leiser und leiser.

Ich hatte zuvor noch nie mit Steinunn ein Wort unter vier Augen gewechselt. Ich ließ mich neben ihr im Heu nieder und hatte keine Ahnung, was ich ihr sagen, wo ich anfangen sollte.

Wie? Bin ich etwa frei?, fragte sie nach einer langen Weile mit dumpfer Stimme.

Sie hatte den Kopf gehoben, aber ich glaube, dass sie weder sah noch hörte oder merkte, was vor sich ging; so starr war ihr Blick, so unbewegt ihr Gesicht.

Ich riss mich zusammen und sagte:

Wir Menschen können dir Handschellen anlegen und dich auch wieder losschließen.

Sie blieb weiterhin unbeweglich sitzen, dann warf sie sich plötzlich ins Heu, barg das Gesicht in den Händen und brach in hemmungsloses Weinen aus. Noch nie hatte ich in meinem Leben einen Menschen so verzweifelt weinen gehört. Es war ein Weinen ohne jede Hoffnung. Séra Jóns Predigt über die, die zu sehr ihrem eigenen Herzen anhängen, fiel mir wieder ein. Da rollte sich die arme Frau vor mir zur Seite und schluchzte:

Ich will nicht sterben ... Ich will nicht. *Ich will nicht sterben!*

Dreimal rief sie es, jedes Mal lauter und wilder. Dann ließ ihre Stimme sie im Stich, und sie sank wieder mit dem Gesicht ins Heu und weinte.

Nach und nach wurde ihr Weinen leiser. Vielleicht, weil sie hörte, dass auch ich weinte. Schließlich wurde sie ruhig. Und in der Scheune breitete sich Stille aus, im geringen Umkreis des schwachen Lichtscheins, den die Laterne warf.

Ich begann zu reden, schwache Worte über den Tod, der dem Menschen gewiss sei, ob er nun wolle oder nicht; den Tod als einen Prüfstein für das menschliche Herz, den Tod als die Hoffnung des Lebens, als seine Bestätigung, den Tod als Krone des Lebens.

Sie stöhnte dazu, stöhnte wie ein gequältes Tier, und ich verstummte.

Da ich ihr keinen Trost spenden konnte, sagte ich zu ihr, wir könnten zu Bjarni hinübergehen, und ich könnte sie in der Nacht allein lassen, wenn sie es so wünschten.

O ja!, rief sie und sprang auf.

Und dann fiel sie mir um den Hals und küsste mich wie eine Schwester, küsste mich und weinte, umarmte mich und schluchzte:

Ich habe immer gewusst, dass du der einzige gute Mensch auf der Welt bist, Pastor Eiúlfur. Aber komm, lass uns gehen! Wir wollen uns beeilen.

Und wir gingen. Unsere Schritte knirschten leise im nassen Schnee. Es wehte mild aus der Dunkelheit, ein unsichtbarer, schwarzer Luftzug. Der Lichtschein ruckte in kleinen Sprüngen über den hellen Schnee vor. Steinunn hielt mich bei der Hand gefasst. Plötzlich drückte sie zu.

Vielleicht ... ist es gar nicht so schlimm.

Es war nur dahingehaucht, aber ich meinte die Worte zu verstehen.

Während wir dort gingen, sprach ich mit Gott. Ich versuchte, ihn zu uns herabzubeschwören, zu uns drei Geschöpfen in tiefer Not. Doch ich erreichte ihn nicht, ich spürte seinen Frieden nicht. Dennoch fühlte ich mich irgendwie in seiner Gewalt. Unbegreiflich bist Du, Herr, dachte ich, und schickst mich auf unerfindliche Wege.

Da kommst du ja endlich, zischte Bjarni, als ich mit der Laterne voran zu ihm und seinen Aufpassern hineinkroch.

Im gleichen Moment fiel sein Blick auf Steinunn, und er sah, dass sie nicht gefesselt war. Darauf schwieg er verblüfft.

Ich bat die Wärter, ihn loszuschließen, und sagte, sie könnten sich anschließend zurückziehen. Zwei von ihnen hatten geschlafen und waren nicht sonderlich willig, ihren Platz zu räumen.

Wo sollen wir denn sonst schlafen?, brummte einer von ihnen unwirsch.

Ich verwies sie auf die Scheune, in der man Steinunn in Verwahrung gehalten hatte, und sie trollten sich murrend.

Bjarni rieb sich die Handgelenke, blieb aber ansonsten halb vergraben im Heu liegen. Dann verschränkte er die Arme hinter dem Kopf, blickte Steinunn an, dann mich und sagte schließlich:

Ich hatte gedacht, wir würden uns unter vier Augen unterhalten, Eiúlfur ...

Hast du mir denn etwas anzuvertrauen, das Steinunn nicht weiß oder nicht hören soll?, fragte ich.

Er schwieg. Dann sagte er mit einem tiefen Schnaufen:

Nein. Aber es ist so schwer ... und alles wird immer nur noch schwerer, Séra Eiúlfur.

Steinunn war an der Eingangsluke hocken geblieben. Sie saß mit gesenktem Kopf da und rührte sich nicht.

Ich habe gedacht, ich könnte dir am ehesten dadurch helfen, dass ich dir Gelegenheit gebe, mit Steinunn allein zu sein, sagte ich, während sich mein Herz plötzlich mit Enttäuschung und bitterer Ungewissheit füllte: Hatte ich mich wieder einmal verrechnet? Konnte ich mich nicht mehr auf meine Eingebungen verlassen? War mein Vertrauen auf meinen eigenen Verstand und Gottes Führung nichts weiter als eitle Selbstverblendung?

Wie meinst du das? Allein?, fragte Bjarni ungläubig.

Ja, ich gehe gleich. Aber ich kann gern in der Nähe bleiben. Nicht, um aufzupassen, denn ich vertraue dir, Bjarni. Sondern falls ihr mich brauchen solltet.

Und was, wenn wir trotzdem fliehen?

Wohin solltest du denn fliehen, armer Mann?

Oder bringst du uns etwa zusammen, damit wir unsere Aussagen besser aufeinander abstimmen können?, fragte Bjarni feindselig.

Wie sollte ich das verhindern können – wenn ihr selbst von solchen Kindereien noch nicht genug habt?

Das Leben zu retten, nennst du eine Kinderei?

So möchte ich mich nicht mit dir unterhalten, Bjarni, gab ich zurück und bezwang meine Verzweiflung. Ich gehe jetzt. Und ich bleibe da draußen bis zum Morgengrauen, falls du mich nicht vorher rufst. Aber das eine will ich dir sagen, Mann, bevor ich gehe; obwohl du es vielleicht schon am eigenen Leib erfahren hast: Erlösung und Verderben sind nichts, was von außen kommt. Erlösung und Verderben trägst du in dir selbst. Sie sind deine eigene Verantwortung vor Gott.

Ich ging hinaus in die Nacht. Auf einmal befand ich mich allein in dem lauen Dunkel, angenehm allein und Gott unfasslich nah.

Ohne es mir auf vernünftige Weise erklären zu können, wusste ich mit einem Mal, dass ich richtig gehandelt hatte. Oder kam es nur von meiner Müdigkeit und der milden Brise, die mich in den süßen Betrug von Ruhe und Schlaf einlullten?

Ich kam wieder zu mir, als jemand nach mir rief; eine dunkle Männerstimme. Es hätte die der Finsternis selbst sein können, so erdnah und tiefgründig klang sie. Dann kam mir zu Bewusstsein, wo ich mich befand, und dass es Bjarni sein musste.

Ich komme, flüsterte ich zurück.

Kälte und Steifheit waren schleichend in mich eingedrungen und hatten sich als Unlust gegen Veränderung, als Widerwille gegen jede Bewegung und das Leben in mir breitgemacht. Doch ich riss mich zusammen, schüttelte die tastende Hand des Kältetods ab und kroch zu den beiden in die Scheune.

Als ich erschien, legte sich Bjarni wieder so, wie er vermutlich auch während meiner Abwesenheit gelegen hatte, mit dem Kopf in Steinunns Schoß.

Er beantwortete meinen fragenden Blick mit dem jämmerlichen Anflug eines Lächelns, räusperte sich und sagte:

Wir zwei kommen mit Reden nicht mehr weiter.

Ihre Hände suchten sich, Bjarni legte sich besser zurecht und schloss die Augen.

Ich kroch zu ihnen ins Heu, um ein wenig warm zu werden. Ich fing Steinunns Blick auf, der den meinen festhielt, warm und sicher. Bald wäre ich wieder eingeschlafen. Da wisperte Bjarni, ohne die Augen zu öffnen, aber derart hellwach, dass es mir einen Ruck gab und alle Schläfrigkeit und Trägheit sofort verflogen:

Was hast du mit Steinunn gemacht?

Ich blieb still. Und hörte weiter. Mein Herz hämmerte ängstlich und voll Erwartung.

Wir hatten so viel Angst, fuhr er ganz leise fort. Besonders sie. Und jetzt ist sie plötzlich die Tapferere von uns beiden. – Wir wollen die Wahrheit sagen, Eiúlfur.

Diesmal brach ich zusammen. Ich weinte lange. Eine große und sündige Bitterkeit stieg in mir auf; Bitterkeit gegen Gott. Warum erlegte er mir eine so große Verantwortung auf? Warum mir? Doch dann musste ich an Jung-Ólöf denken, die er mir geschenkt hatte, und an meine Kirche zu Hause, die er mir ebenfalls verliehen hatte. Und an meine Gemeindekinder, die sich, ob jung oder alt, nach und nach unter dem grünen Rasen meines Friedhofs sammeln würden, und daran, dass es meine Pflicht war, dafür zu sorgen, dass ihre Ruhe und ihr Frieden im Tode nicht gestört wurden, weder durch Zweifel noch durch Trauer. Ich dachte auch an ein Kind, das mir bald geboren werden sollte. Und durch all das endete mein Weinen in Gebet und demütigem Dank. Ich gelobte Gott, mein Leben so gut und nützlich zu führen, wie ich es nur vermochte. Und dennoch gab es etwas, das mir im Herzen brannte. Es schwelte und brannte. War es meine menschliche Ohnmacht, hier, wo ich so gern geholfen hätte? Oder ein unbestimmtes Gefühl der Mitschuld? Eine Schuld, die ich kaum jemals oder nie richtig würde benennen können und von der ich daher auch nicht wissen konnte, wie ich sie büßen sollte.

Bjarnis Stimme kehrte zurück:

Aber dir wollen wir nichts mitteilen, Eiúlfur. Nicht heute Nacht. Darin sind wir uns einig. Wir möchten … es am liebsten nur ein einziges Mal erzählen. So, wie es geschehen ist. Und danach nie wieder.

Darauf sagte ich:

Eins sollt ihr wissen, ihr beiden: In allem, wobei ich euch helfen kann, könnt ihr auf mich zählen.

Das wissen wir, gab Bjarni still zurück. Ich habe immer gewusst, dass ich in dir einen Freund habe, Eiúlfur. Ich habe bloß nicht gewusst, was für einen schrecklichen Freund …

Und plötzlich lag er da und weinte. Wir weinten alle drei.

So ging die Nacht herum, diese Nacht, die ein einziger Abgrund des Elends war, durch dessen blutdüstere Finsternis Hoffnung und Glaube nur schwach schimmerten wie ferne Sterne, eisige und glühende Himmelskörper, zu denen sich unsere blinden Träume und schwachsichtigen Augen verzweifelt hinsuchten.

XXIV

Als ich im ersten Grauen des Morgens aus der Scheune kroch, waren Bjarni und Steinunn in Schlaf gefallen. Sie schliefen so fest, dass sie auch durch mein Rascheln nicht aufwachten. Der Bezirksrichter wollte sie sogleich wecken und vernehmen lassen, aber ich konnte ihn dazu bringen, lediglich eine Wache vor die Scheune zu postieren und zu warten, bis sie von allein aufwachen würden. Das gelang mir allerdings erst, nachdem er sich persönlich davon überzeugt hatte, dass sich die beiden auch wirklich in der Scheune befanden und es außer der Luke in der Giebelwand keinen anderen Ausgang gab.

Die Verhandlung wurde eröffnet und nahm ihren Gang. Zuerst wurde noch einmal Jón Bjarnason befragt, danach Málfríður. Der Ankläger wollte Genaueres über die Gründe in Erfahrung bringen, weshalb sich beide Paare auf Sjöundá im letzten Winter von Tisch und Bett geschieden hatten. Doch weder der junge Mann noch die Magd konnten dazu mehr sagen als beim ersten Mal.

Und dann kam endlich Séra Jón Ormsson, der Sünder, an die Reihe.

Der Propst trat sehr würdig, aber durch sein krankes Bein auch sehr behindert auf. Jede innere Aufregung machte sich sofort in seiner alten Verletzung bemerkbar. Er brachte ein langes Promemorium bei und verlangte, es dem Gericht anstelle einer mündlichen Aussage vorlegen zu dürfen. Eine mündliche Befragung lehnte er strikt ab.

Dieses Nein des Propstes möchte ich ungekürzt ins Protokoll aufgenommen haben, stammelte Monsieur Einar hochrot im Gesicht und brachte die Worte kaum über seine zornbebende Unterlippe.

Gemach, gemach, Monsieur Einar, beschwichtigte Richter Scheving gut gelaunt. Pastor Jón ist doch nicht der eigentlich Schuldige in diesem Fall.

Wer weiß, knurrte der Ankläger beleidigt.

Was sagst du?

Ich sage: Wer weiß? Und dazu stehe ich.

Der Sýslumaður lachte. Ein kleines, kurzes Lachen. Dann wandte er sich, noch immer ein vergnügtes Glitzern im Auge, an Pastor Jón:

Ihr Promemorium wird zu den Akten genommen, Séra Jón. Möchtet Ihr es selbst verlesen? Zu der Frage, ob Ihr ohne mündliche Vernehmung davonkommt, wird das Gericht später Stellung nehmen.

Monsieur Einar richtete sich auf seinem Stuhl auf:

Ungeachtet dieses Promemoriums fordere ich kraft meines Amtes, den Herrn Propst wegen trotzig ungebührlichen Auftretens vor einem königlichen Bezirksgericht seiner Majestät mit einer Buße zu belegen sowie, dass das nämliche Gericht per Beschluss besagten Propst zwingen möge, wahrheitsgemäß und ausführlich jede Frage zu beantworten, die ich als Ankläger ihm zu stellen beliebe.

Jede Frage, die den Fall betrifft, meintest du wohl, hakte Richter Scheving lächelnd nach.

Selbstredend, was den Fall betrifft. Und was den Fall betrifft, entscheide ich selbst. Sollten mir als Ankläger von Seiten des Gerichts Hindernisse in den Weg gelegt werden, werde ich dagegen Beschwerde einreichen.

Das nehmen wir so vorläufig nicht ins Protokoll auf, bemerkte der Richter spitz. Lasst uns denn Euer Promemorium hören, Herr Propst!

Séra Jón setzte sich auf dem Stuhl zurecht, den ich ihm gebracht hatte, hielt seine Papiere auf eine Armlänge Abstand und begann:

Pro memoria. – Es hat mich höchlich erstaunt, dass ich per Vorladung vor dieses Gericht zitiert wurde, um pro officio Angaben zu machen über die inneren Verhältnisse der Leute auf Sjöundá im letzten und vorletzten Jahr usw. Doch finde ich es noch erstaunlicher, hier vorgeladen zu sein, um all die Dinge offenzulegen, groß und klein, die die Betroffenen mir als ihrem Gemeindepfarrer bei Hausbesuchen oder anderen Anlässen anvertraut haben und die zur Aufklärung dieses Kriminalfalls beitragen könnten. Denn es ist schließlich gesetzlich verfügt, dass ein Priester mit Verlust seines Amtes zu bestrafen ist, wenn er preisgibt, was ihm heimlich anvertraut wurde.

Séra Jón ließ die Papiere sinken und machte eine Pause. Eine wirkungsvolle Pause. Die Geschworenen schielten schadenfroh auf Monsieur Einar, der mit düster gerunzelten Brauen dasaß. Auch Richter Scheving sah so aus, als würde er sich ein wenig auf Kosten seines Freundes amüsieren.

Séra Jón hob seine Schrift wieder an und las weiter.

Da ich es aber gleichwohl als meine Pflicht ansehe, zur Aufklärung des Falles mit jeglicher Auskunft beizutragen, die ich erteilen kann und darf, tue ich dies hiermit aus freien Stücken, und ich hätte es auch ohne amtliche Vorladung getan, wann immer das Gericht es gewünscht hätte.

Irgendwann im Verlauf des letzten Winters trugen mir meine

Pfarrhelfer, Monsieur Ólafur und Monsieur Þorbergur, zu, sie hätten gehört, dass es um die Eintracht der Leute auf Sjöundá nicht so gut bestellt wäre, wie es sein sollte. Soweit ich verstand, ging es um das Verhältnis zwischen den beiden Bauern, aber auch zwischen den Eheleuten. Ich antwortete darauf, meine beiden Assistenten sollten im Rahmen ihrer Dienstpflicht die Umstände näher untersuchen und in Ordnung bringen, soweit sie es vermöchten, was sie allerdings unterließen; denn, entschuldigten sie sich, ohne dass ich mitkäme, wäre die Sache aussichtslos. Dazu wäre ich aber nicht ohne beträchtliche Schmerzen in der Lage gewesen, bei dem Wetter und dem Zustand der Wege, die damals herrschten, zumal ich mehr als genug damit zu tun hatte, meine Kirchen zu besuchen, wenn das Wetter, selten genug, einmal etwas besser war. Außerdem bin ich inzwischen alt und verbraucht und leide, nicht zu vergessen, an einer Beinverletzung, die mit den Jahren schlimmer geworden ist.

Ä-hem, räusperte sich Monsieur Einar, hm-hmm.

Séra Jón hob die Stimme:

Aus den hier aufgezählten Gründen waren mir Hausbesuche auf Sjöundá im letzten Winter ebenso unmöglich …

Ä-hem, wiederholte der Ankläger.

… ebenso unmöglich wie anderwärts in meinem Sprengel, mit Ausnahme der wenigen Höfe, die ich noch aufsuchen konnte, ehe dieser Winter über uns hereinbrach.

Auch von anderer Seite sind mir gegen Ende des Winters lose Gerüchte zu Ohren gekommen, dass auf Sjöundá längst nicht alles so war, wie es sein sollte, und erst da hörte ich von einem Verhältnis zwischen Steinunn und Bjarni munkeln, jedoch nicht von Leuten auf dem Hof selbst oder anderen, die Genaueres von dort hätten wissen können. Fest steht hingegen, dass Jón Þorgrímsson mir gegenüber niemals Meinungsverschiedenheiten mit Bjarni oder Misshelligkeiten in seiner Ehe erwähnte; nicht einmal, als er eine Woche, bevor er verschwand, eigens zu mir kam und wir uns in aller Ruhe und Ausführlichkeit unterhielten. Später habe ich dann erfahren, dass er sich anderen gegenüber sehr wohl über Ersteres geäußert haben soll. Im Lauf des Sommers schwoll das Gerede über das Verhältnis zwischen Bjarni und Steinunn mehr und mehr an, bis man sie im August voneinander getrennt und Steinunn in ihre Heimatgemeinde verfrachtet hat. Später hat Bjarni mir anvertraut, er habe vorgehabt, sie zu heiraten.

Séra Jón schloss sein Promemorium, indem er sich dagegen verwahrte, dass dieses weltliche Gericht befugt sei, ihm irgendeine Art von Strafe aufzuerlegen oder ihn in irgendeiner Hinsicht zu maßregeln, und rief abschließend Gott zum Zeugen für die Richtigkeit seines Berichts an.

Na, was sagt die Anklage jetzt?, rief der Bezirksrichter aus.

Sofern der Protest des Herrn Propstes gegen die Zuständigkeit dieses Gerichts für seine Person juristisch stichhaltig ist, keine Einwände, erklärte Monsieur Einar säuerlich. Umso weniger, als ich in der Vorladung ausdrücklich formuliert habe: soweit gesetzlich zulässig …

Eine leicht doppeldeutige Formulierung, grinste Richter Scheving und zwinkerte den anderen zu.

Schon möglich, erwiderte Einar auf Kollsvík mit vorgeschobener Unterlippe, aber so habe ich es jedenfalls gemeint, weshalb ich auch auf das Entschiedenste jede Unterstellung zurückweise, ich hätte mit der Vorladung des Herrn Propstes meine Befugnisse überschritten. Weiter verlange ich als Vertreter der Anklage, dass das Gericht in einer *interlocutio* oder auch später im abschließenden Urteil auf die Versäumnisse des Propstes hinweist, die uns gewiss schon bekannt waren, die er selbst aber nun durch seinen Vortrag, sein Zeugnis oder wie immer man es juristisch nennen mag, zu allem Überfluss auch selbst noch bestätigt hat, damit seine Handlungsbereitschaft in diesem Fall beziehungsweise deren vollständiges Fehlen aktenkundig gemacht werden. Diejenigen Behörden, die vielleicht sogar Macht über einen Propst ausüben, mögen ihn dann nach seinen Verdiensten beurteilen.

Der Richter überlegte eine Weile, dann diktierte er folgende Erklärung ins Protokoll:

Den in der Zeugenaussage des Herrn Propstes enthaltenen Protest gegen eine Zurechtweisung oder Verurteilung durch dieses Gericht erkennt das Gericht – ungeachtet, ob er einer Vernachlässigung seiner Amtspflichten für schuldig befunden wird oder nicht – als in Übereinstimmung mit seinen geistlichen Privilegien berechtigt an und enthebt den vorgenannten Propst Jón Ormsson deshalb vorab jeglicher Verurteilung zu Strafe oder Buße durch dieses Gericht für ein eventuell in diesem Fall noch festzustellendes Versäumnis seiner Amtspflicht, beschließt aber gleichzeitig, im abschließenden Urteil jede Verfehlung gegen die Amtspflichten, die es finden wird, aufzuführen und den zuständigen Behörden zur Kenntnis zu bringen.

Dann wandte er sich an seine Schöffen:

Sind wir uns einig?

Das waren sie.

Anschließend wurde die Erklärung auf Anweisung des Richters sowohl Séra Jón als auch dem Vertreter der Anklage vorgelesen, und Scheving fragte jeden, ob er sie akzeptiere oder etwas einzuwenden hätte, worauf beide schwiegen.

Scheving verbarg ein Lächeln hinter seiner vorgehaltenen Hand und fragte den Geistlichen:

Wollt Ihr uns vielleicht auch das Recht absprechen, Euch über Eure Teilnahme an der Inspektion von Guðrún Egilsdóttirs selig entseeltem Leichnam zu befragen, Herr Propst?

Séra Jón Ormsson gab darauf keine Antwort. Stattdessen legte er schweigend wiederum einige Papiere vor, die, wie sich zeigte, eine eidesstattliche Erklärung über die Leichenschau enthielten. Das Gericht ordnete an, die Erklärung laut zu verlesen, was Séra Jón nicht wollte.

Über den blauen Fleck am Schlüsselbein besagte sie, er habe die gleiche blaue Färbung gehabt, wie man sie im Gesicht und auf den Lippen von Sterbenden oder Toten sehen könne, hingegen habe er nicht nach einer Verursachung durch einen Stoß oder sonstige Gewalteinwirkung oder unter der Haut geronnenem Blut ausgesehen. Der Bauch sei angeschwollen gewesen, als wäre die Frau in anderen Umständen gewesen oder hätte zu viel gegessen.

Richter Scheving ließ Séra Jón gehen, solange die übrigen Lei-chenbeschauer vernommen wurden. Er bat ihn aber, sich in der Nähe zur Verfügung zu halten; man könne ihn noch einmal nötig haben. Darauf hinkte der Sünder aus dem Saal, ziemlich gedrückt und für den Augenblick ohne Worte.

Monsieur Sigmundur, der als Nächster hereingerufen wurde, schilderte ausführlich Guðrúns Leichnam, wie er ihn an jenem Tag in der Kirche von Bær gesehen hatte. Auch er hielt sich länger bei ihrem aufgeblähten Bauch auf. Außerdem erwähnte er drei kleine Blutbläschen, die er gleich unterhalb der Brüste gefunden hatte, und die ich von meinem etwas entfernteren Standpunkt übersehen haben musste.

Ist dir am Aussehen der Leiche nichts Ungewöhnliches aufgefallen?, erkundigte sich der Richter. Ist dir nicht der Gedanke gekommen, es könnte etwas Wahres an dem Gerücht sein, dass Bjarni und Steinunn sie umgebracht hatten?

Doch, sicher fand ich einiges merkwürdig, erwiderte Sigmundur, während seine Lider unablässig über seinen großen Augäpfeln auf und nieder glitten. Aber der Klatsch besagte ja, dass sie sie vergiftet hätten, und ich dachte mir, wer an Gift gestorben ist, muss anders aussehen.

Hast du deinen Verdacht nicht Séra Jón mitgeteilt?

Doch. Aber der Pfarrer meinte, das Fleisch von Toten liefe oft blau an, besonders da, wo sie im Leben Schmerzen gehabt hätten; und Guðrún selig hatte nun gerade Schmerzen auf der Brust gehabt. Das war mir bekannt.

Aus welchem Grund, glaubst du, war ihr Bauch so geschwollen?

Ich dachte, sie trüge ein Kind. Aber das konnte ich mir eigentlich auch nicht vorstellen.

Ólafur auf Lambavatn beschrieb Guðrúns Leichnam exakt so wie Sigmundur. Auch ihm waren die drei kleinen Blutbläschen aufgefallen. Doch als Richter Scheving ihm ebenfalls die Frage stellte, ob der Zustand der Leiche bei ihm keinen stärkeren Verdacht geweckt hätte, antwortete er bedächtig:

Im Gegenteil. Bis ich die Leiche wirklich sah, war ich überzeugt, dass Guðrún ermordet worden war. Darum habe ich mich richtig erschrocken, als ich erkannte, dass sie wie jeder gewöhnliche tote Mensch aussah. Solche kleinen Blutblasen habe ich auch schon an Lebenden gesehen. Und ich habe oft an Toten blaue Flecken gesehen, die nicht von Gewalt stammten, sondern von der Krankheit, an der sie gestorben waren. Das kann ich beschwören: So, wie die tote Guðrún an dem Tag dalag, fühlte ich mich überzeugt, dass sie an den Schmerzen in ihrer Brust gestorben war, oder vielleicht in ihrem Bauch, aber nicht durch Gift.

Kam dir nicht der Gedanke, die Frau hätte zum Zeitpunkt ihres Todes schwanger sein können?

Nein. Diese Möglichkeit habe ich nicht erwogen.

Ankläger Einar Jónsson stellte kampflustig den Antrag, Séra Jón solle darüber vernommen werden, mit welchen Gründen er angenommen habe, Guðrún Egilsdóttir sei bei ihrem Tod schwanger gewesen. Richter Scheving gab dem Antrag sofort statt. Und als Séra Jón wieder vor dem Gericht stand, erklärte ihm der Richter freundlich, aber mit Nachdruck:

Es gibt da einige Punkte in Eurer schriftlichen Aussage, Herr Propst, die ich Euch ersuche, näher zu erläutern. Welche Beweisgründe könnt Ihr dafür anführen, dass die verblichene Guðrún zum Zeitpunkt ihres Todes schwanger war?

Beweise?, wiederholte Séra Jón, und sein Gesicht lief im Kranz der weißen Haare langsam rot an. Warum sollte ich etwas beweisen, was ich nie behauptet habe?

Ihr habt sehr wohl die Worte gebraucht, ihr Bauch wäre angeschwollen, als wäre die Frau in anderen Umständen gewesen, brach Richter Scheving hitzig aus.

Als wäre sie in anderen Umständen gewesen oder hätte zu viel gegessen, jawohl, räumte der Propst ein, doch damit habe ich ebenso wenig gesagt, dass sie schwanger war, noch, dass sie zu viel gegessen hatte.

Jetzt bitte keine Haarspaltereien, Herr Geistlicher! Das hier ist ein Gericht, keine Morgenandacht. Warum sprecht Ihr von Schwangerschaft, wenn Ihr keine Schwangerschaft meint? Und das in einer beeideten Zeugenaussage, Mann!

Um eine möglichst genaue Beschreibung vom Aussehen des Leichnams zu geben, antwortete Séra Jón würdevoll.

Nun gut. Warum erwähntet Ihr aber nicht die drei Blutblasen, die die Leichenbeschauer unterhalb der Brüste gefunden haben?

Welche Blutblasen? Ich habe keine Blutblasen gesehen.

Wollt Ihr die Aussage der Leichenbeschauer bezweifeln?

Keineswegs. Da ich die Leiche schließlich nicht so eingehend untersucht habe wie sie. Bezweifeln will ich allerdings Ihre Kompetenz, mich in einem Ton zu verhören, als gehörte ich zu den Angeklagten in diesem Fall.

Den Ton hier in diesem Gericht bestimme immer noch ich. Und nur ich! – Seid Ihr Euch der schweren Verantwortung bewusst, die Ihr dadurch auf Euch geladen habt, dass ihr die Leichenbeschauer beeinflusst und davon abgehalten habt, eventuell einen Chirurgus hinzuzuziehen?

Ich habe die Leichenschauer nicht im Mindesten beeinflusst, und von der Konsultation eines Chirurgen war nicht ein einziges Mal die Rede.

Streitet Ihr ab, die Anzeichen von Gewalteinwirkung an der Toten wegräsoniert zu haben?

Ich habe gar nichts wegräsoniert. Ich habe lediglich erklärt, dass ein solcher blauer Fleck – das einzige eventuelle Anzeichen von Gewalt, das *ich* entdecken konnte, – auch an Menschen, die eines natürlichen Todes gestorben sind, keineswegs einen seltenen Anblick darstellt. Und dazu stehe ich.

Habt Ihr der Schwester der Verstorbenen nicht gesagt, wo man keinen ganz und gar eindeutigen Grund für einen Verdacht habe, solle man nicht das Schlechteste von seinen Mitmenschen glauben?

Das ist möglich. Es ist sogar wahrscheinlich. Auch wenn ich mich nicht daran erinnere. Sollte man das denn nicht?

Hm, hm, brummte Monsieur Einar zufrieden. Hm, hm.

Habt Ihr das gesagt, oder habt Ihr es nicht gesagt?, beharrte Sýslumaður Scheving mit bebender Stimme.

Das über den blauen Fleck habe ich gesagt. Möglicherweise habe ich auch das andere gesagt, aber ich darf darauf aufmerksam machen, dass ich es war, der den Sarg öffnen ließ. Ganz entgegen meinem sittlichen Empfinden. Weiter möchte ich hinzufügen, dass ich alle Anwesenden aufforderte, uns zur Kenntnis zu bringen, was sie den Tod der armen Guðrún betreffend wussten oder auch nur mit Grund vermuteten; worauf sie entweder erklärten, nichts zu wissen, oder den Mund hielten.

Sýslumaður Scheving schlug hart mit der Faust auf den Tisch:

Wie die Dinge lagen, war es jedenfalls unverantwortlich von Euch, Guðrún Egilsdóttir bestatten zu lassen, ohne einen Chirurgen hinzugezogen zu haben!

Séra Jón schüttelte resignierend sein weißes Haupt:

Dann will ich Ihnen so viele Zeugen dafür anführen, wie Sie wollen, dass das vollkommen unmöglich war. Drei lange Passwege über die Berge müssen bewältigt werden, wie Sie wissen, ehe man einen Arzt erreicht. Wir hatten einen plötzlichen Tauwettereinbruch. Jeder der Bergzüge war ausschließlich und allein für geflügelte Wesen zu überwinden und für sonst niemanden. Zudem herrschte diese unnatürliche Wärme; die Leiche wäre bereits in Verwesung übergegangen, lange bevor der Schnee so weit geschmolzen wäre, dass die Wege passierbar wurden. Außerdem befanden sich die Menschen des Kirchspiels nicht gerade in guter Verfassung für strapazenreiche lange Märsche, sie waren ausgemergelt nach einem strengen Winter mit fast einer Hungersnot, und nicht zuletzt begann für sie gerade die geschäftigste Zeit des Jahres. Gleichwohl habe ich dem damaligen Sýslumaður Davíð Scheving einen Brief geschrieben, in dem ich die Angelegenheit meldete und es ihm anheimstellte, was er diesbezüglich weiter unternehmen wolle.

Das ist mir bekannt. Wann habt Ihr den Brief geschrieben?

Am 21. Juni, und am 28. Juni ist er von hier nach Skápadalur abgesandt worden.

Sýslumaður Scheving saß eine Weile schweigend da. Dann sagte er:

Ihr habt also mit anderen Worten eine ganze Woche gebraucht, um ihn auf den Weg zu bringen? Von einem Hof zum nächsten! Einen Brief, der ein Verbrechen betraf ... Na, das passt ja gut ins Bild.

Ich verlange, dass der Brief zu den Akten genommen wird, forderte Séra Jón in ruhigem Ton.

Hast du den Brief?, fragte Scheving seinen Ankläger.

Ja, er hatte ihn und war sehr froh darüber, denn der Propst hatte darin zu Beginn seine unbegreifliche Ansicht publik gemacht, dass Guðrún an einer Krankheit gestorben sei, die sie in den letzten Jahren plagte, und dass das Gerücht, demzufolge Bjarni und

Steinunn sie ermordet haben sollten, nichts als Gemeindeklatsch wäre.

Der Sýslumaður schien diesen Brief vergessen zu haben. Jedenfalls studierte er ihn mit einer gewissen Verblüffung und fragte Séra Jón anschließend fast freundlich:

Ist es wirklich möglich, Séra Jón, dass Bjarni und Steinunn die Frechheit besaßen, sich auch noch darüber zu beschweren, dass ihr guter Name und Leumund durch den schlimmen Verdacht, der ihnen durch das Gerücht anhaftete, Schaden nehmen würden?

Es verhält sich alles genau so, wie ich es geschrieben habe, gab Séra Jón trocken zurück.

Selbstverständlich, Séra Jón, selbstverständlich. – Aber das nenne ich doch trotzdem mehr als dreist. Die beiden müssen sich schon sehr sicher gefühlt haben, dass Ihr mit Eurer Gutwilligkeit ihnen keinesfalls übelwolltet ... Ja, was ist denn los?

Es klopfte nämlich in diesem Augenblick an der Tür, und sobald sie geöffnet wurde, stürzte einer der Wärter herein und meldete, dass die Delinquenten aufgewacht seien.

Bjarni steht hier vor der Tür, raunte er ängstlich und außer Puste. Er habe sich geweigert, sich fesseln zu lassen, und sei gleich sporenstreichs auf das Haupthaus zugegangen, und jetzt verlange er, gehört zu werden. Sofort.

Selbstverständlich, brach Richter Scheving aus und schob die Brauen in die Höhe. Wenn es dem Angeklagten genehm ist, steht das Gericht natürlich parat; das ist nicht mehr als billig. Bittet den Herrn Mörder, sich noch einen Augenblick zu gedulden – aber unterlasst es, ihn so zu titulieren.

Damit erhob sich der Bezirksrichter, ging rasch auf Séra Jón zu, legte ihm die Hand auf die Schulter und sagte:

Unseren kleinen Wortwechsel wollen wir nicht als Verhör betrachten. Davon kommt nichts ins Protokoll, Séra Jón. Zumindest
nicht, wenn Ihr meinem Vorschlag folgen wollt. Er sieht so aus,
dass Ihr morgen gemeinsam mit den beiden Leichenbeschauern
eine Erklärung einreicht, in der Ihr mit den beiden zusammen
ausführlich darlegt, welche Maßnahmen nach dem Tod der seligen Guðrún getroffen wurden und warum im gleichen Fall nicht
mehr unternommen wurde.

Während dieser Worte hatte er den Propst zur Tür geleitet und
schob ihn nun sanft durch dieselbe hinaus. Dann kehrte er eilends
an seinen Platz zurück.

XXV

Ich hatte mir vorgestellt, dass Bjarni durch seinen Entschluss, die Wahrheit zu sagen und sein Verbrechen zu bekennen, innere Freiheit und Ruhe finden würde. Ich hatte auch geglaubt, diese neu gewonnene Freiheit und Ruhe hätten es ihm ermöglicht, einzuschlafen und so ruhig und so lange zu schlafen. Doch als ich ihn jetzt erblickte, war ich eher zu glauben geneigt, er wäre einfach nur aus Erschöpfung in Schlaf gefallen. Zum ersten Mal sah ich ihn mit gesenktem Kopf, den Blick niedergeschlagen. Auf seinem Weg durch den Raum schwankte er und wäre beinah gefallen. Der Bezirksrichter gab auch sogleich Anweisung, ihm einen Stuhl zu bringen.

Da saß er nun also, in sich zusammengesunken und schweigend, als wäre er für alle Zeiten verstummt. Ein Gefangener. Im Saal war es totenstill.

Nun, Bjarni, sagte Richter Scheving endlich, und obwohl sie kaum mehr als geflüstert waren, füllten die Worte den Raum, vibrierten darin und hallten noch lange, nachdem sie verklungen waren, nach.

Bjarni versuchte zu sprechen, aber es kam ihm kein Laut über die Lippen. Dann sank er wieder in sich zusammen. Und mit einem Mal begriff ich: Es war nicht nur sein Gewissen, das ihn quälte. Wir hatten hier einen Mann vor uns sitzen, der vor Scham verging.

Noch immer wage ich mir nicht ganz klarzumachen, mit welchen Gefühlen mich diese Einsicht erfüllte. Ist Scham am Ende schlimmer als Schuld? Ich muss selbst aufgestöhnt haben, ohne mir dessen bewusst zu sein. Denn plötzlich drehte Bjarni erschrocken den Kopf in meine Richtung, und mit mühsam erkämpftem Mut, einer traurigen, bemitleidenswerten Tapferkeit, begann er zu reden:

Es war letzten Winter ... zu Winteranfang ... Steinunn und ich ... wir konnten ... wir konnten nicht mehr ...

Richter Scheving fragte behutsam nach:

Du willst uns wohl sagen, Bjarni, dass zu Beginn des Winters ein körperliches Verhältnis zwischen dir und Steinunn entstanden ist?

Ja. Ein bisschen später ...

Du achtest aber darauf, bei der Wahrheit zu bleiben?

Das beantwortete Bjarni nicht. Er fuhr einfach fort:

Die ganzen Streitereien auf Sjöundá ... das kam alles von den ewigen Nörgeleien meiner Frau ... und von Jóns Gezänk mit seiner Frau. Davon ging alles aus.

Wussten sie Bescheid?

Nein, sie wussten gar nichts ... aber gemerkt haben sie wohl was ... Das kann gar nicht anders gewesen sein ... Lange bevor irgendwas war, haben die schon gemeint, da wäre was. Sie haben uns praktisch dahin gedrängt.

Lange bevor etwas war, sagst du. Bist du dir dessen sicher?

O ja, ich weiß, wovon ich rede. Das hat schließlich dazu geführt ...

Hat wozu geführt?

Ach was, ist auch egal. Ich finde mich da sowieso nicht durch. Ich habe es nie gekonnt.

Die Vorwürfe deiner verstorbenen Frau und Jóns haben also keine Früchte getragen?

Doch, das haben sie.

Ich wollte damit sagen, sie haben euch also nicht davon abgehalten.

Nein, das haben sie nicht.

Dann war das wohl auch der Grund für dein Zerwürfnis mit dem seligen Jón?

Ja, das war es. – Bis dahin sind wir ganz gut miteinander ausgekommen. Ich ließ ihn meckern, wenn er wieder mal in der Laune war. Beachtete ihn einfach nicht. Was ging's mich denn an? Aber von da an wurde es schlechter. Immer nur schlimmer und schlimmer.

Zeugen haben ausgesagt, du habest immer nur Steinunns Partei ergriffen, wenn Jón mit ihr schimpfte. Ist das richtig?

Es ist richtig. Das können nur Málfríður und mein Bruder Jón gesagt haben, und die beiden erzählen kein dummes Zeug. Jedenfalls mein Bruder nicht. Nein, es stimmt schon. Ich geriet immer in Rage, wenn er wieder einmal anfing. Ich konnte es nicht mehr hören. Ich konnte es einfach nicht ...

Das machte wohl dein schlechtes Gewissen.

Ich weiß nicht, woher das kam. Aber auf jeden Fall hat mich dieses ewige Gekeife dahin gebracht, dass ich Jón hätte umbringen können. Es gab Zeiten, da hatte ich das Gefühl, ich könnte ihn kaltmachen, einfach so. Das habe ich damals geglaubt.

Und dann hast du geplant, ihn kaltzumachen.

Ich habe den Vorsatz gefasst, ihn umzubringen, ja. Es war mein fester Entschluss. Ich habe mit Steinunn oft darüber gesprochen.

Wart ihr euch einig?

Ja, wir waren uns einig. Eine Zeit lang haben wir fast von nichts anderem geredet. Es war so etwas ... so etwas wie ein Traum.

Ein Traum? Wie das?

Das kann ich nicht erklären. Wir haben aber, wie gesagt, unentwegt davon gesprochen. Es war mein fester Entschluss ... habe ich damals geglaubt.

Wissen tust du es nicht?

Das Merkwürdige ist doch, dass ich nichts unternommen habe.

Vielleicht bist du wankend geworden?

Nein. Bin ich nicht. Das glaube ich nicht. So hat es sich nicht angefühlt. Eher im Gegenteil, ich habe bloß abgewartet. Worauf, weiß ich auch nicht.

Hat sich Steinunn an diesen Mordplänen beteiligt?

Das hat sie; aber ich war bei weitem der Eifrigere. Vielleicht hat es mich noch zusätzlich aufgestachelt, dass mich Guðrún und Steinunn vor Jón gewarnt hatten.

Wovor haben sie dich gewarnt?

Sie meinten zu spüren, dass er mich hasse. Das haben sie mir beide gesagt, mehrfach. Und ich meinte, ich würde mich vor Jón in Acht nehmen.

War Jón denn ein Mann, vor dem du dich fürchten musstest?

Nicht Mann gegen Mann, in offenem Streit ... Aber ein von Hass besessener Mann ist immer gefährlich.

Hast du auch selbst gemerkt, dass er dich hasste?

Ja, das war deutlich zu spüren. Aber ich hätte nicht sonderlich darauf geachtet, wenn ich nicht wieder und wieder daran erinnert worden wäre. Wahrscheinlich hätte ich es sonst irgendwann völlig vergessen.

Woran hast du Jóns Hass auf dich erkannt?

Das lässt sich so nicht erklären. An seinem ganzen Verhalten.

An seinen Worten, an seinem Tonfall. In seiner Gegenwart konnte ich kaum atmen. Es war ... unerträglich.

Hast du den seligen Jón dann in einer Auseinandersetzung totgeschlagen?

Nein, das ist anders gekommen.

Wann habt ihr euch zum letzten Mal gestritten?

Ach, so etwa drei, vier Tage vor seinem Tod, glaube ich.

Was war der Grund?

Ein Knäuel Wollgarn, das Jón mutwillig in Stücke geschnitten hatte, um Steinunn zu ärgern. Als sie ihm das vorwarf, hat er sie beschimpft: Nicht alle Fäden bedeuten dir so viel, du ... Ach, das kann egal sein. Ich konnte jedenfalls nicht dabeistehen und mir das anhören. Und so kam es, dass wir uns auf einmal anbrüllten, Jón und ich.

Erinnerst du dich mit Sicherheit, dass das euer letzter Streit war?

Ja, ganz sicher.

Wo fand diese Auseinandersetzung statt und um welche Tageszeit?

Das war in der Wohnstube, gegen Abend.

Und es endete damit, dass ihr euch gegenseitig gedroht habt?

Nein, da nicht ...

Wohl aber bei anderen Gelegenheiten.

Nur ein einziges Mal ... wenn man das überhaupt Drohen nennen kann. Ich habe gesagt: Es wäre schlimm, wenn Steinunn noch lange unter deinen Beschuldigungen leiden müsste. Worauf Jón zurückgab, er dächte nicht, dass es so noch lange zwischen uns weiterginge.

Wann und aus welchem Anlass sind diese Worte gefallen?

Daran kann ich mich nicht mehr erinnern.

War außer euch sonst noch jemand dabei?

Das weiß ich auch nicht mehr. – Steinunn dürfte noch in der Nähe gewesen sein.

Kam es zwischen dir und Jón jemals zu Handgreiflichkeiten?

Nein, das ist nie vorgekommen.

Habt ihr euch nicht an dem Tag, an dem Jón starb, vorher in die Wolle gekriegt?

Nein, nicht vorher.

Würdest du uns bitte erzählen, wie es dazu gekommen ist.

Das ging folgendermaßen: Jón war schon aufgebrochen, ehe ich mit dem Essen fertig war. Ich ging dann etwas später los. Als ich kam, hatte er seine Schafe noch nicht aus dem Stall gebracht. Unsere Schafställe lagen, wie die Männer hier wissen, nebeneinander auf halbem Weg zwischen Hof und Ufer. So hatte es sich, ohne dass wir darüber gesprochen hätten, ergeben, dass wir unsere Schafe gemeinsam zum Fjord hinabtrieben. Das taten wir vor allem, wenn es so glatt war. Dann mussten wir sehr achtgeben und ihnen manchmal einzeln hinabhelfen. Ich konnte wohl sehen, dass er mir an diesem Tag noch wütendere Blicke zuwarf als sonst. Das war deutlich genug zu sehen. Jeder von uns hatte seinen Pickelstab zum Abstützen bei sich, und ich merkte auch, dass er sich andauernd in meinem Rücken hielt. Daher kam mir so allmählich der Verdacht, er führe vielleicht etwas Böses im Schilde, und ich war sehr auf der Hut, warf immer wieder einen Blick über die Schulter zurück. Bald waren wir unten am Ufer angekommen, und ich passte wohl nicht mehr so sorgsam auf, denn plötzlich steht er direkt hinter mir, den Stock zum Schlag erhoben, und sagt: Jetzt passiert endlich, was ich mir schon lange vorgenommen habe. Aber ich war schneller in meinen Bewegungen, wich seinem Schlag aus und hieb ihm meinen Stock mitten ins Gesicht. In dem Moment habe ich gar nicht daran gedacht, dass ich ihn töten wollte, ich schlug einfach nur zu. Der Schlag traf ihn an der Backe, und er fiel tot um. – Der Stock war entzweigebrochen.

Was war das für ein Stock, und was ist aus ihm geworden?

Es war mein ganz gewöhnlicher Hirtenstab aus Espenholz, von dem ich nachher erzählt habe, ich hätte ihn Jón geliehen, weil er besser sei als seiner. Die beiden Hälften habe ich ins Wasser geworfen, um sie aus dem Weg zu schaffen. Mit aller Kraft, und ich habe sie seitdem nicht wiedergesehen.

Aha, und was dann?

Na ja, als ich sah, was ich getan hatte, nahm ich die Leiche und warf sie auch ins Wasser; von dem Steinwall neben der Bootslände.

Gab es keine Lebenszeichen mehr an ihm?

Nein. Zumindest bin ich davon ausgegangen, dass Jón tot war … Eigentlich habe ich in dem Moment an nichts anderes gedacht als daran, ihn loszuwerden, und man kann nicht einmal behaupten, dass ich dabei wirklich *gedacht* hätte. Eher so wie in einem Fiebertraum habe ich mich daran gemacht, alle Spuren zu beseitigen. Es ging doch vor allem darum, zu verbergen, was ich getan hatte.

Jóns Stab aber, den hast du mit dir nach Hause genommen – warum das?

Ich glaube, ich hatte keine besondere Absicht dabei. Nicht gleich. Ich meinte wohl nur, da ich mit einem Stab in der Hand vom Hof gegangen war, müsste ich auch mit einem Stab in der Hand wiederkommen. Das kam mir weniger auffällig vor.

Und zu Hause hast du dann die Geschichte aufgetischt, dass Jón nach Skor hinübergegangen sei.

Ja, das habe ich den anderen erzählt. Steinunn dagegen habe ich alles anvertraut, wie es sich abgespielt hat … Obwohl, ich habe ihr nicht jede Einzelheit erzählt. Nur, dass ich Jón erschlagen hatte.

Findest du im Nachhinein nicht selbst, dass die Geschichte, die du den anderen aufgetischt hast, recht unwahrscheinlich klingt?

Doch, schon. Eigentlich geht sie auch auf Steinunn zurück. Allen war bekannt, dass Jón bald so gut wie kein Heu mehr auf dem Hof hatte. Darum fand ich Steinunns Vorschlag auf den ersten Blick sehr gut und habe selbst nicht weiter darüber nachgedacht, sondern es nur den anderen so erzählt. Mir selbst ist in dem Moment auf die Schnelle einfach nichts eingefallen. Ich habe keine Übung im Lügen. Ich hätte wohl am ehesten so getan, als wäre ich Jón an dem Morgen draußen gar nicht mehr begegnet. Aber man kann die Ställe vom Hof aus sehen, und Steinunn meinte zu Recht, jemand hätte vielleicht beobachtet, dass wir gemeinsam zum Ufer abgestiegen waren. Als ich mir klarmachte, in was für eine üble Lage ich geraten wäre, wenn ich vor Steinunn schon jemand anderem über den Weg gelaufen wäre, war ich nur froh und erleichtert, verbreiten zu können, Jón sei nach Skor aufgebrochen. Und als ich dann an der Haustür meinem Bruder Jón begegnete, habe ich ihm ganz schnell erzählt, was ich mir mit Steinunn zurechtgelegt hatte. Ich tat sogar so, als wenn Jón noch in Sichtweite wäre, damit sich mein Bruder womöglich einbilden konnte, ihn ebenfalls auf dem Weg gesehen zu haben, aber das hat nicht geklappt. Er konnte nichts erkennen. – Es gab ja auch nichts zu sehen.

Warum hast du nicht die Wahrheit über euren Zusammen-
stoß gesagt?

Das konnte ich nicht. Keiner hätte mir geglaubt. Erst recht nicht
mehr, nachdem ich den Mann ins Wasser geworfen hatte. Und
während ich ihn zum Meer schleppte, habe ich nur daran gedacht,
wie ich ihn loswerden könnte, wo er jetzt endlich tot war …

Und um deine Missetat zu tarnen, hast du die Lügengeschichte
in Umlauf gebracht, er wäre nach Skor gegangen und dort abgestürzt?

Ja, wozu denn sonst?

Und danach hast du den seligen Jón nie wiedergesehen?

Oh doch, leider. So leicht ist man den nicht losgeworden.

Leises Zucken durchlief Bjarni, als wäre er kurz davor, in Weinen auszubrechen. Wieder und wieder zuckte er schauernd zusammen. Dann wurde er ruhiger. Sýslumaður Scheving gönnte
ihm eine kleine Erholungspause. Dann nahm er das Verhör wieder auf:

Man sei ihn nicht losgeworden, hast du gesagt. Was meinst du
damit?

Gleich am nächsten Tag, als ich wie üblich mit den Schafen zum
Ufer ging, fand ich ihn dort angetrieben. Mir wurde fast schlecht,
als ich ihn wiedersah. Ich wusste nicht, was ich noch mit ihm an-
stellen sollte. Wenn ich ihn ins Meer zurückwarf, würde ich ihn
am nächsten Tag vielleicht wiederfinden. Und das vielleicht jeden Morgen. Das war nicht einmal in Gedanken auszuhalten. Ich
schleppte ihn über die Strandwälle zu einem Platz, wo ich unter
dem Eis eine tiefe Schneewehe wusste. Da brach ich die Eisschicht
auf und grub ihm ein Grab im Schnee, in das ich ihn dann legte.

Wie lange hast du ihn dort liegen lassen?

Den ganzen Winter. Bis zu den Ziehtagen in diesem Frühjahr.

Also bis Juni? Vielleicht nur ein paar Tage, bevor deine Frau starb?

Ja, das ist richtig.

Was war deine Absicht damit, ihn dort zu vergraben?

Irgendwo musste ich ihn doch verstecken.

Aber der Schnee würde irgendwann schmelzen. Das war dir doch klar. Und er hätte sehr schnell wegtauen können. Und was dann?

Ja, was dann? *Der* Winter war allerdings nicht von der Sorte, die einen daran glauben lässt, dass es jemals wieder Frühling wird ... Sommer und grünes Gras vermochte ich mir nicht mehr vorzustellen – ehe es wieder da war.

Du willst uns jetzt nicht weismachen, du hättest dir vorgestellt, dass Jón bis zum Sankt-Nimmerleins-Tag in dieser Schneewehe liegen bleiben könnte?

Was weiß ich, was ich mir gedacht habe! Ich berichte nur, was geschehen ist. Ich habe ihn dort vergraben.

Und ihn, die Leiche, den ganzen Winter unmittelbar vor deinem Weidezaun liegen gelassen?

Ja, gleich vor meinem Zaun.

In Sýslumaður Scheving ging etwas vor, etwas Gefährliches, doch er beherrschte sich und überwand es. Er begnügte sich damit, mit der Faust auf den Tisch zu klopfen und zu klopfen und zu klopfen.

Und als der Schnee wider Erwarten doch schmolz. Was da?, fragte er düster.

Na ja, da blieb ja nichts anderes übrig ... Da musste er wieder ins Meer.

Um am Tag darauf wieder an Land zu treiben!

Nein, denn inzwischen war ich auf die Schären bei den Klippen gekommen. Da gibt es nämlich Strömung. Dahin habe ich ihn getragen – es war weit –, und da habe ich ihn ins Wasser gleiten lassen.

Diesmal ließt du ihn also gleiten. Vorher hattest du ihn ins Wasser geworfen.

Ja, so war das.

Und danach hast du ihn nicht mehr gesehen?

Erst in der Kirche von Bær. Er war durch die Priele hereingetrieben. An dem Tag, an dem ich verhaftet wurde.

Und Steinunn? War die über alles im Bilde?

Ja, sie wusste Bescheid.

Hat sie dir geholfen?

Nein, ich war allein.

Hat sie auch die Leiche nicht gesehen?

Nein, niemals.

So. Und was ist mit dem Loch im Hals der Leiche?

Dazu weiß ich nichts. Das Loch ist nicht mein Werk.

Richter Scheving schwieg vorerst. Sein Blick, der auf Bjarni ruhte, war nicht bloß erbittert, was verständlich gewesen wäre. Schließlich saß er dort mit der Verantwortung des Richters. In seinem Blick lag etwas Böses und Lauerndes. Nicht ein Funke Barmherzigkeit war darin zu entdecken. Mir wurde deutlich, dass Sýslumaður Scheving Bjarni nicht glaubte. Ihm nicht glauben *wollte*. Das verstand ich nicht, denn ich glaubte ihm. Unbedingt. Im Übrigen schien der Richter in seinem Zweifel nicht allein zu sein.

Der Ankläger saß ebenfalls mit einem höchst ungläubigen Gesichtsausdruck da, doch muss man sagen, dass er im Gegensatz zum Verteidiger, dessen Vertrauen in Bjarnis Aufrichtigkeit durch dessen offenherziges Geständnis vollkommen erschüttert schien, noch überzeugt wirkte. Die übrigen Bauern saßen mucksmäuschenstill mit erschrockenen Gesichtern und zugleich neugierig aufgerissenen Augen auf ihren Plätzen. Allein der dicke Faktor Thorberg wischte sich dann und wann eine verstohlene Schnapsträne von der Wange.

Bezirksrichter Scheving fuhr fort, und er presste die Worte zwischen seinen Lippen hervor:

Nachdem Jón also zum zweiten Mal aus dem Weg geräumt war, da hast du beschlossen, auch deine Frau totzuschlagen?

Dass es dazu kam, war nicht mein Vorsatz, wollte Bjarni antworten, doch seine Stimme versagte. Er musste noch einmal ansetzen.

Richter Scheving erhob sich halb von seinem Stuhl, als wollte er auf Bjarni losgehen und ihm an die Gurgel fahren:

Sprich lauter! Und sag die Wahrheit!

Bjarni schien seine Wut gar nicht zu bemerken. Bemüht räusperte er sich und versuchte, lauter zu sprechen:

Steinunn ließ nicht locker ... Sie sagte, Guðrún muss weg ... Es wäre nicht nur ihr Mann, der sterben müsse ... hat sie gesagt. Es gab Augenblicke, da schien sie mir nicht verzeihen zu können, dass ich Jón, ihren Mann, erschlagen hatte. Ich verstand das nicht, denn ich wusste doch, dass sie Jón schon seit langem übergehabt hatte. Das wusste ich genau. Außerdem haben sie doch andauernd gestritten und so ... Da konnte es doch nicht möglich sein, dass sie auf mich wütend war, weil ich ihn getötet hatte. Oder doch? Manchmal hätte man glauben mögen, sie liebte ihn immer noch –

oder vor allem würde sie mich, jetzt, im Nachhinein, hassen. Ich habe Gott oft gefragt, wie das sein konnte.

Als Bjarni Gottes Namen erwähnte, ließ Scheving krachend die Faust fallen. Mit zusammengepressten Lippen saß er da, stumm wie ein Stein.

Bjarni suchte nach Worten. Dann fuhr er fort:

Wir hätten einander so gern angehört, als Mann und Frau, Steinunn und ich. Wären gern richtig miteinander verheiratet gewesen. Oft haben wir davon gesprochen, wie gut es uns dann ginge … all unsere Kinder hätten wir behalten können … und allein für uns sein können … auf Sjöundá. Es liegt ja so für sich. – Aber mir grauste vor dem Gedanken, auch Guðrún umzubringen; denn sie war doch eine Frau … und außerdem wusste ich jetzt, wie das war … zu töten. Ich wusste jetzt, dass es nichts besser machen kann … Aber Steinunn, die wusste es noch nicht. Sie hatte noch nicht getötet. – Man kann es sich nicht ausmalen.

Bjarni verstummte. Er stöhnte leise. Ein Stöhnen, einsam wie der Tod selbst, einsam und verloren. Dann berichtete er weiter:

Aber Steinunn ließ nicht locker … Sie hörte nicht auf. Ich will ihr nichts vorwerfen, denn wie ich gerade gesagt habe, sie wusste noch nicht, wie das ist. Und mich trifft ja doch die größte Schuld. Eigentlich alle Schuld. Schon allein deshalb, weil ich ein Mann bin. Aber so ist es dann passiert … Vielleicht hätte ich es nicht erzählen sollen. Aber ich will nicht mehr lügen. – Dass ihr Mann Jón tot gleich hinter dem Zaun lag, von mir ums Leben gebracht … es war, als hätte sie es nie vergessen können … Ich konnte es ja auch nicht. In keinem Augenblick ging es mir aus dem Sinn. Nicht einmal nachts. Nicht einmal in Träumen … Aber es wirkte ganz verschieden auf uns. Ich wollte am liebsten nie wieder mit etwas Totem in Berührung kommen. Und ich wollte nur höchst, höchst notgedrungen noch einmal töten ... Aber andererseits war es doch nun auch schon egal ... Nachdem ... Aber es selbst und mit meinen eigenen Händen tun ... ich *konnte* es nicht. Deshalb, als Steinunn keine Ruhe gab, mischte ich etwas altes Rattengift und gefeilte Kupferspäne aus Jóns Werkstatt zusammen und gab das Steinunn in einem Umschlag. Da konnte sie nicht mehr sagen, ich würde es nicht wollen ... Anschließend lief ich herum und hoffte, sie würde es nicht benutzen ... und ich dachte auch das Gegenteil und wünschte es. Beides. – Ein paar Tage vergingen. Einige Male war ich fast so weit, sie zu bitten, mir das Briefchen zurückzugeben ... Aber ich ließ es sein. Denn wenn *sie* es nicht über sich brachte, es anzuwenden – und es sah so aus, als würde sie sich nicht trauen –, dann konnte sie *mir* hinterher nicht vorwerfen, ich hätte sie davon abgehalten ...

Du lügst wie gedruckt!, fauchte Richter Scheving. Du selbst hast deiner Frau das Gift doch verabreicht.

Wozu sollte ich noch lügen?, fragte Bjarni müde zurück. Das eine ist doch nicht mehr oder weniger schlimm als das andere. – Außerdem ist sie an dem Gift, das wir ihr gegeben haben, nicht gestorben. Sie wurde bloß sehr krank, bekam ein paar fürchterliche Brechkrämpfe ... kotzte fast die ganze Nacht lang. – Aber dann hat sie sich wieder erholt. Und wir standen mit unseren bösen Absichten wieder wie vorher da, Steinunn und ich. Wie vorher. Nur dass wir uns jetzt ein Stück weit verraten hatten. Das konnte gefährlich werden ... und es wurde gefährlich. Guðrún musste ja Verdacht schöpfen, und sobald sich jemand blicken ließ, posaunte sie ihren Verdacht heraus. Bei jeder sich bietenden Gelegenheit. Wann immer sie irgendwo hinging, erzählte sie jedem, der es hören wollte, wir hätten sie vergiftet. – Es war ja richtig; aber davon, dass sie es herumtrug, wurde es auch nicht besser. Wir mussten damit rechnen, dass ihr irgendwer Glauben schenkte … Was hätten wir denn tun sollen? Warum hielt sie nicht die Klappe?!

Warum habt ihr sie nicht auf dem Hof festgehalten?

Weil … weil wir so gern auch einmal für uns allein sein wollten.

Warum habt ihr sie dann nicht gleich richtig totgeschlagen? Wo es doch schon darauf hinauslief.

Weil … Ich konnte es nicht.

Am Ende konntest du es doch.

Ja, am Ende …

Und Steinunn, sagst du, hat dich dazu überredet?

Nun ja, überredet … Zu der Zeit konnten wir nicht mehr gut miteinander reden. Es setzte nur noch Drohungen. So drohte Steinunn mir, wenn das nächste Mal ein Fremder auf den Hof käme, würde sie ihn an Jóns Grab im Schnee führen. Und ihm eine Schaufel leihen! Ich habe mir fast gewünscht, sie würde es ernsthaft tun. Dann wieder dachte ich mir, dann wäre doch alles umsonst gewesen … Ich konnte auch nicht aufhören zu hoffen. Als der Frühling kam … da erschien es mir doch wieder möglich. Da gewann ich den Glauben daran zurück, dass Steinunn und ich es doch einmal gut zusammen haben könnten. – Falls Guðrún starb. Oder falls sie ging und verschwand. Wenn sie etwa ins Wasser gehen würde. Oder wenn sie einfach bloß von Haus und Hof weglaufen würde … Wenn sie irgendwo hinging, sagte ich deshalb zu ihr: Entweder du bist am Abend zurück, oder du kannst gleich ganz wegbleiben. Selbst wenn sie dann wieder zu Hause war, lief ich noch immer herum und wünschte mir, sie wäre nicht gekommen. Wäre sie nicht wiedergekommen, dann wäre doch alles gut gewesen. Glaubte ich. So schön hätte es werden können ... nach allem, was geschehen war.

Bezirksrichter Scheving beugte sich heiser vor:

Kommen wir zur Sache! Am Pfingstsamstag, also Samstag, dem 5. Juni, hast du sie ermordet. Richtig?

Ja. Ich war an dem Morgen früh auf den Beinen und aus dem Haus, um die Milchschafe zusammenzutreiben, die nicht von allein zum Pferch gekommen waren. Es war abgesprochen, dass, sobald ich damit fertig war, Guðrún und Steinunn zum Melken kommen sollten. Als ich sämtliche Schafe im Pferch beisammenhatte ... kam Steinunn ...

Bjarni brach ab. Er schlug die Hände vors Gesicht und schluchzte. Ganz leise.

Ihr hattet wohl abgemacht, Pfingsten zu feiern, indem ihr deine Frau auf die gleiche Reise schicktet wie Jón Þorgrímsson am Gründonnerstag. Womöglich entdeckt Séra Jón darin noch eine Art von Gottesfürchtigkeit! Nun red schon weiter, Mann!

Wenig später ... Wenig später sahen wir Guðrún vom Hof herabkommen ... Da sagte Steinunn: Jetzt kannst du wählen, entweder oder. Tust du's nicht, dann verrate ich dich. Ich sagte: Mach's doch selbst! Darauf sie: Ich schaffe es nicht allein ... Guðrún hatte sich unterwegs hingesetzt ... Ich ging ihr entgegen, begann zu laufen ... Als sie mich kommen sah, raffte sie sich auf ... Ich packte sie mit der einen Hand am Hals, mit der anderen schlug ich ihr in den Rücken, damit sie umfiel.

Hat sie nichts gesagt, als du auf sie zukamst?

Sie sagte: Wollt ihr mich umbringen? – Als sie am Boden lag, presste ich beide Hände auf ihr Gesicht, hielt ihr Nase und Mund zu …

Mit der Absicht, sie zu ersticken?

Ja …

Und Steinunn?

Sie hielt ihre Arme fest, presste sie an die Seiten, damit sie nicht um sich schlagen konnte …

Hat sie sich gewehrt, um freizukommen?

Nein, sie lag völlig still. Als ich die Hände von ihrem Gesicht nahm, weil ich glaubte, dass sie tot wäre … da war sie noch gar nicht tot … Sie blickte mich an. – Bewegen konnte sie sich nicht … aber ihre Augen folgten mir … Steinunn rannte dann nach Hause … holte eine Decke … Wir legten sie hinein und trugen sie ins Haus …

War sie da tot?

Nein, nicht ganz. – Wir haben sie in ihr Bett gelegt … Da ist sie gestorben … Wenig später … haben wir ihr die Augen geschlossen …

Und dann?

Vergingen die Pfingsttage. Am Mittwoch nach Pfingsten habe ich die Nachbarin geholt, Björg auf Melanes. Ich habe sie gebeten, uns behilflich zu sein, Guðrún in den Sarg zu betten.

Der Sarg – wo hattest du den her?

Den habe ich selbst gezimmert. Über Pfingsten.

Warum hast du Hilfe von auswärts geholt? Geschah das, um einem möglichen Verdacht zuvorzukommen?

Deswegen, ja … Ich dachte, es wäre das Beste, wenn jemand Guðrún noch sah, bevor sie beerdigt wurde.

Und? Hat Björg keinen Verdacht geschöpft?

Björg kannte mich gut … Nein, ich glaube nicht, dass ihr ein Verdacht kam. Aber das solltest du sie besser selbst fragen. – Am Tag darauf brachte ich den Leichnam zur Kirche und erklärte, sie sei an den Schmerzen in ihrer Brust gestorben. Es war ja bekannt, dass sie daran gelitten hatte.

Der Richter ließ das Protokoll von Bjarnis Geständnis langsam und Wort für Wort verlesen, worauf er ihn fragte, ob er das Verlesene in dieser Form als sein Geständnis anerkenne. Bjarni nickte matt.

Dann wollen wir es noch einmal in deutlichen Worten festhalten, rief Scheving ungeduldig und diktierte für das Protokoll noch folgende Fragen:

Hast du, Bjarni, am 1. April dieses Jahres den unschuldigen Jón Þorgrímsson getötet?

Bjarni hob den Kopf und antwortete leicht verwundert:

Ganz gewiss widerfuhr mir das Unglück, Jón Þorgrímsson zu töten, aber unschuldig kann man ihn nicht nennen, da er doch ohne Grund von meiner Seite seinen Stab gegen mich erhoben hatte, bevor ich ihn schlug.

Richter Scheving überhörte offensichtlich Bjarnis Einwand und diktierte weiter:

Hast du, Bjarni, dem verstorbenen Jón den Stich zugefügt, der an der an Land getriebenen Leiche konstatiert wurde?

Nein.

Was war deine Absicht, als du Steinunn die Kupferspäne aushändigtest, die sie deiner Frau verabreichte?

Dass Guðrún daran sterben solle, flüsterte Bjarni.

Hast du, Bjarni, am Hals gewürgt und damit zu Tode gebracht deine Ehefrau Guðrún Egilsdóttir?

Bjarni klappte, von Weinen geschüttelt, zusammen, doch nur ganz kurz; dann fasste er sich und nahm die Hände vom Gesicht:

Ja, das gestehe ich.

Hattest du, Bjarni, außer Steinunn dabei keinen weiteren Mithelfer oder Mitwisser?

Nein, keinen.

Der Richter betrachtete Bjarni schweigend. Anschließend fragte er in verändertem Ton:

Sag mir zum Schluss, findest du nicht, deine Aussage, Jón Þorgrímsson solle dich überfallen haben, klingt fast genauso unglaubwürdig wie die, dass er die Rauðuskriður hinabgestürzt sein sollte, ohne sich einen Knochen zu brechen?

Ich habe nur erzählt, wie es sich zugetragen hat, meinte Bjarni niedergeschlagen.

Kannst du mir einen nachvollziehbaren Grund dafür nennen, weshalb ein Mann, dem du körperlich so weit überlegen warst, dass du ihn in die Tasche stecken konntest, dich anfallen sollte?

Nein, das kann ich nicht.

Kannst du uns irgendwelche Narben zeigen?

Nein.

Bist du von einem Schlag verletzt worden?

Nein, er hat es nicht geschafft, mich zu treffen.

Hast du das Gleiche vor dem heutigen Tag schon einmal jemandem erzählt?

Nein, denn ich habe niemandem gesagt, wie es zugegangen ist.

Willst du nicht doch lieber die Wahrheit sagen?

Ich sage die Wahrheit.

Richter Scheving sprang auf und donnerte wieder mit der Faust auf den Tisch:

Führt den Kerl ab und legt ihn in Ketten!

Bjarni erhob sich und schlurfte müde zur Tür. Sein Blick streifte mich; matt, als würde er gar nicht begreifen, wer ich war.

XXVI

Rank und trotzig trat Steinunn durch die Tür; allzu hoch aufgerichtet und stolz, als dass die Haltung echt sein konnte. Sie war
äußerst blass. Zu meiner Bestürzung und Betrübnis las ich Furcht
in ihren Augen. Sie war gut verborgen, aber sie war da. Eine wilde,
namenlose Furcht, wie man sie bei Frauen und schwächlichen
Männern antrifft.

Der Sýslumaður lehnte sich auf seinem Stuhl zurück. Er war
erschöpft. Er machte keine Miene, sie verhören zu wollen, sondern saß bloß da und musterte sie. Diesmal lag eine gewisse Zu-
rückhaltung in seinem Blick, aber kein Unbehagen. Da jedoch
auch der Ankläger keine Anstalten machte, in Aktion zu treten,
machte Scheving ihm mit einem Blick Beine.

Monsieur Einar warf Steinunn einen feindseligen Blick zu und
fragte einleitend nach ihrem Verhältnis zu Bjarni.

Steinunn, die vor sich zu Boden gestarrt hatte, hob die Augen,
richtete sie voller Verachtung auf Einar und gestand völlig unge-
zwungen, ja, sie hätten ein Verhältnis gehabt.

Wie oft habt ihr miteinander Umgang gehabt, bevor Bjarni Jón
erschlagen hat?

Ich habe es nicht gezählt.

Mit anderen Worten sehr oft.

Steinunn schwieg einen Moment. Dann schleuderte sie ihm
hin:

Ja, sehr oft.

Wann hat es damit angefangen?

Irgendwann letzten Winter.

Wann?

Eine Weile, nachdem der Winter eingesetzt hatte.

Und von da an ging es also so weiter?

Ja, es ging so weiter. Bis in die dreizehnte Sommerwoche, als meine Kinder und ich ungefragt und gegen meinen Willen von Sjöundá verschleppt wurden.

Hast du mit Bjarni gemeinsam Pläne ausgeheckt, deinem Mann nach dem Leben zu trachten?

Ja.

Habt ihr verabredet, dass Bjarni ihn töten solle.

Ja.

Hast du ihn dazu gedrängt.

Nein, das habe ich nicht getan.

Aber du wusstest im Vorhinein, dass Bjarni vorhatte, ihn umzubringen?

Ich wusste, dass er es im Sinn hatte, aber nicht, wann.

War dir bekannt, auf welche Weise er ihn ermorden wollte?

Nein, das war es nicht. Das hat er nicht gesagt. Aber an jenem Tag kam er gleich nach Hause und sagte, Jón wäre tot.

Was sagte er?

Er sagte, er hätte meinen Jón getötet.

Wie hatte er ihn getötet? Sagte er das?

Mit seinem Stock auf den Kopf geschlagen und anschließend ins Wasser geworfen.

Hat er nicht erwähnt, was vorher zwischen den beiden vorgegangen war?

Nein, das tat er nicht.

Hat er dir auch nicht erzählt, dass Jón ihn angefallen hätte?

Nein.

Hast du ihn nicht nach dem Hergang der Tat gefragt?

Nein, ganz bestimmt nicht.

Kaum glaubhaft, dass du ihn nicht nach den näheren Umständen des Mordes gefragt haben willst.

Als Bjarni von sich aus nichts erzählte, habe ich geglaubt, er wolle möglichst nicht darüber sprechen.

Warst du denn nicht neugierig?

Ich wollte am liebsten gar nichts wissen. Ich wusste schon genug.

Was wusstest du denn?

Dass er ihm den Schädel eingeschlagen und ihn ins Wasser geworfen hatte.

Hast du Bjarni nicht dabei geholfen?

Ein plötzlicher Schrecken durchfuhr Steinunn und sie rief zitternd:

Nein!

Wo hast du dich aufgehalten, als es geschah?

Steinunn riss sich zusammen; sie schloss die Augen und bekam sich wieder unter Kontrolle, dann antwortete sie mit fester Stimme:

Ich war zu Hause auf dem Hof.

Wo auf dem Hof?

In der Stube, in den verschiedenen Gängen, an der Haustür … was weiß ich?!

Du bist womöglich unruhig auf und ab gelaufen.

Warum hätte ich das tun sollen? Ich ahnte doch nicht, dass es an dem Tag passieren würde.

Hast du Bjarni nicht dabei geholfen, Jón in der Schneewehe zu verscharren? Oder ihn dort hinzutragen?

Steinunn schloss erneut für einen Moment die Augen und antwortete dann müde:

Nein, er hat mich nicht um Hilfe gebeten. Und ich habe ihm auch keine angeboten.

Hättest du ihm geholfen, wenn er dich darum gebeten hätte?

Ich hätte alles getan, worum Bjarni mich gebeten hätte.

Wo ist er die Leiche losgeworden?

Als Jón tags darauf wieder an Land trieb, hat Bjarni ihn im Schnee vergraben. Da lag er dann. Bis Bjarni ihn irgendwann im Frühjahr wieder ins Meer geworfen hat.

Habt ihr kein Boot benutzt und ihn aufs Meer hinausgerudert?

Steinunn schüttelte den Kopf:

Wer kann den so was behaupten? Daran ist nichts wahr. Es war nicht einmal die Rede davon.

Hat Bjarni dir nicht anvertraut, dass er Jón in die Brust gestochen hat, bevor er umfiel?

Das glaube ich nicht, dass er das getan hat. Nachdem er den Leichnam zum zweiten Mal ins Meer geworfen hatte, sagte er nämlich zu mir, es mache nichts, wenn er irgendwo an Land treiben würde; man könne ihm nicht ansehen, dass er getötet worden sei. Es gäbe keine sichtbaren Anzeichen.

Richter Scheving räusperte sich, was Einar Jónsson als Aufforderung, das Thema zu wechseln, verstand:

Du hast auch mit Bjarni geplant, seine Frau, die verstorbene Guðrún, zu töten.

Ja, nachdem mein Mann tot war.

Wurde der Entschluss nicht schon vorher gefasst?

Nein, aber nachdem er erst einmal meinen Mann umgebracht hatte, konnte er wohl auch seine Frau aus dem Weg räumen!

Du aber hast ihr doch das Gift eingeflößt, schon einen guten Monat, bevor sie schließlich gestorben ist. Das hat Bjarni ausgesagt.

Steinunn errötete hastig. Sie zögerte kurz und erklärte dann, auf einmal unsicher und nach Worten suchend:

Das stimmt auch … Das heißt … Ich wusste nicht, was Bjarni mir da in dem Papier zugesteckt hatte, damit ich es Guðrún geben sollte … Ich habe es auch zwei Tage aufgehoben, bevor ich … es ihr gab …

Steinunn war auf einmal derart verändert, als wäre die Zeit ein paar Tage zurückgedreht worden. Das konnte nicht nur daran liegen, dass sie sich schämte, vorher Bjarni angehängt zu haben, das Gift in die Grütze gekippt zu haben. Eher handelte es sich wohl um einen dieser raschen Stimmungswandel und Zeitsprünge, die bei vielen Menschen vorkommen. Man braucht sie bloß an eine frühere Stimmung zu erinnern oder dazu zu bringen, sich ihrer selbst zu entsinnen, und sie sind mit einem Schlag gänzlich verändert, wieder in die damalige Situation mit all ihren Verhältnissen, Gefühlen und Gemütszuständen zurückgeglitten. Sicherlich war es etwas in der Art, was zu dem Zeitpunkt in Steinunn vorging. Die Angst, die sich in der Nacht in ihrem verzweifelten Schrei »Ich will nicht sterben« Luft gemacht hatte, lag noch immer auf der Lauer; die ganze Zeit. Und mit einem Mal wurde sie davon übermannt. Sie war nicht mehr sie selbst. Die Furcht des Fleisches hatte ihre Klauen in sie geschlagen.

Hat Bjarni dir nicht verraten, was sich in dem Umschlag befand?

Nein, das hat er nicht getan. Er hat es nicht mit einem Wort verraten … Vielleicht hat er es … Rotpulver oder so genannt. Ja, ich glaube, so.

Und er hat nicht etwa gesagt Rattenpulver?

Das ist möglich. Doch, wahrscheinlich schon … Aber ich habe ja gesagt, dass ich mich daran nicht erinnern kann.

Der Richter beugte sich über den Tisch und fragte langsam und mit Nachdruck:

Bjarni hat dir nicht gesagt, es wäre tödlich?

Steinunn, die zwischenzeitlich wieder ihre Blässe angenommen hatte, errötete aufs Neue und wirkte hilflos. Offenbar konnte sie sich nicht entschließen, wie viel sie zugeben wollte, und nicht übersehen, wo sie am dienlichsten die Grenze zwischen Wahrheit und Lüge ziehen sollte. Endlich murmelte sie verunsichert:

Das wird er wohl schon gesagt haben … doch, ich glaube schon, dass er es erwähnt hat.

Schön. Zu welchem Zweck hast du denn Guðrún dazu gebracht, die vergiftete Graupensuppe zu essen?

Es war Bjarnis Absicht, dass sie davon sterben sollte.

Nicht die deine?

Dooch … meine auch. Aber sie ist ja nicht gestorben, sie hat's überlebt.

Wir wissen ja, wie es ausgegangen ist. Aber sag mir, du hast doch Bjarni dazu gebracht, sie zu töten?

Nein! Nein; gar nicht.

Gar nicht? – Hast du ihm denn nicht assistiert, als er sie getötet hat?

Ich habe nur ihre Arme festgehalten … Er hat mir den Befehl

dazu gegeben. Ich habe es nicht gewagt, seinen Anweisungen nicht zu gehorchen. Er war ganz außer sich. – Dafür … dafür kann man mir doch nicht den Kopf abschlagen, oder?

Richter Scheving wich ihrem Blick aus.

Plötzlich sank Steinunn wie leblos in sich zusammen, knickte zuerst in den Knien ein, dann in der Hüfte, bis sie wie tot umfiel. Ihr Hinterkopf schlug hart auf den Boden.

Ich half, ihre Schläfen mit Wasser abzureiben und ihr etwas Branntwein zwischen die Lippen zu träufeln. Nach geraumer Zeit kam sie wieder zu Bewusstsein. Man stellte ihr einen Stuhl hin, und der Sýslumaður nahm das Verhör wieder auf. Er befragte sie nach sämtlichen Einzelheiten im Zusammenhang mit Guðrúns Tod. Ihre Angaben stimmten mit denen Bjarnis überein. Allerdings bestritt sie wiederholt und hartnäckig, dass sie Bjarni aufgefordert hätte, Guðrún an diesem Tag zu töten. Das hätte sie nie wieder getan, seit sie ihr das Gift gegeben hatte, beteuerte sie. Als Richter Scheving schließlich danach fragte, wo ihre und Bjarnis Kinder sich zum Zeitpunkt des Mordes aufgehalten hätten, zögerte sie und flüsterte dann:

Sie waren noch nicht aufgestanden …

Scheving strich sich die Augenbrauen und fragte weniger streng:

Wie war eigentlich das Verhältnis zwischen deinen Kindern und Bjarni?

Die Jungen hingen an ihm, berichtete Steinunn tonlos, besonders Sveinn, der Älteste … Er steckte immer mit Bjarni zusammen, wenn er durfte. Seit wir im Sommer nach Hrisnes abgeschoben wurden, läuft er andauernd herum und singt: Nie kommt mein Freund, nie kommt mein Freund … Mein Freund, das ist Bjarni …

Sie schluchzte auf, hemmungslos und untröstlich. Es hörte sich an wie bei einem Hund eine Mischung aus Bellen und Jaulen.

Bringt Bjarni herein!, übertönte der Bezirksrichter ihr Heulen. Wir müssen feststellen, wer von beiden die Wahrheit sagt.

Steinunn richtete sich mit einem Ruck auf dem Stuhl auf.

O nein, bat sie verzweifelt. Muss das unbedingt sein …?

XXVII

Bjarni stand schon im Raum.

Er war ruhiger als vorher; viel ruhiger. Diesmal sah er mich nicht bloß, er grüßte auch mit einem Nicken, das gefasst wirken sollte. Der Blick, den er mir zuwarf, lag allerdings voller Trauer und Scham. Doch es war deutlich, dass er seine Entscheidung getroffen hatte. *Er* würde nicht mehr zurückweichen. Er hatte … gesiegt. – Soweit ein armer, schwacher Mensch aus angsterfülltem Fleisch und Blut siegen kann. Er stellte sich neben Steinunn, und trotz seiner Ohnmacht lag etwas Beschützendes in seiner Haltung, und er blickte zu ihr hinab. Sie blieb sitzen, wo sie saß, in sich zusammengesunken, und hob das Gesicht nicht zu ihm auf. Doch hatte sie zu weinen aufgehört. Trotzdem schienen seine Augen und Gesichtszüge eine Spur matter zu werden. Als sei er enttäuscht. Aber er blieb ruhig und fest.

Sýslumaður Scheving ließ ihn eine ganze Weile so stehen; musterte ihn von oben bis unten. Dann begann er:

Steinunn Sveinsdóttir bestreitet, dass sie dich nach dem Tag, an dem ihr Guðrún das Gift gegeben habt, noch einmal angestiftet haben soll, deine Frau zu ermorden.

Warum leugnest du das?, fragte Bjarni leise und traurig.

Du hast deine Äußerungen an das Gericht zu richten!, kommandierte der Bezirksrichter streng. Was hast du dazu zu sagen?

Dass es dennoch wahr ist, entgegnete Bjarni trotzig.

Steinunn erschauerte wie vor Kälte und rief laut:

Nein! Glaubt ihm nicht! Er lügt … Er lügt!

Bjarni fuhr zusammen. Er war drauf und dran, eine hitzige

Antwort zu geben; sein Gesicht verzerrte und verdunkelte sich, als ob schwarzes Blut seine Haut sprengen wollte. Dann wurde er seiner Erregung wieder Herr und beschränkte sich darauf, stumm den Kopf zu schütteln.

Gibst du zu, dass du gelogen hast?, herrschte Scheving ihn an.

Bjarni zögerte, wollte etwas sagen, hielt noch einmal inne und erklärte dann:

Ich habe alles genau so berichtet, wie es vor sich gegangen ist. Ich will nicht mehr lügen, nicht einmal, um Steinunn zu retten – dazu ist es ohnehin zu spät. Ich dachte, wir seien uns einig ... Steinunn hat es nur mit der Angst gekriegt. Sie wird sich schon wieder besinnen, was richtig ist.

Darauf brach Steinunn vollends zusammen. Sie wiegte sich wie ein altes Weib auf ihrem Stuhl vor und zurück und begann zu jammern:

Oh ... oh! Warum sagst du so was, Bjarni? ... Oh, Gott ... Warum soll ich noch tiefer ins Verderben gestürzt werden, als ich schon bin? ... Findest du nicht, dass ich deinetwegen schon genug gelitten habe?

Wie oft hast du Bjarni, alles in allem, aufgefordert, Guðrún zu töten?, fragte Richter Scheving bewegt.

Nur zweimal! ... Nur zweimal ... und das war, bevor wir ihr das Gift gegeben haben.

Bjarni schüttelte missmutig den Kopf. Sein ratloser Blick blieb an mir hängen. Ausgerechnet an mir! Ich hatte doch keine Ahnung und wagte nicht, ihm zu etwas zu raten, weder mit Worten noch mit einer Miene.

Warum wolltest du, dass er sie umbringen sollte?

Das war doch nicht ich allein! Er wollte es doch auch selbst.

Der Richter wischte es lästig beiseite:

Ja, ja. Aber *warum* wolltet ihr sie aus der Welt schaffen?

Damit *wir* heiraten konnten. Das war der Grund. Solange sie lebte, ging es doch nicht. – Außerdem lief sie herum und erzählte jedermann, wir wären gemein zu ihr, und *wir* lebten zusammen. Es kam doch von ihrem ganzen Getratsche, dass wir später auseinandergerissen wurden und nie zusammen sein durften. Wie oft habe ich nicht vorhergesagt, dass es genau so kommen würde ... solange sie so weitermachen dürfe.

Hast du an dem Tag am Schafpferch nicht gesagt, Bjarni müsse sich entscheiden, entweder müsse er sie auf der Stelle töten oder du würdest anderen erzählen, dass er deinen Jón erschlagen hatte?

Nein! Nein ... das habe ich nie gesagt ...

Genau die Formulierung hast du gebraucht, fiel ihr Bjarni mit einem Stöhnen ins Wort. Und genau deshalb habe ich die Besinnung verloren ...

Warum lügst du? Du hast mich doch gerufen! ... Du hast doch gesagt: Komm her und hilf mir!

Ja, das ist richtig; aber das war hinterher. Du erinnerst dich ganz sicher. Das war, nachdem ich dir gesagt hatte: Bring du sie doch um! Entsinnst du dich wirklich nicht? Erinnerst du dich nicht, dass du geantwortet hast: Das schaffe ich nicht allein. *Da* erst habe ich gerufen: Gut, dann komm! Und bin dir vorausgelaufen. Weißt du das nicht mehr?

Nein!, schrie Steinunn. Nein und nochmal nein! Ihr dürft ihm nicht glauben! Das ist alles erlogen.

Kannst du dich dann auch nicht mehr erinnern, dass du noch gesagt hast, wir würden nie wieder eine günstigere Gelegenheit bekommen, weil die Kinder noch schliefen. – Hast du das auch vergessen?

Nein, das weiß ich noch. Das war aber doch nur etwas, das man so dahersagt.

Erinnerst du dich dann auch, wie oft du gesagt hast, dass Guðrún herumlaufen und überall über uns klatschen und uns schlechtmachen würde? Und dass es uns am Ende noch ins Unglück bringen würde – wenn wir ihr nicht endgültig das Maul stopften.

Doch, vielleicht … Aber wozu erinnerst du mich an all das?

Damit du dich nun wohl doch daran erinnerst, dass ich dir an dem Morgen zugerufen habe: Jetzt werde ich ihr das Maul stopfen, damit du vor dem keine Angst mehr zu haben brauchst.

Steinunn weinte nur noch. Weinte und wimmerte.

Ich hätte über deine Beteiligung besser gar nichts gesagt. Warum hast du mich nicht rechtzeitig darum gebeten?, fragte Bjarni, von ihren teilweisen Eingeständnissen milder gestimmt. Aber du musst einsehen, dass es jetzt zu spät ist! … Warum hast du mich heute Nacht glauben gemacht, wir wären uns einig? Ich war so froh, weil du mit mir gehen wolltest – sogar in den Tod. Aber ich kann auch allein gehen.

Steinunn saß noch immer zusammengekrümmt da und weinte.

Richter Scheving gab Anweisung, sie hinauszuführen. Als sie fort war, wandte er sich an Bjarni:

Warum willst du nicht endlich gestehen, dass du den seligen Jón erstochen hast?

Weil ich es nicht getan habe.

Der Richter ließ den Befund der Leichenschau erneut vorlesen, worauf er an mich die Frage richtete, ob ich mich für mein Teil dazu bekannte, dass ich der Meinung gewesen sei, Jón sei durch einen Stich in den Hals getötet worden.

Das habe ich angenommen, gab ich zu. Doch als wir die Leiche zum zweiten Mal untersuchten, war das Loch sehr viel weniger sichtbar.

Das wissen wir ja, schnitt mir Scheving das Wort ab. Aber du, Bjarni, gesteh jetzt endlich, dass du Jón erstochen hast!

Bjarni sah mir in die Augen.

Ich habe Jón nicht erstochen. Ich weiß nichts von diesem Loch. Das sage ich nicht, um meine Schuld zu vermindern. Denn umgebracht habe ich ihn, und das habe ich gestanden. Ich war überzeugt, dass er nach meinem Schlag mit dem Stock tot war. Und wenn er noch nicht ganz tot war, als ich ihn ins Wasser warf … Ich will sagen, dann habe ich ihn doch ertränkt. Hätte ich ihn erstochen, dann würde ich auch das gestehen. Ebenso wie all das andere.

Willst du auch weiterhin die Behauptung aufrechterhalten, er hätte seinen Stock gegen dich erhoben, ehe du zuschlugst?

Ja, denn er war derjenige, der mich schlagen wollte – sonst wäre an dem Tag wahrscheinlich gar nichts passiert.

Der Sýslumaður schäumte:

Bloßes Geschwätz, das Ganze! Ausflüchte! Kerl, das war geplanter Mord – das hast du doch schon zugegeben! Du hattest den Entschluss, Jón Þorgrímsson zu ermorden, seit langem gefasst.

Ja! Ist ja richtig. Ich war überzeugt, dass er sterben musste.

Warum?

Das habe ich doch längst gesagt. Wir haben uns gehasst. Der Grund war mein Verhältnis mit Steinunn.

Du fandst es also nicht abscheulich genug, mit seiner Frau zu schlafen, der Mann musste obendrein noch umgebracht werden! – Und deine eigene Frau? Welche Absicht hast du mit dem Mord an ihr verfolgt?

Der eigentliche Grund war wohl mein Verlangen danach, Steinunn heiraten zu können.

Verlangen! Ja, ja, Verlangen ...!

Der Bezirksrichter knallte die Faust auf den Tisch.

Holt die Frau rein!

Diesmal musste Steinunn von ihren Wächtern gestützt werden. Sie war nicht mehr imstande, sich aus eigener Kraft aufrecht zu halten. Sie setzten sie auf den Stuhl, konnten sie aber noch immer nicht loslassen; dann wäre sie schlicht umgefallen.

Richter Scheving fragte sie:

Wie konntest du dein Einverständnis geben, Steinunn, dass Bjarni deinen Mann töten sollte?

Ich empfand damals nichts als Kälte und Hass für ihn, flüsterte Steinunn kaum hörbar und mit langen Pausen zwischen den einzelnen Wörtern. Es hatte seit langer Zeit nichts als Ärger und böse Worte zwischen uns gegeben ... zwischen ihm und mir ... Jón hatte sogar angefangen, mir Prügel anzudrohen ... Und ich hatte doch von Kindesbeinen schon immer Angst ... vor allem, was weh tut ... Ich fühlte mich meines Lebens nicht mehr sicher, wusste nicht ... ob *er* mich nicht eines Tages totschlagen würde ... Er war so seltsam geworden ... so verändert. – Außerdem ... außerdem liebte ich Bjarni ...

Zu welchem Zweck warst du bereit, dich an der Planung und Ausführung des Mordes an Bjarnis Frau zu beteiligen?

Weil ich ihn doch liebte ... Und weil ich so gern wollte, dass wir beide heiraten könnten … Mein ganzes Unglück kommt von meiner Liebe zu Bjarni.

In einem Weinkrampf brach sie zusammen. Der Richter ließ sie wieder hinausbringen. Gleich danach übergab er auch Bjarni seinen Wärtern und schloss die Verhandlung.

XXVIII

Bevor ich an diesem Abend zur Ruhe ging, suchte ich noch einmal die Gefangenen auf. Steinunn schien sich wieder etwas beruhigt zu haben, doch sobald sie mich sah, brach sie in Tränen aus.

Du musst entschuldigen, schluchzte sie. Ich bin zu nichts mehr in der Lage. Ich fühle mich so elend ... so elend.

Ich legte ihr die Hand auf den Kopf.

Arme Steinunn, sagte ich. Es gibt nur einen, der dir Kraft geben kann. Das vermag Gott allein. Fragst du nach ihm, und willst du ihn wirklich finden, dann wirst du ihn auch finden – in deinem Herzen.

Nachdem sie noch eine Weile geweint hatte, bat sie mich mit einer Stimme, die ich zuletzt vor langer Zeit von ihr gehört hatte:

Könntest du Bjarni bitte ausrichten ...

Zwischen den Häftlingen dürfen keine Botschaften ausgetauscht werden, mischte sich einer der Wächter in strengem Tonfall ein.

Diese Anordnung gilt nicht mehr, erwiderte ich. Es wurde ein volles Geständnis abgelegt.

Ich nehme nur vom Sýslumaður Anweisungen entgegen, rief er.

Dann hol ihn!, sagte ich.

Das aber wollte er nicht.

Was soll ich Bjarni denn nun von dir ausrichten?, fragte ich Steinunn.

Frag und bitte ihn von mir, ob er mich nicht vergessen kann, wie er mich heute gesehen hat, wisperte sie, und ihre Augen waren wie ausgebrannt, erloschen. Bitte ihn, mich so in Erinnerung zu behalten, wie ich vorher war ... damals, als ich ihm gefallen habe ... damals, als er mich einfach nur geliebt hat.

Ich wusste nicht, ob ich nun gehen oder bleiben sollte.

Steinunn blieb eine Zeit lang stumm. Dann hauchte sie noch leiser:

Ich bin nämlich ... nicht so ... so, wie alle jetzt von mir glauben ... Es ist alles ... irgendwie ... so gekommen. Wer mich kennen will ... muss mich kennen, wie ich damals war ... vorher. – So bin ich nämlich ... Hier drin ... Jón ... das war ja gar nicht, was es heißt, einen Mann zu haben ... Aber das wusste ich nicht ... Damals noch nicht ... Am besten hätte ich es auch niemals erfahren! ... Das Glück ... das fängt man nicht mit harter Hand, Eiúlfur ...

Ich ging. Bang und innerlich erstarrt. Etwas Unheildrohendes hatte in ihren Worten gelegen. Etwas, das mich betraf. Eine böse Prophezeiung. Schon allein, dass sie meinen Namen genannt hatte. Ihr Schicksal, der Verlauf, den es genommen hatte und den es noch nehmen würde – das galt mir. Es war mit dem meinen verflochten. Aber waren nicht die Schicksale aller Menschen miteinander verwoben? War man nicht blind, wenn man das nicht sah? Abgestumpft, wenn man es nicht spürte? – Ja, so war es. Mit einem Schlag sah ich es deutlich. Und da stand ich, mitten in einer drohenden, unendlichen Finsternis. Mitten in Blut und Schrecken und dem dröhnenden Glockenschlag sündiger Herzen ...

Bjarni lächelte, als er mich kommen sah. – Jetzt konnte er wieder lächeln.

Ich werde es zu Ende bringen, sagte er. *Meinen* Teil ...

Dabei verdunkelte sich das Leuchten in seinen Augen um eine Nuance.

Ich hätte allerdings über Steinunn schweigen sollen ... Vielleicht hätte ich sie damit retten können. Was glaubst du, ist es nicht möglich, dass sie mit Gefängnis davonkommt?

Ich wusste, dass es kaum möglich war, antwortete aber lediglich, dass es sinnlos sei, ein Urteil zu diskutieren, das noch nicht gesprochen war. Darauf teilte ich ihm mit, worum Steinunn mich gebeten hatte.

Er versank in Gedanken. Nach einer langen Pause meinte er:

Es stimmt, sie war eine andere … vorher. Das zwischen uns hätte niemals passieren dürfen. Und ich wusste es … Kannst du es verstehen, wenn ich dir sage, dass Jón und besonders Guðrún viel Schuld daran hatten? – Ich sage das nicht, um mich zu entschuldigen. Mit mir habe ich abgeschlossen. Ich … lebe gewissermaßen schon nicht mehr. Aber so habe ich es empfunden: Das Unglück bestand darin, dass Steinunn und ich uns nicht schon als junge Menschen kennengelernt haben.

Ich mochte Bjarni nicht sagen, dass das Leben kaum so einfach war, wie er es sich vorstellte. Vielleicht fand er ja Stärke darin, sich ein Zusammenleben mit Steinunn von Kindesbeinen an auszumalen. Einen unschuldigeren und reineren Traum konnte er in diesem Moment kaum träumen. Und unser innerer Frieden beruht auf der Art unserer Träume; auf der Art des Traums vom Leben, wie wir es uns jeweils für uns vorstellen. Darum hörte ich ihm lediglich geduldig zu und schwieg. Ihm zuzuhören, war sicher das Einzige, was ich noch für Bjarni tun konnte.

Hat man sein Leben und sein Blut hingegeben, kann man schwerlich noch mehr geben, oder?, fuhr er fort. Aber was wartet im Jenseits? Sollen Steinunn und ich da Jón und Guðrún wiederfinden? Werden wir da etwa wieder mit ihnen verheiratet sein?

Denk nicht daran, Bjarni, mahnte ich. Und glaub mir, man lässt seinen Staub in mehr als einer Hinsicht hinter sich.

Aber ... man kennt sich doch da – oder nicht?

Deine Befürchtungen, wenn du zum Himmelreich geboren wirst, werden nicht größer sein als damals, als du als Säugling in diese Welt geboren wurdest.

Und da erwartet einen nicht noch mal so ein schweres Leben wie hier? Was glaubst du?

Bjarni, wir hier können uns nicht einmal fremde Länder und Völker vorstellen. Wie sollten wir uns da auch nur halbwegs deutliche Vorstellungen vom Leben nach unserem irdischen Dasein machen können? Schließe du nur ohne Furcht deine Augen, wenn die Stunde naht. Und geh aufrecht, Mann! Du hast gefehlt, das wissen wir beide, du und ich. Aber du hast dich zu deinen Missetaten bekannt und nimmst erhobenen Hauptes die Strafe des Gesetzes auf dich. Und das tust du nicht nur deshalb, weil wir Menschen die Macht und die Pflicht haben, dich zu verurteilen. Du selbst hast erkannt, wer Blut vergießt, wird Tod ernten. Du hast bereut. Und Reue versöhnt. Sei nur ruhig und getrost.

Bjarni schwieg lange. Dann sagte er:

Wenn es darauf ankommt, Schande abzuwaschen, indem man mit Anstand stirbt, dann soll Gott keinen Grund bekommen, sich meiner zu schämen. – Ich werde ihm ein Beispiel geben.

Bei diesen Worten Bjarnis ging mir auf, dass ich es ebenso gut lassen konnte, auf ihn einzureden. Er verstand mich doch nur zum Teil. Und ich ihn ebenfalls.

Ich war zu Bett gegangen und hatte das Licht gelöscht, als es an meine Tür klopfte und jemand den Kopf ins Zimmer streckte und ins Dunkel fragte:

Schlaft Ihr, Kaplan?

Es war Guðmundur Scheving. Ich beeilte mich, Licht zu machen, und bat ihn, Platz zu nehmen. Er war nicht ganz nüchtern.

Ich hoffe, ich störe Euch nicht allzu sehr, sagte er und ließ sich mit einer Schwere auf den Stuhl plumpsen, die seinem mageren Körper eigentlich gar nicht zukam.

Sie langweilen mich so gottserbärmlich; alle miteinander. Dieses ganze Gericht. Die Schöffen, der Verteidiger, der Ankläger, Defensor, Aktor, Faktor ... Alle habe ich sie satt! Außerdem kann man ohnehin nicht schlafen in der Nacht, bevor man einem Menschen den Kopf von den Schultern holt. Nicht einmal, wenn es ein Dummkopf wie der von Bjarni ist – mitsamt seiner sündigen Beischläferin. Ach, Séra Eiúlfur, sagt, störe ich Euch? Nehmt einen Schluck! ... Ich musste einfach weg von denen! Gott sei Dank halten sie auch bei Gericht den Mund. Und das ist auch besser so. Meinetwegen sage ich alles, was gesagt werden muss. Das tue ich gern. Aber wisst Ihr was? Mit stummen Fischen kann man sich nicht unterhalten. – Sagt Ihr mir doch, habt Ihr schon einmal einen solchen ausgekochten Schurken gesehen? Eine derart kaltblütige, stupide, empfindungslose Bestie! Sticht den Mann einfach nieder. Wie zum Teufel er es auch angestellt haben mag. Dann verbuddelt er ihn gleich neben seinem Zaun und schläft anschließend den ganzen Winter lang mit dessen Frau, sozusagen Wand an Wand mit dem Toten. Und Bett an Bett mit seiner eigenen Ehefrau. Die er zu guter Letzt auch noch erstickt, indem er ihr Mund

und Nase zuhält, weil das Aas nicht an seinem heimtückischen Gift verrecken will.

Haben Sie einmal bedacht, Sýslumaður, dass Guðrúns Gesicht kaum so bleich und friedlich ausgesehen hätte, wenn sie den Erstickungstod gestorben wäre?

Wer behauptet, dass sie blass war?

Ich behaupte das, denn ich habe sie selbst gesehen.

Dann glaubt Ihr, er hat sie auf eine andere, womöglich noch bestialischere Weise umgebracht?

Ich glaube, sie ist vor Schreck gestorben. Herzstillstand. Sie war doch ohnehin geschwächt.

Oh nein, mein Herr! Nein, nein – keine Geistlichkeiten hier, wenn ich bitten darf! Fangt Ihr jetzt auch, wie Séra Jón, von Unschuld und dergleichem an? Nein, Priester, das zieht nicht – nicht bei Guðmundur Scheving. Haltet Euch im Umkreis Eures schwarzen Talars und urteilt nicht über Dinge, von denen Ihr nichts versteht! Haben wir uns verstanden? Der Mann hat gestanden. Das ist Eurer geschätzten Aufmerksamkeit vielleicht entgangen. Seht Euch vor, dass ich Euch nicht anklage! Wegen Bestechung oder wenigstens Bestechungsversuchs eines Gerichtsdieners. Habt Ihr Bjarni davon erzählt? Nicht? Das war gut. Darf ich Euch ersuchen, es auch weiterhin nicht zu tun? Sonst werde ich, unter uns gesagt, dafür sorgen, dass es Euch leidtut.

Ist das eine Drohung?

Ein Vorschlag. Ihr sprecht also nicht mehr mit Bjarni? Jedenfalls nicht über diesen Punkt!

Möglicherweise werde ich es nicht tun. Aber dann sicher nur, weil ich selbst es für besser halte, es nicht zu tun. Besser für Bjarni.

Ihr mögt halten, was Ihr wollt, Hauptsache, Ihr haltet den Mund! Ach, Séra Eiúlfur, menschliche Beweggründe! Ich bin selbst kaum älter als Ihr, und doch könnte ich Euch über diese Materie so einiges erzählen, von dem Ihr kaum wisst oder nicht einmal eine Ahnung habt. Ich bin nicht mehr grün hinter den Ohren. Menschliche Motive – ein Chaos, versichere ich Euch. Ein Wirrwarr, in dem sich nicht einmal der Teufel mehr auskennt.

Wie auch nicht in Euren Motiven, Bjarni so hart anzufassen. Meinen Sie das?

Wollt Ihr Euch mit mir anlegen? Ich glaube wahrhaftig, der Mann liegt da und fletscht die Zähne!

Sie glauben ihm ja nicht einmal, wenn er die Wahrheit spricht. Warum trauen Sie ihm nicht?

Ein Mensch wie Bjarni kann gar nicht die Wahrheit sprechen. Na ja, was heißt schon kann. Er tut es jedenfalls nicht. Gott sei mein Zeuge, dass er es nicht tut! Steinunn dagegen, seht, sie spricht viel eher die Wahrheit. Sie lügt auch, aber so durchsichtig, dass es gewissermaßen doch wahr ist, was sie sagt. Bjarni dagegen, der lässt sich nicht ausrechnen. Man kann nie wissen, wann er die Wahrheit sagt und wann er lügt. Oder in welchem Mischungsverhältnis er einem Wahrheit und Lüge unterjubelt. Aber dass er lügt, das steht fest, wie das Amen in der Kirche. Glaubt mir! Wir Schevings sind nicht umsonst seit Generationen Juristen, Kriminalisten ... meinetwegen auch Kriminelle gewesen. Auf den Kopf gefallen sind wir jedenfalls nicht. Und seiner muss herunter! Und die rechte Hand lasse ich ihm abschlagen und ihn vorher mit glühenden Zangen kneifen. Diese Kanaille!

Sieht so Ihre Gerechtigkeit aus?, fragte ich. Hinter der Maske?

So sieht sie aus, jawohl. Ich zeige Euch gern die entsprechenden Paragraphen. Ich habe nicht im Mindesten vor, meine Kompetenzen zu überschreiten, wenn es das ist, worauf Ihr hinauswollt. Ich werde mich genauestens an die Rechtmäßigkeit halten, die Ihr in Eurer himmlischen oder sollte ich besser sagen jónormssonschen Einfalt das Gesetz nennt. Ich biete Euch jede Wette darauf an, dass ich mein Urteil in allen wesentlichen Punkten unrevidiert durch sämtliche Instanzen bringen werde. Das oberste Gericht eingeschlossen. Wie ist es, wollt Ihr vielleicht ein, zwei Höfe dagegensetzen?

Nein, danke.

Dann haltet ein anderes Mal Eure Zunge besser im Zaum, Ihr Heiliger Geist! Wenn Ihr mir in diesem Fall nicht so gute Dienste geleistet hättet, dann ... Nun ja, keine Drohungen.

Nicht Ihnen habe ich gedient, erwiderte ich und richtete mich im Bett auf. Sondern, so gut ich es verstand, meinem Herrn. Gott.

Auf einen so hohen und unbestimmten Titel erheben weder der König noch das Gesetz und am allerwenigsten meine Wenigkeit Anspruch, Verehrtester. Aber Prosit ... Ich habe mich nie erkundigt, wo dieser Schnaps gebrannt worden ist. Na ja, Hauptsache, er ist da.

Gibt es wirklich keine Möglichkeit, Bjarni gnädig zu sein? Ihm wenigstens die Folter zu ersparen?

War er anderen gnädig? – Seht Ihr, da schweigt Ihr ... Nein. Aber Steinunn soll glimpflicher davonkommen – indem sie allein den hübschen Kopf verliert. Billiger dürfen sie beide nicht davonkommen! Nicht ohne Begnadigung durch den König, und die ist nicht leicht zu haben. – Ohne besondere Anempfehlung.

Und die wird es nicht geben.

Die wird es nicht geben, nein. Wir haben viel zu viele einsame Höfe hier in Island. Wenn auch vielleicht keinen, der so einsam liegt wie Sjöundá. Wir dürfen es den Leuten nicht zur Gewohnheit werden lassen, mal eben jemanden abzuschlachten, der ihnen gerade ein wenig im Weg steht. Das dürfen wir nicht.

XXIX

Es ist des Menschen Los, dem einen Tag voll Verlangen, dem anderen mit Schrecken entgegenzusehen. Der Tag selbst ist immer der gleiche und doch nie der gleiche. Nicht einmal der Tag, der über allen Menschen gleich aufgeht, ist auch für nur zwei von ihnen gleich. So vielfältig sind die Gemüter, so verschieden die Lebensumstände. Darum sucht das bebende Herz Beständigkeit und muss sie suchen. Es muss sie hinter den Dingen suchen, bei Gott. Das gilt für alle. Selbst für die Ungläubigen, die wie Guðmundur Scheving – nach dem, was er mir in der Nacht anvertraute – keine Hoffnung haben, dass Gott etwas anderes ist als des Menschen Traum von Dauer und Beständigkeit, die er mit jeder Fiber ersehnt, aber nirgends findet.

Es war sehr still auf dem Hof an diesem vierten Tag des Gerichts. Alle Zeugen waren abgereist, mit Ausnahme der beiden Leichenbeschauer, denen auferlegt worden war, einen schriftlichen Bericht über das vorzulegen, was sie getan und was sie nicht getan hatten, nachdem sie in der Kirche von Saurbær Guðrún Egilsdóttirs sterbliche Überreste untersucht hatten. Das taten sie, sobald die Sitzung eröffnet war, und danach ritten auch sie nach Hause.

Es war sehr still auf dem Hof.

Selbst aus dem Raum, in dem das Gericht mit der Ausarbeitung des Urteils befasst war, vernahm man kaum einen Laut.

Im Grunde arbeitete auch niemand außer Guðmundur Scheving. Natürlich hatte er den Ankläger auf ein Urteil nach Paragraphen plädieren lassen, die er selbst für ihn herausgesucht hatte, und er hatte ihm die dazu passenden Ausdrücke in den Mund gelegt wie »heimtückischer Mord«, »qualvoller Tod« und vieles mehr. Der einzige selbständige Abschnitt des Plädoyers der Anklage nahm weder auf Bjarni noch auf Steinunn Bezug, sondern auf unseren lieben, alten Propst, Séra Jón Ormsson. Gewiss hatte Richter Scheving auch geduldig den harmlosen Ausführungen der Verteidigung gelauscht (erst recht, nachdem er deren Einleitungsworte gehört hatte, die dahingehend lauteten, die Verteidigung wolle keineswegs »die widerlichen Verbrechen beschönigen, die von den beiden Angeklagten begangen wurden«). Das Plädoyer lief auf den zahmen Antrag hinaus, der Fall möge nach weniger strengen Paragraphen als den von der Anklage benannten beurteilt werden. Als mildernde Umstände führte es Jón Þorgrímssons »beständiges Schimpfen«, »das Ausbleiben rechtzeitiger Hausbesuche und dringender Ermahnungen von geistlicher Seite« sowie ein gewisses Verständnis dafür an, dass alles so kommen musste, wie es gekommen war – »wenn man die Unbezähmbarkeit weiblicher Lust bedenkt«. Das Urteil aber fällte Sýslumaður Guðmundur Scheving. Allein.

Unternehmungslustig und gutgelaunt hatte er sich an den Tisch des Gerichtsschreibers gesetzt, wo durch ein beschlagenes Fenster bleiche Herbstsonne auf die Papiere fiel. Es war ihm nicht anzusehen, dass er beinah die ganze Nacht auf gewesen war. Wenn er nachdachte und nicht schrieb, trommelte er mit den Fingern, klapperte mit den Schuhsohlen oder tat sonst etwas Lautes und Munteres, pfiff eine lustige Melodie oder ließ ein Kirchenlied aus der Kehle gurgeln, wobei er auch noch erfolgreich die Harmoniumbegleitung intonierte.

Dann und wann stellte er nachdenklich eine laute Frage. Sofern er eine Antwort erhielt, hörte er sie nicht. Denn er hatte sich bloß selbst gefragt. Andere pflegte er nicht zu fragen. Und wenn, dann nicht, um auf ihre Antwort zu hören. Immerhin fragte er seine Bücher um Rat. Lesezeichen waren eingesteckt, und Notizzettel lagen auf dem Tisch verstreut – der Fall sah gründlich durchgearbeitet aus. Wann immer er die Zeit dazu gefunden haben mochte. Immer fand er auf Anhieb das, wonach er gerade suchte. Er blätterte vor und blätterte zurück, verglich, warf das Buch auf den Tisch zurück, pfiff in Gedanken versunken vor sich hin und griff zur Feder.

Gleichwohl verging der ganze Tag darüber, das Urteil auszuformulieren. Erst kurz vor Sonnenuntergang bekam Richter Scheving es fertig und von seinen Schöffen unterzeichnet. Da aber war es bereits zu spät, es den Delinquenten noch am gleichen Tag zu verkünden.

Doch fertig war es nun. Das klopfte der Bezirksrichter fest, mit der Faust auf den Tisch. Darauf lehnte er sich auf seinem Stuhl zurück und sagte:

Jetzt bin ich müde … und froh.

Das Letztere konnte man ihm ansehen, das Erstere nicht.

Plötzlich sprang er vom Stuhl auf und tanzte mit dem dicken Faktor Thorberg, dessen schwerer Pelz weit genug für sie beide war, in den Saal hinein und sang dazu:

Trinkt, Brüder, trinkt! Nach des Frühlings Gebot.
Küsst, Brüder, küsst! Und scherzt mit den Mägden fein.
Trinkt, Brüder, trinkt! Denn der Tod ist ein hartes Brot.
Küsst, Brüder, küsst! Denn die Lippen werden nicht ewig sein.

XXX

Wahrhaftig wurde Séra Jón, unser Sünder, zusammen mit einem Mörder und einer Verbrecherin, wie er es nannte, »auf eine Bank gesetzt« und musste dort die Verkündung eines Urteils über sich ergehen lassen, eines doppelten Todesurteils sogar, und sein Name wurde darin mehrfach und ausführlich erwähnt, und zwar keineswegs in einer für ihn rühmlichen oder verdienstvollen Weise. Zwar wurde er nicht verurteilt, aber er war der Einzige, der in Tränen ausbrach.

Bjarni und Steinunn wurden an diesem Morgen dem Gericht nicht »los und ledig« vorgeführt, wie die Order einmal gelautet hatte, als man sie zum Verhör brachte. Zur Urteilsverkündung beließ Richter Scheving sie in Ketten.

Séra Jón Ormsson stellte seinen Stuhl zwischen die beiden Gefangenen. Das war es wohl, was er mit »auf einer Bank mit ihnen sitzen« meinte, und da saß er dann und ließ die Tränen fließen, während Bjarni ihm zur Linken stand und Steinunn zu seiner Rechten. Schon bevor der Sýslumaður begann, konnte Jón Ormsson das Wasser nicht mehr halten und weinte fromm und geradeheraus wie ein Kind. Und wie ein alter Mann.

Bjarni und Steinunn standen dagegen gänzlich unbewegt da. Dass sie weiterhin gefesselt blieben und nichts gefragt wurden, schien zu bewirken, dass sie nicht ganz auffassten, inwieweit es hier um sie ging. Bjarni schien zudem völlig zur Ruhe gekommen zu sein. Doch wir alle fürchteten, wie Steinunn das Urteil aufnehmen würde.

Wir hätten uns unsere Befürchtungen sparen können.

Denn ob nun Steinunn in ganzem Ausmaß begriff, was vor

sich ging, oder nicht, jedenfalls stand sie voll und ganz wieder in
ihrer alten Haltung da. In einer Haltung, an die ich mich – mit einem fast jugendlichen Wohlbehagen – so gut erinnerte. Ihre Haltung von »vorher«. Vielleicht stand sie so nur wie träumend da
und wartete darauf, zu erwachen. Aufzuwachen aus diesem ganzen bösen und unwahrscheinlichen Alptraum. Aufzuwachen und
wieder – sie selbst zu sein …

Bezirksrichter Scheving verlas zunächst Sachverhalt und Tat-
bestand, anschließend den eigentlichen Urteilsspruch – kühl,
sachlich und zu schnell, fast etwas flüchtig. Weder durch Tonfall
noch durch Tempo verlieh er einzelnen Worten oder Formeln
Nachdruck. Als hätte er den Eifer und die Leidenschaft, mit der er
sich am Vortag in die Abfassung des Urteils gestürzt hatte, kom-
plett vergessen. Oder als ob er das Geschriebene nun nicht mehr
ganz verstand oder als sein eigenes Werk ansah. Vielleicht verhielt
es sich tatsächlich so. Guðmundur Scheving war ein Mensch voller Launen. Solange es nicht um Geld ging.

Er ging den Fall genauestens durch, gab Séra Jón Ormsson ausdrücklich die Schuld daran, dass nicht sofort nach Guðrún Egilsdóttirs Tod Anklage gegen die Schuldigen erhoben worden war,
begründete ausführlich, weshalb weder sein Onkel, Sýslumaður
Davíð Scheving, noch er selbst als neubestallter Sýslumaður auf
der schwachen Grundlage eines so »unbestimmten und irrefüh-
renden« Briefs wie dem des Propstes Maßnahmen hätte einleiten
können; anschließend schilderte er den Hergang der Verbrechen,
wie er im Lauf der Verhöre offenbar geworden war. Der »einsame
und abgelegene Hof« Sjöundá, wo außer den beiden Ehepaaren
nur zwei weitere erwachsene Menschen lebten, als der erste Mord
begangen wurde, und wo zum Zeitpunkt der Ermordung Guðrún

Egilsdóttirs außer den Tätern nur Kinder noch im Haus waren, hätte durch seine abseitige Lage die Mordpläne befördert und die Möglichkeiten erhöht, sie so lange zu vertuschen, stellte er fest. Dann erörterte er die Umstände, die endlich doch die Wahrheit ans Licht gebracht hätten: die Kenntnis, die die Gemeinde von der Zwietracht auf Sjöundá erhalten hätte, Gerüchte über »unziemliche Annäherungen« zwischen Bjarni und Steinunn, Jón Þorgrímssons verschiedentliche Beteuerungen, nicht länger auf Sjöundá bleiben zu wollen, Guðrúns urplötzliche Erkrankung und der Verdacht, Steinunn könnte sie vergiftet haben – mit dem Guðrún wahrlich nicht hinter dem Berg gehalten habe, Guðrúns andauernde Anspielungen auf das Verhältnis zwischen Bjarni und Steinunn sowie ihre Äußerung, die beiden hätten ihr den Tod angedroht, falls sie etwas über die Verhältnisse auf dem Hof weitererzähle, und schließlich und endlich des seligen Jón an Land gespülte Leiche, an der man eine Verletzung feststellte, die vermutlich durch einen gewaltsamen Stich beigebracht worden war, einen Stich, den Bjarni jedoch seltsamerweise nicht gestehen wollte. Bekanntlich lägen weder ein Corpus Delicti noch irgendwelche Augenzeugenberichte vor, auf die sich das Gericht hätte stützen können, da die beiden Ermordeten längst bestattet in der Erde ruhten und zum Zeitpunkt der schändlichen Verbrechen nur die beiden Verurteilten zugegen gewesen wären. Doch beide Beschuldigte hätten umfassende Geständnisse abgelegt, nachdem es Pastor Eiúlfur Kolbeinsson gelungen wäre, sie von ihrem anfänglichen Trotz und ihrem ursprünglichen – nicht übereinstimmenden – Leugnen abzubringen. Der Fall sei daher als vollständig aufgeklärt anzusehen, sowohl, was das sündige Zusammenleben der beiden anbetreffe, als auch im Hinblick auf die Ermordung ihrer beiden respektiven Ehepartner; zunächst der Mord an Jón, bei dem sich Steinunns Beteiligung auf geistige Mithilfe beschränke, während Bjarni alleiniger Täter sei, danach der »abscheulich gemeine Mord an der armen, kranken Frau«, den sie mit Rat und Tat gemeinsam begangen hätten.

Als Guðmundur Scheving so weit gekommen war, und noch ehe ich das Urteil selbst gehört hatte, war mir klar, dass er mir nicht zu viel versprochen hatte: Wie immer es ausfallen mochte, aufgrund der auf diese Weise abgefassten Prämissen würde es keine andere Instanz abmildern. Das war sicher.

Daher wird für Recht erkannt, schloss Richter Scheving nun schnell und legte eine Pause ein. Dann las er mit der gleichen flüchtigen und teilnahmslosen Stimme weiter:

Bjarni Bjarnason wird wegen Mordes an Jón Þorgrímsson, begangen am 1. April letzten Jahres, der trotz der Beteuerungen des Angeklagten unmöglich als Notwehr angesehen werden kann, und für den beispiellos gottlosen Mord an seiner unschuldigen Frau Guðrún Egilsdóttir, den er am 5. Juni mit der Absicht verübte, anschließend Steinunn Sveinsdóttir zu ehelichen, dazu verurteilt, dreimal mit glühenden Zangen gepackt zu werden, worauf man ihm bei lebendigem Leib mit einer Axt die rechte Hand und anschließend den Kopf abschlagen wird, die beide an Stangen aufzurichten sind über seinem Leichnam, der an der Richtstätte zu verscharren ist. Besagte Steinunn Sveinsdóttir wird wegen Mitwisserschaft und Beihilfe an der Ermordung ihres Mannes, wegen Mordversuchs an Guðrún Egilsdóttir durch Verabreichung von Kupferspänen sowie für Anstiftung zur und Beihilfe bei der Ermordung Guðrúns am 5. Juni dazu verurteilt, mit einer Axt den Kopf abgeschlagen zu bekommen, der an einer Stange aufzurichten ist, während ihr Körper an der Richtstätte verscharrt wird. Beider Eigentum, festes wie loses, verfällt der Krone.

Der Rest des Urteils, es war der umfangreichere Teil, bestand in einer Darlegung des Verhaltens von Séra Jón Ormsson und der beiden Leichenbeschauer, die zu dem Ergebnis kam, dass die beiden Leichenbeschauer freigesprochen wurden. Im Fall Séra Jóns »bezweifelte das Gericht seine Zuständigkeit«, in teilweise geistlichen Angelegenheiten zu urteilen, und verwies für ein eventuelles zur Rechenschaftziehen des Propstes auf die Zuständigkeit des Bischofs.

Nach der Urteilsverkündung fragte der Richter die beiden Delinquenten, ob sie das Urteil annähmen oder Berufung einzulegen wünschten. Weder Bjarni noch Steinunn antworteten auf die Frage. Sie schien sie gänzlich unberührt zu lassen, als ob sie gar nicht an sie gerichtet war. Im Verlauf dieses Prozesses war ich mehrfach tieftraurig gewesen, allerdings nie so sehr wie in diesem Augenblick. Ehe der Sýslumaður die Verhandlung schloss, griff der Verteidiger ein. Er riet von einem Revisionsantrag ab und empfahl, stattdessen seine königliche Majestät um Begnadigung zu ersuchen. Auch darauf gaben die beiden Verurteilten keine Antwort, bevor sie dazu wiederholt ausdrücklich gefragt wurden. Da endlich nickten beide matt.

Worauf Richter Scheving, »da es weiter nichts zu tun gibt«, den Prozess für beendet erklärte.

Séra Jón Ormsson erhob sich, schlug das Kreuz über den Verurteilten, erst über Bjarni, dann über Steinunn, murmelte etwas und sagte dann mit seiner alten, verbrauchten Priesterstimme:

Wir sehen uns wohl kaum jemals wieder …,

und humpelte nach draußen.

Als die Gefangenen abgeführt waren, ging ich zu Richter Scheving.

Jetzt haben wir auch getötet, sagte ich.

Menschenopfer wird es zu allen Zeiten geben, lächelte er nachsichtig. In der einen oder anderen Form.

Viel bleibt nicht mehr zu berichten.

Bjarni und Steinunn wurden nach Hagi überstellt, dem Hof des Sýslumaðurs, wo sie in Haft gehalten werden sollten, bis die Urteile, da es sich um Todesurteile handelte, von den übergeordneten Instanzen bestätigt und dem König vorgelegt worden waren.

Steinunn sollte ich nie wiedersehen. Mit Bjarni habe ich hingegen noch zweimal gesprochen.

An einem Samstag, dem 5. Februar des folgenden Jahres, klopfte es spätabends leise an das Fenster meiner Kammer, wo ich gerade schrieb. Mein Sohn Hilarius, erst drei Wochen alt, war in jener Nacht krank. Daher war ich mit meiner Predigt noch nicht fertig. Das Klopfen war zunächst so leise, dass ich mir nicht sicher war, ob es überhaupt geklopft hatte, oder ob das Geräusch von etwas anderem herrührte, das an der Wand hing und vom Wind bewegt worden war.

Als es sich jedoch wiederholte, fiel mir ein, dass ich gehört hatte, Bjarni sei in der Nacht zum Montag aus seinem Gefängnis auf Hagi entlaufen …

Er war es.

Was willst du von mir, Bjarni?, fragte ich ihn, nachdem ich ihn bekümmert und unsicher, was ich zu tun hatte, in meine Kammer geholt hatte.

Nichts, gab er zurück und grinste. Das Grinsen eines einsamen, eines toten Menschen. Ich wollte dich bloß besuchen. Die Freunde werden immer weniger.

Warum bist du ausgebrochen?, flüsterte ich nervös.

Nicht, um mich meinem Urteil zu entziehen. Glaub das nicht, antwortete er müde und wie enttäuscht. Schon eher, weil ich denen zeigen wollte, dass mich nicht ihre lächerlichen Spangen da festhalten, dass ich nicht aus dem Grund an Ort und Stelle bleibe. Außerdem hatte ich Lust, meine Mitmenschen noch einmal zu sehen ... die Skorklippen und Sjöundá.

Du bist da gewesen?

Ich bin durch die Gebäude gegangen, ja. Habe ein Weilchen in der Stube gesessen, im Mondschein ... Da habe ich gesessen, bis ich die anderen gehört habe.

Bist du niemandem begegnet? Hat dich keiner gesehen?

Bjarni zuckte mit den Achseln.

Ich brauch doch was zu essen, Obdach ... hin und wieder. Die Bauern sind ganz bereitwillig, mir beides zu geben. Außerdem geben sie mir gute Ratschläge und bieten mir Hilfe an, wie ich weiterkomme. Möglichst weit weg.

Da war es wieder, dieses einsame Lächeln.

Sie haben alle die Hosen voll, dass ich sie totschlagen könnte.

Bjarni erhob sich und ging rastlos auf und ab, setzte dann beißend hinzu:

Ich lasse sie in dem Schrecken. So trauen sie sich nicht einmal, sich die zwanzig Reichstaler zu verdienen, die auf meinen Kopf ausgesetzt sind. So feige sind sie! Seit gestern hause ich in der Scheune von Jón auf Máberg. Der ist ein anständiger Kerl. War auch nicht in meine Geschichte verwickelt. Er ist arm und hat Kinder. Ihm gönne ich noch am ehesten, sich das Geld zu verdienen. Ich warte bloß darauf, dass er mich verrät. Das wird er bestimmt. Wahrscheinlich schon morgen. Ich jedenfalls würde diesen Besuch an seiner Stelle nicht länger aufschieben.

Die Nachtstunden verrannen. Wie dunkle und schwere Stunden verrinnen. Als Bjarni ging, meinte er, er würde in der nächsten Nacht wiederkommen. Sofern Jón ihm den Aufschub noch gönnte. Was er aber wohl nicht tun würde.

Er sollte recht behalten. Ganz früh am Sonntagmorgen erschien Jón auf Máberg mit Verstärkung in der Scheune. Bjarni wurde nach Hagi zurückgebracht.

Gut zwei Jahre später sprach ich noch einmal mit Bjarni. Es war an einem Tag im Sommer. Er und Steinunn waren damals erst kürzlich in das Gefängnis in Reykjavík überführt worden. Ihr Fall war inzwischen durch alle Instanzen gegangen. Bjarnis Urteil war sogar noch verschärft worden; er sollte nicht nur dreimal, sondern fünfmal mit glühenden Zangen gekniffen werden. Und sein hingerichteter Leichnam sollte aufs Rad geflochten und so zur Schau gestellt werden.

Kurz bevor ich unseren Hauptort erreichte, sah ich einige Leute, die vor mir ritten, von den Pferden springen und jeweils einen Stein auf einen Grabhügel werfen. Es war ein frisch aufgeworfener Hügel. Als ich daran vorbeikam, tat ich das Gleiche.

Obwohl ich einiges zu erledigen hatte, galt mein erster Besuch dem Gefängnis. Ich hatte keine Ruhe, ehe ich nicht meine beiden armen Gemeindekinder begrüßen konnte, die nun schon seit Jahr und Tag auf ihr grauenvolles Ende warten mussten.

Mit Bjarni war eine Veränderung vorgegangen. Das sah ich auf den ersten Blick. Er war grau geworden.

Nicht, dass er weißes Haar oder einen weißen Bart bekommen hätte. Alles an ihm war fahl geworden. Am meisten die Augen.

Er saß auf seiner Pritsche. Es herrschte Totenstille in dem Bau. Die anderen Häftlinge waren bei der Arbeit.

Ich bin ein zu großer Verbrecher, um mit ihnen gehen zu dürfen, lächelte er.

Ich fragte ihn, wo Steinunn sei.

Er blickte rasch auf.

Steinunn? Ja, weißt du das nicht? Sie ist tot. Bist du nicht an dem Grab am Weg vorbeigekommen?

Doch, und ich habe auch einen Stein darauf geworfen.

Du konntest ja nicht wissen, wessen Grab es ist. Einen Namen hat es aber schon bekommen. Sie nennen es den Steinka-Hügel.

Woran ist sie gestorben?

An Angst, glaube ich … Als sie hörte, dass man uns nach Norwegen bringen wollte, um da geköpft zu werden. Da ist es über sie gekommen … unbezähmbare Angst und Heulen und Zähneklappern. Daran ist sie gestorben.

Hier konnten sie für diese Arbeit keinen finden. Aber das weißt du vielleicht. Bloß einen alten Mann aus dem Nordland. Doch der Alte war so tatterig, dass er bei einer Probe, die sie mit ihm veranstaltet haben, nicht mal den Block getroffen hat. – Er meinte, wenn's drauf ankäme, würde er schon treffen.

Bjarni auf Sjöundá lachte. Dann fügte er noch halb bewundernd, halb seufzend hinzu:

Die aus dem Nordland sind wirklich hart!

Das war das letzte Mal, dass ich Bjarni gesehen und mit ihm geredet habe. Das Schiff, das ihn nach Kristiansand bringen sollte, lag bereits in Hafnarfjörður. Es wurde ein teurer Törn für die Regierung. Alles in allem ließ sie es sich mehr als zweitausend Reichstaler kosten, Bjarni den Kopf abzuschneiden. Eine ungeheuere Summe. Und eine Summe, die sich wahrlich besser hätte verwenden lassen, finde ich jetzt. Den Menschen zum Nutzen und Gott zur Ehre.

Ein ganz junger Geistlicher namens Hjörtur Jónsson begleitete Bjarni nach Norwegen, damit der zum Tod Verurteilte christlichen Beistand in seiner eigenen Sprache hören konnte, bevor man ihn mit glühendem Eisen folterte und mit kaltem Stahl tötete. Das war die einzige Gnade, die man Bjarni zugestand.

Den jungen Pfarrer, von dem ich nach seiner Heimkehr hörte, er könne sich von dem blutigen Schauspiel, dem er in Ausübung seiner Amtspflicht beiwohnen musste, gar nicht wieder erholen, lud ich zu mir nach Bær auf Rauðasandur ein. Wir wurden gute Bekannte. Er hat mir viel von Bjarni erzählt, sowohl von der Schiffsüberfahrt wie auch vom Rest der Reise. Was den stärksten Eindruck auf Hjörtur machte, war Bjarnis Abgeklärtheit, seine Ruhe, »bis sein Kopf fiel und das Blut aus seinem umgestoßenen Körper pumpte.«

Ich begreife nicht, wie man so sterben kann, endete Hjörtur häufig. Ist es überhaupt möglich, dass man einen solchen Tod nicht fürchtet?

Anfangs musste der junge Mann fast immer weinen, wenn er auf diese Dinge zu sprechen kam. Er war ja noch fast ein Junge. Und er ereiferte sich wütend über die Gaffer. Sie hatten die Klippe, auf der der Richtblock aufgerichtet stand, gestürmt wie die

Wilden, und etliche waren gestürzt und hatten sich schwer verletzt.

Der Einzige, der nicht schrie und kreischte, war Bjarni, pflegte er noch zu sagen. Man kann bei so etwas nicht dabei gewesen sein, ohne sich hinterher wie an einem Mord mitschuldig zu fühlen.

Er war schon eigenartig, dieser Bjarni, sagte er ein andermal. Haben Sie ihn gekannt, Séra Eiúlfur? Haben Sie ihn verstanden? Zum Beispiel da am Richtblock – das habe ich Ihnen sicher noch nicht erzählt. Unmittelbar nachdem man ihm die Hand abgeschlagen hatte, riss er den Arm in die Höhe. – Was sagt Ihnen das? Reckt den Arm zum Himmel empor … Was glauben Sie, warum er das getan hat?

Das war wohl ein Zeichen, sagte ich.

Diese zu wenig taugenden Blätter, das also war meine Beichte. Mögen sie meine Ansprache an dich und über dich sein, mein Sohn Hilarius, die Grabrede eines armen, gramgebeugten Vaters.

Ob ich je den Mut aufbringe, meinem Freund Amor Jónsson und meiner herzenslieben Frau Ólöf zu zeigen, was ich hier niedergeschrieben habe? Und werden sie, sofern ich es tun werde, mir sagen können, welchen Anteil ich an all dem Bösen habe, das damals geschehen ist? Welchen und wie viel?

Ich selbst werde wohl kaum jemals das ganze Ausmaß begreifen. Nicht, bevor mein Gott – er sei mir gnädig – es mir, seinem armen Zöllner, am Tag des Jüngsten Gerichts offenbaren wird.

Ut supra

Nachwort

Das Haus stand am Fuß einer fünfhundert Meter hohen Bergwand aus grauem Basalt. In schroffen Bastionen und steilen Klippenbändern stieg sie in Riesenstufen höher und höher. Die Giebelseiten des Hauses waren aus Holz, und vergleichsweise große Fenster ließen Licht in die vorderen Zimmer, doch die meterdicken Seitenwände bestanden noch aus Lagen von Rasensoden, und auch das Dach duckte sich schwer unter einer dicken Rasenschicht. Ein Ofenrohr ragte als Schornstein daraus hervor und ließ den beizenden Qualm des offenen Herdfeuers abziehen, das mit Torf geheizt wurde. Für isländische Verhältnisse galt Valþjófsstaður als wohlhabender Hof.

Es war Pfarrhof, und seine mittelalterliche Kirchentür mit Bildschnitzereien aus dem dreizehnten Jahrhundert ist heute eine der bedeutendsten Kostbarkeiten in Islands Nationalmuseum. Obwohl man am hinteren Ende des Fljótsdalur im Osten Islands abgeschieden lebte (für jeden Einkauf musste man mehr als fünfzig Kilometer über die Berge bis hinab zum nächsten Ort an der Küste reiten, wo ab und zu Islandfischer aus der Bretagne oder Normandie »*djabble nor*« fluchend »*biskví*« und ein Fass Rotwein gegen frische Lebensmittel eintauschten), galt der Geistliche, der die Pfarre von Valþjófsstaður erhielt, gleichwohl als gemachter und einflussreicher Mann. So auch Séra Sigurður Gunnarsson, der 1891 von dort sogar als Abgeordneter in das isländische Althing einzog. Um leichter an den Sitzungen in Reykjavík teilnehmen zu können, siedelte er drei Jahre später in den Westen um und überließ den Hof seinem jüngsten Bruder als Verwalter. Gunnar Helgi Gunnarsson aber musste Valþjófsstaður bereits 1896 für einen neuen Pfarrer räumen. Mit seiner schwangeren Frau Katrín und sechs kleinen Kindern hatte er mit dem von Kanada-Auswanderern verlassenen Hof Ljótsstaðir im Vopnafjörður vorliebzunehmen. Nach ihrer siebten Schwangerschaft in acht Jahren starb Katrín Þorarinsdóttir kaum ein Jahr später 1897 an einer Lungenentzündung. Ihr Ältester, Gunnar Gunnarsson, war gerade acht Jahre alt. Valþjófsstaður war das Paradies seiner Kindheit gewesen, Ljótsstaðir sollte sich ihm als das Gegenteil ins Gedächtnis prägen. Das isländische ljótur bedeutet hässlich, und es war kein unpassender Name.

Für den Vater war es gewiss eine Kränkung, auf den verfallenen Pachthof seines Schwiegervaters abgeschoben zu werden, während der ältere Bruder studiert hatte und als Parlamentarier Karriere machte. Noch tiefer erlebte der kleine Gunnar den Sturz. Man vertrieb ihn aus dem Garten Eden, und kurz darauf nahm ihm der hässliche Hof auch noch die Mutter, mit der er sich innig verbunden fühlte. Diesen Fall aus einer behüteten Kindheit im Schoß einer großbäuerlichen und gebildeten Großfamilie ins Elend eines Halbwaisen in einer muffigen, dunklen Torfkate und die damit verbundene Verlusterfahrung und seelische Kränkung sollte man nicht vergessen, wenn man sich auf seinem späteren Lebensweg von Gunnar Gunnarssons Geltungsdrang, von seinem Ehrgeiz, einer dünnhäutigen, fast eitel wirkenden Verletzlichkeit und seinem Geschäftssinn zuweilen befremdet fühlt oder ehe man ihm zum Vorwurf macht, dass er Schmeicheleien, die ihm das Gefühl gaben, ein bedeutender Mann zu sein, nicht widerstehen konnte.

Was lag denn vor ihm? Zunächst eine Jugend als schwer arbeitender, doch unbezahlter Knecht seines Vaters und später einmal die Übernahme des ungeliebten Hofs an der kalten, zum Eismeer offenen Nordostküste Islands und ein verschleißendes, abwechslungsloses Leben als Kleinbauer.

Stattdessen ging er im September 1907 an Bord eines Schiffs und fuhr nach Dänemark. Von dort schrieb er einem Freund in Island: »Dichter zu werden, war und ist mein höchstes Ziel.«

Er war achtzehn Jahre alt und nie zur Schule gegangen. Jeweils ein paar Winterwochen war er von über Land reisenden Wanderlehrern unterrichtet worden. Hinzu kam der Konfirmationsunterricht beim Dorfpfarrer, und das war's; abgesehen von seiner Flucht in die Literatur, die ihn alles lesen ließ, was von der Gemeindebücherei der Lesegesellschaft im halb verlassenen Vopnafjörður noch übrig war: isländische Poeten des 19. Jahrhunderts, die jütländlichen Novellen Steen Steensen Blichers und frühe Erzählungen Maxim Gorkis. Der Besuch weiterführender Schulen blieb ihm mangels Schulbildung versperrt, bis er in einer Zeitschrift einen Artikel über dänische Heimvolkshochschulen las. Gegründet mit dem Ziel, auch einfachen Bauernkindern Bildungsmöglichkeiten zu eröffnen, legten sie keinen Wert auf vorherige Abschlusszeugnisse.

Das Geld für die Überfahrt verdiente sich Gunnar im Sommer beim Mastensetzen für die erste Telefonleitung in Island. Schon auf dem Schiff versuchte er sich an einer eigenen Erzählung im Stil Herman Bangs, auf Dänisch, das er sich durch seine Lektüre angeeignet hatte. Denn eines war bereits dem weltunerfahrenen achtzehnjährigen Bauernsohn klar: Von isländisch geschriebenen Büchern konnte kein Mensch leben. Zu seiner Zeit, als es in Island noch kaum einen Buchmarkt gab, schon gar nicht.

An der Volkshochschule in Askov blieb er Außenseiter, aber er studierte fleißig und las weiter unersättlich. Sein besorgter Vater antwortete auf einen seiner Briefe: »Wenn du so früh aufstehst, ist es schlecht, in der Kälte zu sitzen, du musst etwas in den Ofen legen, damit du nicht krank wirst.« Dabei hatte der junge Student nicht einmal Geld für die Miete, geschweige denn für Heizmaterial. In einem späteren Interview erklärte er, manchmal habe er sich auf der Straße nicht die Schuhe zubinden können, weil ihm beim Bücken vor Hunger schwarz vor Augen wurde. Ihm war klar, dass er zum Überleben Arbeit brauchte, doch als ihm nach Abschluss der Schule ein Broterwerb (und die Verbindung mit einer begüterten Bauerntochter) angeboten wurde, schlug er beides aus und ging nach Århus, denn dort gab es eine bekanntermaßen gute Bibliothek. Ins Melderegister trug er sich mit der Berufsbezeichnung »forf.« ein, Schriftsteller.

Da lag sein erstes Romanmanuskript längst fertig, nur wollte es kein Verleger drucken. Mit verblüffender Unbeirrbarkeit schrieb Gunnar Gunnarsson weiter. An Tageszeitungen verkaufte er Gedichte für 5 Kronen das Stück, sein verlässlichster Abnehmer war das Blatt der Abstinenzlerbewegung. Trotzdem schrieb er dem Freund im Juni 1910: »Ich komme nicht nach Island zurück, ehe ich mir einen Namen gemacht und Erfolg habe.« Zwei Tage später fuhr er nach Kopenhagen, in die Hauptstadt.

Zwei Jahre später kam der Erfolg. Kopenhagens renommierteste Verlagsadresse, Gyldendal, nahm ein neues Manuskript von ihm an, und nach seinem Erscheinen urteilte das Akademische Wochenblatt in seiner Weihnachtsausgabe 1912: »Gunnarsson hat ohne Zweifel das Talent, ein großer Autor zu werden.«

Das reichte. Er schrieb los wie ein Besessener. In den folgenden drei Jahren wuchs *Ormarr Ørlygsson* zu einer Tetralogie, die 1915 noch einmal unter dem Titel *Geschichte der Leute auf Borg* in einer Gesamtausgabe erschien. Gleichzeitig wurden einzelne Bände ins Schwedische, Finnische und Niederländische übersetzt. In der langen Geschichte ihrer Neuausgaben sollten *Die Leute auf Borg* allein im kleinen Dänemark eine Gesamtauflage von mehr als 100 000 Exemplaren erreichen. Die in den zwanziger Jahren erschienene deutsche Übersetzung verkaufte sich bis Anfang der sechziger Jahre mehr als 150 000-Mal.

Mit dem Geld seines ersten Vorschusses bestellte Gunnar das Aufgebot für sich und seine neue Freundin. Zwar stammte auch Franzisca

Jørgensen aus Jütland, doch im Gegensatz zu seiner ersten Verlobten, der gestandenen Bauerntochter, war sie bereit, ihm überallhin zu folgen und ihre eigenen Interessen bedingungslos seinen Ambitionen unterzuordnen. Ihre Schwester Anna heiratete um diese Zeit ebenfalls, einen mit Gunnar befreundeten isländischen Bildhauer, doch die beiden Schwäger und Freunde zerstritten sich später, und obwohl beide Paare längst in Island lebten, trafen sich die beiden Schwestern nie, bis Anna 1970 auf ihrem Sterbebett lag. Gunnar Gunnarsson forderte von einer Frau bedingungslose Loyalität, im Leben wie in seinen Werken. »Das vollkommene Vertrauen zwischen Mann und Frau ist die Grundlage des Glücks«, stellt sein Biograph Halldór Guðmundsson sowohl im Hinblick auf Gunnarssons seinerzeit populärsten Roman *Salige er de enfoldige* (»Selig sind die Einfältigen«, 1920)[1] als auch mit Blick auf seine fünfbändige, autobiographisch geprägte Romansuite *Kirken på bjerget* (*Die Kirche auf dem Berg*, 1923–28) fest: »Der Mann geht seiner Berufung nach, weil er sich auf die Liebe der Frau verlassen kann.«[2] – Selig sind die Einfältigen! Verlässlichkeit allein scheint denn doch keine hinreichende Eigenschaft zu sein, um eine Liebe erfüllend und leidenschaftlich am Leben zu erhalten.

»Wie ein gründlicher, aber behutsamer Gärtner nimmt dieser Mann das arg gerupfte Pflänzchen meines Lebens in seine starken Hände. Und ich blühe auf, lebe, liebe.«, schrieb die frisch von ihrem Mann, dem bekannten dänischen Dichter Tom Kristensen, getrennte Ruth Lange im Mai 1927 ihrer besten Freundin. Sie schrieb es aus einem Haus im schwedischen Värmland, wo sie fast den ganzen Som-

---

1 Unter dem Titel *Der Hass des Pall Einarsson* als erstes seiner Werke 1921 auch ins Deutsche übersetzt.

2 Dieses und die folgenden Zitate nach Halldór Guðmundsson: *Skáldalíf*, Reykjavík 2006, das meiner Darstellung eine wertvolle Quelle war.

mer mit ihrem heimlichen Geliebten verbrachte, Gunnar Gunnars-son. »Ich liebe, wie ich noch nie geliebt habe. Keiner ist so grausam und gnadenlos zu mir wie er und keiner so unbeschreiblich zart und gut«, heißt es in einem ihrer Briefe, und dann weiter: »Er sagt, ich sei vorlaut, frech und geschwätzig, eigensinnig und ungehorsam. Das sind nur einige der Dinge, die ich sein darf, aber es gibt kein Ende an Dingen, die ich *nicht* darf. Ich darf ihm keine Vorschriften machen, und ich darf keine Widerworte geben ...« –

Anderthalb Jahre später beichtete Gunnar seiner Frau sein Ver-hältnis mit Ruth Lange, denn da war sie schwanger.

Franzisca sorgte dafür, dass die Geliebte ihres Mannes in eine Wohnung in der Nähe zog, das Kind soll unter ihrer Mithilfe im Haus der Familie zur Welt gekommen sein, und sie tolerierte, dass die Lieb-schaft noch weitere drei Jahre fortdauerte.

Im gleichen Jahr, in dem der kleine Grímur Gunnarsson, der von nun an stets lebendig vor ihm stehende Beweis seiner Seitensprünge, in seinem Haus Fredsholm bei Kopenhagen zur Welt kam, schrieb Gun-nar Gunnarsson *Svartfugl* (*Schwarze Vögel*), einen Gerichts- und Kri-minalroman über eine ehebrecherische Liebe, die in Mord und Hin-richtung endet.

In seiner Romansuite *Die Kirche auf dem Berg* hatte er zuvor recht durchsichtig den eigenen Werdegang als Geschichte eines fast in-stinktiv erfolgreichen jungen Aufsteigers aus ärmlichen Verhältnis-sen geschildert, in *Jón Arason* (1930) tat er es anschließend wieder im Gewand des letzten katholischen Bischofs in Island; doch die Ich-Fi-gur in *Schwarze Vögel* ist eine zweifelnde, eine Antworten suchende, zerrissene Gestalt, und schon dadurch wird die Eindimensionalität früherer Romane gebrochen, die Erzählung vielschichtiger, mehrdeu-tiger, literarischer.

Man hat es sich in der Literaturwissenschaft aus guten methodologischen Gründen abgewöhnt, Werke mit Hilfe autobiographischer Bezüge aufschlüsseln zu wollen, doch zuweilen sind Parallelen und Bezüge zwischen Werk und Leben eines Autors mit Händen zu greifen, und im Fall der *Schwarzen Vögel* scheint es fast unabweisbar, dass einiges von der Eindringlichkeit, Glaubwürdigkeit und Überzeugungskraft dieses Romans aus der Quelle persönlichen Erlebens und Empfindens gespeist wurde.

Unabweisbar ist auch, dass es für den Stoff des Romans ein reales Vorbild gab, das in Gerichtsakten dokumentiert ist. Gunnar Gunnarsson machte sie 1928 im Kopenhagener Staatsarchiv ausfindig, exzerpierte ausgiebig daraus und übernahm schließlich ganze Passagen wörtlich in den Roman. Er sei jenen Winter hindurch fast täglich Gast im Archiv gewesen und habe Abend für Abend dicht beschriebene Notizbögen mit nach Hause genommen, erzählte er später im Nachwort zur isländischen Ausgabe. Ein außergewöhnlich umfangreiches Quellenstudium, das intensives Interesse an einem längst zu den Akten gelegten Fall anzeigt, auf den Gunnar schon viel früher gestoßen war. Bei seinem allerersten Besuch in Reykjavík 1913 nämlich, als er nach eigener Aussage auf seinen Morgenspaziergängen regelmäßig am Grab der Steinunn vorüberkam und sich ihre Lebensgeschichte erzählen ließ. Fünf Jahre später fuhr er zu Schiff am Fuß der Steilküste entlang, über deren Klippen die grasüberwachsenen Grundmauern des Hofes Sjöundá standen. »Ich weiß nicht mehr, ob ich überhaupt Anzeichen sah, dass das Land einmal bewohnt gewesen war, aber ich erinnere mich deutlich, dass sich dort eine grüne Wiese abhob«, schrieb Gunnar im isländischen Nachwort. »Obwohl es eine Schande ist, es zu erwähnen, so starrte ich doch so unentwegt auf diesen kleinen grünen Fleck im Steilhang, der mit einer der bejammernswertesten Geschichten, die auf Island erzählt werden, behaftet ist, dass ich Saurbær und Rauðasandur kaum die verdiente Aufmerksamkeit widmete ... Während ich nach Sjöundá hinüberblickte und an Steinunns

Grab dachte, traf mich schlagartig der Gedanke, dass dort drüben der Stoff zu einem Roman für mich lag.« – Zwanzig Jahre lang ließ Gunnar Gunnarsson diesen Stoff zu einem Roman unangetastet, während er ein Buch nach dem anderen schrieb. Doch dann plötzlich drängte sich ihm die Geschichte über Ehebruch und Sühne derart wieder auf, dass er sich einen ganzen Winter lang täglich im Archiv in die Quellen vertiefte. Zuhause in Fredsholm warteten abends seine Ehefrau und seine schwangere Geliebte auf ihn. Fredsholm bedeutet auf Deutsch etwa »Insel des Friedens«.

»An dem Tag, an dem wir vorüberfuhren, schöpfte von einem völlig klaren Himmel die Sonne aus den Schalen ihrer Gnade über diese Küste. Ich kann nicht vergessen, wie märchenhaft schön mir die Gegend erschien ... und jedes Mal, wenn ich an diese Fahrt um die Klippen von Skor zurückdachte, sah ich jene beiden unglücklichen Menschen vor mir. Denn wie auch immer es um Bjarni und Steinunn bestellt gewesen sein mochte, so gehörten sie doch irgendwie in diesen Sonnenschein; trotz allem. – Auch Liebe in Verbrechen und Mord ist Liebe. Auch Verbrecher sind Menschen. Oft sogar keine unbedeutenden, sondern Menschen, die irgendwie dem Verbrechen ins Netz gegangen sind. Guðrún Egilsdóttir und Jón Þorgrímsson sah ich oft in Nebel und Nieselregen vor mir ... Der Schatten des Verbrechens fällt manchmal vor allem auf die Opfer. Und ganz gewiss war auch das Glück von Bjarni und Steinunn nicht ohne Schatten. Richtblock und Grab warteten auf sie. Aber nichtsdestoweniger liegt ein Glanz über ihnen. Der traurige Glanz überstürzter Liebe. Ein Verlangen nach Glück, das sie auf Abwege führte. Erstohlene Wonnen, für die sie den vollen Preis zahlen mussten.«[3]

3 Nachwort zu *Svartfugl*, abgedruckt in der isländischen *Landnáma*-Ausgabe, 1950, S. 294 ff.

Als *Svartfugl* 1929 in Dänemark erschien, war Gunnar Gunnarsson bereits ein international renommierter Erfolgsautor und seine *Geschichte der Leute auf Borg* aufwendig verfilmt worden. Ein hartnäckiger Verehrer, der Sprachforscher und Mitglied der Schwedischen Akademie, Adolf Noreen, hatte ihn sogar schon dreimal für den Nobelpreis vorgeschlagen, vergeblich, aber *Svartfugl* wurde von den Zeitgenossen sogleich als herausragendes Werk erkannt. Eine Umfrage unter dänischen Schriftstellern erklärte es zum Titel des Jahres. *Ekstrabladet* (9. 11. 1929) verkündete, auf einer künstlerischen Werteskala sei Gunnar Gunnarsson noch nie so hoch gestiegen, und auch die Verkaufszahlen stiegen in ungekannte Höhen: *Svartfugl* verdrängte in Dänemark Remarques im gleichen Jahr erschienenes *Im Westen nichts Neues* nach wenigen Wochen von Platz 1 der Bestsellerliste. Gleich im folgenden Jahr erschienen schwedische, niederländische und deutsche Übersetzungen, und 1938 schließlich sollte *Svartfugl* nach einer Pause von nicht weniger als fünfzehn Jahren als erstes Werk Gunnars auch wieder in einer isländischen Ausgabe aufgelegt werden. Auf seiner Heimatinsel nämlich hatte der Doyen der Literaturszene, Einar Benediktsson, dem »dänischen Isländer« Gunnar Gunnarsson in zwei ausführlichen Zeitschriftenartikeln schlichtweg die Kompetenz abgesprochen, sich allgemein und über isländische Verhältnisse in Sonderheit literarisch äußern zu können. (Die gleiche Haltung kann von außen Kommenden dort auf verschiedensten Gebieten heute noch entgegenschlagen.) Den spätromantischen Lebemann Einar Ben stieß der Realismus Gunnarssons vermutlich als zu modern ab; Gunnarssons literarisch wenig vorgebildeter Stiefmutter war er nicht modern genug. Schon über sein erstes Buch hatte sie ihm geschrieben: »Lass die Knechte ihr Essen nicht von einem Teller essen, denn das ist veraltet. Ich fürchte, du bekommst schlechtere Kritiken, wenn du mit einer so altmodischen Geschichte kommst.«

Besonders in der Weimarer Republik überschlug sich die Kritik in Lobeshymnen. »In diesem neuen Roman ersteht uns nochmals ein ganzer Gunnarsson, einer, dem Mitleid mit der Kreatur die Feder führt«, hieß es in den *Hamburger Neuesten Nachrichten* vom 14.10.1930, und das *Berliner Tageblatt* urteilte am 14.12.1930 mit einem Fazit, das auch über diesen einen Fall hinaus Geltung beanspruchen darf: »Beinahe ein Kriminalroman – aber das ›Beinah‹ bedeutet den Schritt zur Dichtung.«

Besonders aufschluss- und folgenreich ist allerdings, worauf das deutsche Feuilleton schon damals besonders abhob. Carl Lamm erklärte am 15.10.1930 in der *Badischen Presse*, was ihm Gunnar Gunnarsson sogar noch bedeutender als Dostojewski erscheinen ließ: Die »Seele« ihres Volkes gäben sie beide mit einer selbst in Superlativen nicht zu preisenden psychologischen Tiefgründigkeit, »aber in den Romanen Gunnar Gunnarssons erleben wir noch ein weiteres, das man bei Dostojewski vermisst: Da sind die Menschen hineingestellt in eine gewaltige Landschaft ... diese Landschaft ist von ihnen nicht fortdenkbar ... sie ist immer da, gigantisch und urzeithaft«.

In der in Wien erscheinenden *Neuen Freien Presse* hob auch Blanche Kübeck die psychologische Tiefe des Romans hervor sowie »jenen dem Nordländer eigenen metaphysischen Zug«. Dadurch webe um die »Teufelsmesse von Blut und Tod ... jenes Abgründige, seelisch Unausdeutbare und Einmalige, die das Buch allein schon zu einem Dichterwerke hohen Ranges stempeln.« Darüber hinaus sei alles »durch ein übermächtiges Naturgefühl immer wieder befreiend ins Außermenschliche entrückt ... Tiefe Erdverbundenheit, von Geheimnissen umwallt« (23.11.1930).

In der Tat ist die charakterliche Vielschichtigkeit der handelnden Figuren eine der großen Stärken von Gunnar Gunnarssons besten Werken, und umgesetzt wird seine psychologische Sensibilität darin mit einem Höchstmaß an subtiler stilistischer Präzisionsarbeit. Was Kaplan Eiúlfur etwa seinem Bericht anvertraut und was nicht, wie er es formuliert, was er weglässt, was nur andeutet – nichts davon ist dem Zufall überlassen oder flüchtig hingeschrieben. (Ebenso wenig wie der Name des Kaplans übrigens, der in der Schreibung des Originals weder im Dänischen noch im Isländischen geläufig ist. In seiner isländischen Übersetzung verlieh Gunnar Gunnarsson ihm den unauffälligen und ganz ähnlich klingenden Namen Eyjólfur. Das ungewöhnliche Eiúlfur könnte jedoch eine versuchte Etymologisierung sein: *ei úlfur* bedeutet in archaisierendem Isländisch »kein Wolf«, und das wäre doch eine recht ironische Anspielung auf die Rolle, die der Kaplan für die beiden Angeklagten im Roman spielt.)

Das Abgründige in den *Schwarzen Vögeln* hat die Kritik damals ebenfalls richtig gesehen, denn insgesamt zeichnet Gunnarsson darin ein doch sehr pessimistisches Bild menschlicher Gemeinschaft, in der eine wahre Liebe durch Konventionen unterbunden und vom Gesetz mit dem Tod bestraft wird. »Wir können einander nicht helfen, wir können uns nur gegenseitig umbringen«, sagt Bjarni, der liebende Mörder. »Wahrheit!«, stöhnt der erzählende Kaplan Eiúlfur gequält auf. »War der Drang zur Wahrheit nicht einer der unzähligen blutdürstigen Werwölfe des Geistes? Vielleicht sogar einer der gerissensten von allen.« Und am Ende, erklärt der zynische Richter Scheving, »sollten wir möglichst alle als das sterben, was wir *nicht* sind: Menschen.« – Gerade wegen solcher Aussagen haben einzelne Kritiker damals in dem Buch eine zutiefst humane Grundeinstellung erkannt und es, wie zum Beispiel die *Riga'sche Rundschau* vom 12.11.1930, als Plädoyer gegen die Todesstrafe verstanden.

Tonangebend und bestimmender wurde allerdings eine andere Auslegung: »Urzeithafte« Natur, »Blut und Tod«, »Erdverbundenheit« – das waren Schlagworte, die erkennen lassen, wie man Gunnar Gunnarsson schon vor 1933 in Deutschland auch rezipierte und weshalb ihn nach der Machtübernahme die Nationalsozialisten als einen der von ihnen gesuchten Vorzeigenordländer umwarben und hofierten. Dabei sympathisierte er zunächst vor allem mit der skandinavischen Linken und ihrem Internationalismus, der seinem Wunsch nach einem Zusammenschluss der nordischen Länder am ehesten entsprach. 1927 war er als Korrespondent der dänischen Tageszeitung *Politiken* zum zehnjährigen Jubiläum der Oktoberrevolution nach Moskau gereist, doch die Redaktion lehnte eine seiner Korrespondenzen wegen übergroßer Lobesbekundungen für Stalin ab. 1936 nahm er als Deputierter des den Kommunisten nahestehenden dänischen *Antikrigskomités* am internationalen Friedenskongress zum spanischen Bürgerkrieg in Amsterdam teil – und reiste gleich im Anschluss als »Ehrengast des Führers« zum Reichsparteitag der NSDAP nach Nürnberg.

Uns Heutigen muss das in der Rückschau, die weiß, wie die Geschichte weiterging, völlig unvereinbar erscheinen. Vergessen wir aber nicht, dass im gleichen Jahr bei der Olympiade die ganze Welt in der Reichshauptstadt zu Gast war, und auch etliche andere Autoren und Intellektuelle im Ausland Hitler keineswegs kritisch sahen. Für Gunnar Gunnarsson stellte Deutschland um diese Zeit vor allem den bei weitem wichtigsten und lukrativsten Absatzmarkt seiner Bücher dar. Bis Anfang 1940 erreichten seine Werke dort eine Gesamtauflage von 200 000 Exemplaren. Mehrfach erklärte er, ohne den deutschsprachigen Markt wäre er längst pleite gegangen, »und es wäre unanständig von mir, wenn ich nicht versuchte, die gute Aufnahme zu vergelten, die meine Werke in Deutschland gefunden haben«, sagte er der *Berlingske Tidende* in Dänemark in einem Interview (27.11.1936).

Dankbarkeit und gute Geschäfte allein reichen nicht aus, um Gunnar Gunnarssons wohlwollende Einstellung zu Deutschland und einige seiner Äußerungen zu erklären. Wesentlich ist dafür auch eine Haltung, die er mit seinem überragenden Schriftstellerkollegen Knut Hamsun teilte: die Überzeugung von der schädlichen Rolle einer angelsächsischen Dominanz in der Welt auch für den Norden. »Ich habe keinerlei Zweifel daran, dass gezielt an der Einverleibung Islands in das britische Empire gearbeitet wird«, erklärte Gunnarsson der isländischen Zeitung *Alþýðublaðið* schon 1934. – Am 10. Mai 1940 sollten Einheiten der Royal Navy tatsächlich in Island landen und die Insel bis über das Kriegsende hinaus besetzen. Als Gegengewicht gegen das Britische Empire begrüßte nicht allein Gunnar Gunnarsson das, wie er mehrfach äußerte, im Versailler Vertrag »schlecht behandelte« und wiedererstarkende Deutschland.

Dessen P.E.N.-Zentrum hatte ihn gleich nach Erscheinen der *Schwarzen Schwingen* 1930 erstmals nach Berlin eingeladen. Bei dem Galadiner, das der Klub ihm und der ebenfalls eingeladenen Vicky Baum zu Ehren gab, lernte Gunnarsson naturgemäß hohe Vertreter deutscher Kultur- und Literaturinstitutionen kennen, die dann später auch im Dritten Reich einflussreiche Positionen innehatten. Zu ihnen gehörte Hans Friedrich Blunck, der nach der Machtübernahme Hitlers erster Präsident der von Propagandaminister Goebbels gegründeten Reichsschrifttumskammer wurde. Blunck sorgte dafür, dass die 1921 gegründete, aber inzwischen von Alfred Rosenbergs Außenpolitischem Amt gleichgeschaltete Nordische Gesellschaft Gunnar Gunnarsson wiederholt zu ihren »altgermanischen« Sonnwendfeiern nach Lübeck und, für den Autor sicher wichtiger, anschließenden Lesereisen quer durch Deutschland einlud, wo er jeweils vor vollen Sälen las.

1935 hielt er in der bis auf den letzten Platz besetzten Aula der Berliner Universität einen auf das Werk des Kopenhagener Religionswissenschaftlers Vilhelm Grønbech über *Kultur und Religion der Germanen* (1909–12) gestützten Vortrag mit dem Titel »Der nordische Schicksalsgedanke«.[4] Darin konstruierte er aus *Edda*-Zitaten

4 Eine erweiterte isländische Fassung veröffentlichte er nach dem Krieg in seinem Jahrbuch *Árbók 46-7*, Reykjavík 1948, S. 94–121.

und wortgeschichtlichen Spekulationen recht krude Umrisse einer dem christlichen Vorsehungsdenken entgegengesetzten, ehemals nordisch-heidnischen Ethik, deren Kern er in einer bewussten und freiwilligen Einstimmung in die Gesetze des Lebens zu erkennen meinte. – Sogar sein damaliger deutscher Übersetzer, der in Bern lehrende Altgermanist Helmut de Boor, selbst Mitglied der NSDAP, riet ihm von einer Veröffentlichung dieses wenig gründlich ausgearbeiteten Vortrags ab. Doch von germanentümelnden Naziideologen vom Schlage Rosenbergs (der Gunnar Gunnarsson als Schirmherr der Nordischen Gesellschaft ein Jahr später in Lübeck die Hand schüttelte), wurden allein schon der Titel und einige Schlagworte begierig aufgegriffen.

Aufgrund dieser und weiterer Anlässe hat man Gunnar Gunnarsson später den Vorwurf gemacht, Sympathisant Hitlerdeutschlands und womöglich sogar der Naziideologie gewesen zu sein. Ein Verdikt, das in Dänemark und auch im Nachkriegsdeutschland dazu führte, dass seine Bücher nach und nach aus den Regalen der Buchhändler und Bibliotheken verschwanden und der Name Gunnar Gunnarsson außerhalb seiner Heimatinsel dem literarischen Rang seiner besten Werke zum Trotz bis heute in ein nahezu völliges Vergessen abgedrängt wurde.

Dabei geht aus eigenen Äußerungen und Briefen von Zeitgenossen hervor, dass Gunnar Gunnarsson keineswegs nur ein kritikloser Apologet und Bewunderer Nazideutschlands gewesen ist. In den beiden Briefen Bluncks etwa, die sich im Nachlass Gunnarssons in der isländischen Nationalbibliothek finden, ist vor allem die Rede von einem Streit der beiden über die deutsch-dänische Grenze. Das Thema war nicht nebensächlich, sondern Ausgangspunkt eines tiefgehenden Zerwürfnisses zwischen Gunnar Gunnarsson und seinen vermeintlichen Freunden im Dritten Reich. Anfang 1938 nämlich wurde dort bekannt, dass Gunnarsson Mitglied der »Jungen Grenzwacht« sei, einer Vereinigung, die sich gegen eine von Deutschland verlangte Revision der deutsch-dänischen Grenze starkmachte. Der Eintritt in diese Vereinigung belegt schon allein, dass ihm die Lage der nordischen Länder im Zweifelsfall bedeutend mehr am Herzen lag als deutsche Interessen. Der Pressedienst des Deutschen Auslandsinstituts in Stuttgart, der zentralen NS-Institution für das sogenannte »Auslandsdeutschtum«, verbreitete die Meldung sofort mit scharfen Worten, und sie wurde von mehreren deutschen Blättern breitgetreten. Gunnarsson beschwerte sich postwendend bei Blunck und beim Lektor seines deutschen Verlags. Der mit Bleistift auf Deutsch geschriebene Entwurf zu diesem Brief vom 13.2.1938 ist in seinem Nachlass in der Reykjavíker Nationalbibliothek erhalten, und es lohnt sich, daraus zu zitieren, da er darin selbst seine Stellung zu Deutschland klarlegt und auch sein nicht gerade geringes Selbstwertgefühl erkennen lässt:

»Mich band an Deutschland aber nicht nur die Erkenntnis, das Deutschland Unrecht geschehen wäre (aber nicht vom Norden!) und die Bewunderung für den Aufstieg Deutschlands, den ich erlebt und gegrüßt hatte, sondern auch eine innige – und vielleicht etwas naive – Dankbarkeit für die Freundlichkeit, die ich in Deutschland erfuhr [...]

Dieser Angriff [in der Presse] stammt von Leuten, denen meine Arbeit der Verständigung eine Pest ist, die nicht Verständnis zwischen Deutschland und dem Norden wollen, sondern Krach. Denen jedes Mittel zu diesem Zweck gut genug ist. Wir hier kennen diese Leute! Nun geht also Deutschland amtlich und öffentlich ihre Wege. Und wendet sich grob und rücksichtslos gegen Leute, die nichts sehnlicher wünschten als ein wahrhaft und dauerhaft gutes Verhältnis zwischen unseren Völkern [...]

Ich habe nicht im Sinne, mir eine solche Ungerechtigkeit ohne weiteres gefallen zu lassen [...]

Ich habe bisher ihren Führer und Reichskanzler nicht gestört, obwohl ich ihn gern einmal begrüßt hätte, aber ich würde es als aufdringlich empfunden haben, und habe es gelassen. Er hat auch niemals das Wunsch, mich zu sehen, geäußert, was durchaus verständlich ist. Wenn ich auf anderen Wegen keinen Erfolg habe, mir die notwendige Entschuldigung zu schaffen, werde ich in Erwägung ziehen, ihn nächstes Mal, als ich nach Deutschland komme, aufzusuchen.«

Zwei Jahre später suchte Gunnar Gunnarsson den »Führer und Reichskanzler« tatsächlich auf; und er tat es wiederum mit Ingrimm.

Zu diesem Zeitpunkt war er bereits endgültig auf seine Heimatinsel zurückgekehrt und hatte sich im von der Weltpolitik gänzlich abgewandten, stillen Osten der Insel einen Bauernhof gekauft, wo er vor allem Schafe züchten und Bücher schreiben wollte. Über das Weltgeschehen aber hielt er sich in diesen dramatischen Zeiten nach Aussage seiner Nachbarn dennoch auf dem Laufenden, und es erbitterte ihn zutiefst, dass Hitler im Pakt mit Stalin diesem die Finnen praktisch auslieferte. Für Gunnar Gunnarsson und viele Isländer waren sie ein skandinavisches Brudervolk. Als mit dem deutschen Überfall auf Polen der Zweite Weltkrieg ausbrach, bekundete der immerhin Fünfzigjährige in einem Brief an den dänischen Verteidigungsminister sofort seine Bereitschaft, als Freiwilliger in die dänische Armee einzutreten. Eine Geste, die wohl alle Beteiligten vor allem als symbolischen Akt ansahen. Gunnar Gunnarssons spätere Aussage dem isländischen Historiker Þór Whitehead[5] gegenüber, er habe sich da-

5 Þór Whitehead: *Milli vonar og ótta. Ísland í síðari heimsstyrjöld*, Reykjavík 1995.

mals auch deshalb entschlossen, noch einmal die Einladung zu einer Lesereise durch Deutschland anzunehmen und dabei auch zur Audienz bei Hitler zugelassen zu werden, weil er sein Ansehen zugunsten Finnlands einsetzen wollte, wird heute nicht nur von seinem Biographen Halldór Guðmundsson angezweifelt. Leider gibt es kein erhaltenes Protokoll von der Unterredung, die am 20. März in Berlin stattfand. Immerhin existiert ein Foto, das Gunnarsson nach der Audienz beim Verlassen der Reichskanzlei zeigt, und darauf blickt er recht verbissen. Über zwanzig Jahre später hat er seinem schwedischen Biographen Stellan Arvidsson mitgeteilt, Hitler habe ihn anfangs für einen Finnen gehalten; was möglicherweise darauf hindeutet, dass Gunnar Gunnarsson tatsächlich versucht hatte, das Thema Finnland zur Sprache zu bringen, dann jedoch durch einen der üblichen Monologe Hitlers für den Rest der Dreiviertelstunde nicht mehr zu Wort gekommen war. Mit Gunnar Gunnarssons öffentlichen Sympathiebekundungen für Deutschland war es von diesem Zeitpunkt an jedenfalls schlagartig vorbei, und er verließ das Land geradezu überstürzt, wartete nicht einmal das reguläre Linienschiff von Kopenhagen nach Island ab, sondern nahm das nächstbeste Schiff nach Norwegen und fuhr von Bergen am 6. April nach Hause. Drei Tage später erfolgte der Einmarsch der Wehrmacht in Dänemark und Norwegen.

Zwei Männer, die Gunnar Gunnarsson von den Empfängen der Nordischen Gesellschaft in Lübeck gut bekannt waren, hatten ihn zur Audienz bei Hitler begleitet. Der eine war der Vorsitzende der Gesellschaft, Hinrich Lohse, NSDAP-Gauleiter von Schleswig-Holstein, der andere Lübecks Oberbürgermeister Otto-Heinrich Drechsler. Drechsler wurde 1941 zum Generalkommissar von Riga und Lettland ernannt, Lohse 1942 zum Reichskommissar Ostland, also für das Baltikum und Teile Weißrusslands. Als jeweils höchste Verwaltungsleiter zeichneten sie in den Kriegsjahren verantwortlich für den Mord an fast einer halben Million Juden. – Gunnar Gunnarsson muss es ein Grauen gewesen sein, als er nach dem Krieg erfuhr, zu welchen Massenmördern Männer geworden waren, denen er einst die Hand geschüttelt hatte. Es hatte nicht bloß Folgen für sein Ansehen. Seine ausgedehnten Besuche in Deutschland während der Nazidiktatur und sein Zusammentreffen mit Hitler waren das Letzte, was vor allem den Dänen, die die deutsche Besatzung durchlitten hatten, nach dem Krieg von ihm noch im Gedächtnis haftete, und in Zeitungen dort tauchte 1945 das böse Wort vom Verräter auf, das ihn schwer traf. So war er letzten Endes in die typische Falle selbsternannter Vermittler gegangen: Beide Seiten bezichtigten ihn des Verrats.

Wie sehr die Wahrheit über den Krieg und die Verbrechen der von ihm vorher so geschätzten Deutschen innerlich an ihm fraß, darüber hat er öffentlich nicht mehr als einen Satz verloren. Er findet sich im Nachwort einer 1945 erfolgten Neuausgabe seines frühen Romans *Ströndin*, wo er sich über die Schrecken des Krieges ausließ und dann schloss: »Ich blutete innerlich.«

Vielleicht sind diese inneren, seelischen Blutungen der heimliche letzte Grund für das, was der isländische Literaturhistoriker Sveinn Skorri Höskuldsson, der mit ihm in seinem letzten Lebensjahr, 1975, mehr als zwanzig Gespräche führte, als »eines der größten Rätsel in Gunnar Gunnarssons gesamter Autorschaft« bezeichnet hat: »Der Umstand, dass dieser so fruchtbare Autor, der im besten Alter für einen Romanschriftsteller nach Hause kam, hier nach seiner Rückkehr vollständig verstummt.«[6]

Bis heute überschattet der Ruch des möglichen Nazisympathisanten dort, wo Gunnar Gunnarsson im Ausland überhaupt noch bekannt ist, selbst noch die besten seiner Romane, zu denen *Svartfugl* nach

6 Sveinn Skorri Höskuldsson: *Gegn straumi aldar*, in: *TMM* 4/1988, S. 421.

übereinstimmender Meinung ohne Zweifel zählt. Erst heute, da sich aus den erhaltenen Quellen ein differenziertes Bild seiner Einstellung zu den politischen Mächten seiner Zeit gewinnen lässt, ist es einer Generation von Lesern, die jene Mächte nicht mehr am eigenen Leib erfahren hat, vielleicht möglich, sich aufs Neue von der literarischen Qualität von Gunnar Gunnarssons Werk zu überzeugen, wozu diese Neuübersetzung beitragen möchte. Was sie an steifem Pathos und schwülstigen Formulierungen weniger aufweist als ihre Vorgängerin von 1939, wurde nicht etwa durch Abtönen des Originals erreicht. Vielmehr hat sie sich bemüht, dem Tonfall des dänischen Originals möglichst nahezukommen, um heutigen Lesern auch in deutschsprachigen Ländern Gelegenheit zu geben, diesen Autor, dessen Werke einst in siebzehn Sprachen übersetzt gelesen wurden, für sich wiederzuentdecken.

Manchen der Älteren blieben Leseeindrücke aus seinen Werken stets unvergesslich im Gedächtnis. 1996 schrieb Gunnarssons Dichterkollege Matthías Johannesen in sein Tagebuch:

»*Svartfugl* habe ich seinerzeit auf Dänisch gelesen. Es ist so ziemlich das feinste Dänisch, das ich je gelesen habe. Ich glaube, Gunnar Gunnarsson hat die Dänen gelehrt, ihre Sprache auf eine neue Weise zu schreiben. Doch keiner weiß das zu würdigen. In der dänischen Literaturgeschichte findet sich kein Wort über ihn. Dabei ist das Dänisch von *Svartfugl* wie Honig, und es schmolz mir in Mark und Bein, als ich es im Winter 1955/56 in Kopenhagen las. Diese Geschichte hat mich seitdem unablässig begleitet wie ein überirdisches Märchen, dabei handelt sie von Verbrechen. Aber sie handelt nicht weniger von Liebe und Leidenschaft und dem grünen Gras, das aus dem trockenen Mist auf der Weide sprießt.«

Skriðuklaustur, im März 2009